文春文庫

日傘を差す女

伊集院 静

文藝春秋

目次

日傘を差す女

1

十二月の中旬を過ぎ、日本列島上空に冬型の高気圧が居座ると、太平洋岸に強い風が吹き寄せ、偏西風をともなった風に日本の空は雲ひとつない晴天の日が数日間続く。

関東平野はシベリアからの寒気団におおわれているが、雲のない分だけ日差しは強く、風さえ避ければぽかぽかとした陽だまりができ、老人や幼な子に恰好の休み場所を与える。

このような天候の日は関東各地から富士山、南アルプスを眺めることができる。栃木、群馬、茨城、千葉、埼玉などに富士見町、富士見坂、富士見ヶ丘と名前があるのは、そこから美しい富士山の姿が見えるからだ。それは同時に東京では各所で冠雪の霊峰を目にできることを意味し、都心の高層ビルに暮らしたり、働いたりしている人たちにも絶好の眺望を愉しめる冬の一日となる。

こんな日に東京の高所から遠くを眺めると、北西は南アルプスから秩父連峰、西からは富士、箱根、丹沢、多摩丘陵が関東平野をつつみ、東半分は房総、常陸《ひたち》とともに太平洋が囲んでいるのがわかる。

東京も都心の、それもほぼ中心地と呼んでいい千代田区永田町界隈《かいわい》は、十年ほど前から首相官邸の新改築を皮切りに政府機関の建築物の再整備がすすめられていた。休日も返上して永田町界隈には工事の騒音が続いていた。

「なんだよ。東京と言ってもよ、こうして見るとちいさいもんだな。富士山なんかすぐそこにあんじゃないかよ」

強風が吹き抜ける十六階まで組み上がった鉄骨の上に一人、菜っ葉服を着た茶髪の若者が立っていた。

派手な紫色の七分ズボンに地下足袋《じかたび》、作業ジャンパーからレモン色のシャツがのぞき、ヘルメットを被った首の回りに真っ赤なタオルが巻かれていた。

口には煙草をくわえているが、煙りが見えないのは東京湾からの突風に掻き消されているからだ。

「おい、マサ、早く作業に戻れ。それに煙草が禁止なのはわかってるだろう」

若者から十五メートル離れた鉄骨の上でボルトを締めている兄貴分の男が言った。

ハ〜イ、と若者は間のびした返答をし、東側に目をやった。

「あれっ、スカイツリーの野郎、また高くなりやがった」

「マサ」

兄貴分の口調がきつくなった。

若者は赤い舌先を出し、その場にしゃがみ込み命綱をたしかめると、目の前の大きなボルトを手にしたスパナで叩き、型《かた》ナットを嵌《は》めて締めはじめた。

「せっかくのクリスマスで三連休だっつうのに、毎日、トンビじゃあるまいし、こんな所でよう……。早く宇都宮に帰りてえな」

愚痴《ぐち》を言いつつも若者の作業は迅速で、たちまち鉄骨組みを済ませた。

「兄貴、こっちは完了っす」

「わかった。クレーンを上げるように報《しら》せろ」

ハ〜イ、と若者は立ち上がり、赤坂側の鉄骨の端に行くと、クレーンの運転手のいる下方にむかって右手をクルクルと回した。

そうしてぼんやりと下方にある真むかいのビルの屋上を見た。

「あのジイさん、まだ日向《ひなた》ぼっこかよ。気持ち良さそうだな。それにしてもよく休んでやがるな」

若者の立つ建設現場から道をひとつ隔てた場所に、この辺りではもう古くなってしまったオフィスビルがあった。その屋上の片隅の数台の車が駐車してある脇に塀で囲まれた陽だまりがあり、一人の老人が壁に背中を凭《もた》せかけて休んでいた。両足を伸ばし、少し首をかたむけ、少女が物想いにでも耽《ふけ》っているように両手を胸の前で握っていた。

若者の立つ場所からビルの屋上は三十メートル下方にあったから、表情まではわからなかったが、老人の姿は陽だまりの中でいかにも気持ち良さそうに昼寝をしているように見えた。

若者は老人から目を離し、クレーンの方を見直した。

「兄貴、クレーンの方には人がいませんよ」

「そんなわけはないだろう。もっと大きく手を回してみろ」

ハ〜イ、と若者は下方にむかって先刻より大きく手を回した。

「何やってんだよ。地べたの者は気楽でいいよな。こっちは命綱がなきゃ吹き飛ばされる風の中にいるっつうのによ。兄貴、やっぱ下には誰もいないっすよ」

兄貴と呼ばれた男が無線機を出し、下の現場を呼びはじめた。

若者の目は、老人のいる屋上から隣接した山王日枝《さんのうひえ》神社の森、その右隣りの学校のグラウンドにむけられた。校庭でサッカーに興じる生徒たちのユニフォームが冬の日差しに反射して光っていた。そのむこうに赤坂見附《みつけ》のビル、さらに赤坂御所の緑が連なっていた。

「マサ、親方と主任がこっちに来るとよ」

男が無線機をしまいながら言った。

「えっ、何しに来るんすか。きちんと組立ててんのによ」

若者の声に男が苦笑した。

やがてジャンパーを着た小太りのいかつい顔をした親方と、建設会社のブルーの作業着を着た長身の主任があらわれた。

「午後から風が出るんで、今日はこれで作業は中止だ」

親方が野太い声で言った。

オウ、やった、若者が指を鳴らした。

親方はカメラを手にして兄貴分に何やら指示している。現場の作業確認の撮影をするようだ。主任が下方の鉄骨組みを指さして撮影場所を教えている。親方と兄貴分が撮影をはじめた。

主任が作業着のポケットから双眼鏡を出し、北東の方を覗きはじめた。

「主任、またスカイツリーすか。好きですよね。それならいっそのことむこうの仕事を取ればよかったじゃないっすか」

マサ、余計な口をきくな、と親方の厳しい声がした。

若者は肩をすくめ舌を出した。

「主任、吹き飛ばされないようにした方がいいっすよ」

若者が小声で言った。主任は取り出した携帯電話でスカイツリーを撮影していた。

「スカイツリーが恋人っすか。もしかして恋人いないんじゃないっすか。クリスマスなのに」

若者がからかうように笑った。

主任は平然とした顔で、

「おまえ、さっき煙草吸ってたろう。この双眼鏡の精度は抜群だからな」

若者が急に真顔になって、かんべんして下さいよ、内緒っすよ、とぺこりと頭を下げた。作業中の喫煙は即出入禁止、下請会社の業務停止と厳しく申しつけられていた。

「大丈夫、俺はそんな性格とは違うから」

主任の言葉に若者が白い歯を見せた。

「そんなにその双眼鏡はイイモンなんですか。ちょっといいっすか、見させてもらって」

主任が双眼鏡を若者に渡した。

彼はそれで赤坂の方角を覗いた。

「こりゃスゲェーや。見附のホテルの窓まで見えるわ」

スゲェ、スゲェと連発しながら若者は周囲を見回し、双眼鏡を下方にむけた。

「どんなジイさんが真っ昼間から仕事さぼって昼寝してやがんだ。どれどれ……。おう寝入ってやがる」

「マサ」

親方が若者を呼んだ。その声が突風に掻き消されて若者には聞こえなかった。

「ああ、よほど気持ちがいいってか？　あれ小便洩らしてるんじゃねえだろうな」

座った老人の腰の辺りから床面が黒く濡れていた。

「マサ、一階下の骨組みに降りて西の角に立つんだ」

親方の声がした。

「おい呼ばれてるぞ」

主任が言った。

若者の目の色がかわっていた。

彼は一度双眼鏡から目を離し、覗き込んでいた老人をたしかめるように見直し、すぐにまた双眼鏡を目にあてた。

若者が双眼鏡の中で見た老人の腰の辺りにひろがっていた黒いシミは、老人が両手を握っていたシャツの胸元から流れ出たおびただしい血のように見えた。

老人の顔に照準を合わせた。口元から血が流れ出していた。

「マサ、何やってんだ、手前《てめえ》……」

親方の怒鳴り声がした。

「おい、呼ばれてるって」

若者は双眼鏡から目を離すと茫然とした表情で主任の顔を見た。

「マサ、この野郎」

「親、親方、大変っす。あ、あそこのビルの屋上で、人、人が死んでます」

若者は震える声で言い、下方のビルを指さした。


東京駅に近い、丸の内にあるコンベンション会場の一室で、警視庁捜査一課の草刈大毅《くさかりだいき》と鑑識課の皆川満津夫《みながわみつお》、富永景子《とみながけいこ》は、壇上に立つ、銀髪を短く刈り上げたアメリカ人の講演を聞いていた。

富永景子がちらりと腕時計を見た。まだ昼休みになるには時間があった。

草刈と皆川は真剣にイヤフォンから流れる同時通訳の言葉を聞きながらメモをしていた。

講演の内容は、この二十年アメリカにおいて研究された、ティーンエージャーにだけ見られる特異な行動に脳の発達過程が影響しているという話だった。

よく通る声で講演者は話していた。

「……一九九〇年代に米国立衛生研究所が百人以上の若者を対象にした研究をはじめました。その結果、ティーンエージャーの脳の発達は驚異的なもので、十二歳以前に対しておよそ百倍近い、その凄まじい発達過程において彼等の感情、理性が混乱をきたすことがしばしば起きることが判明したのです……」

こうしてはじまった講演は実に興味あるものだった。

「では皆さん、ご自分がその年齢であった時のことを思い返して考えてみて下さい。〝なぜ若者は危険を承知で、大人から見ればあまりにリスクのあることを平気でやれるのか?〟。まずはスリル。スリルとは別の言葉で言うと目新しい衝撃です。大人もそうですが、若者は目新しいものに特にこころを動かされます。それは彼等の脳が新しいものを吸収しようと待ち構えている時期だからです。しかもこういう特徴が見られます。ここに一人の若者がいて目の前に崖があり、その十メートル真下の場所には海の水が寄せています。しかも水が寄せている範囲はきわめて狭い。上手くそこに着水できればいいのですが、そうできる可能性は五〇パーセント以下だと推定できるとします。若者が一人であった場合、彼は崖の上でためらい、飛び下りることをやめますが、周囲に同世代の友人がいて自分の行動を見られているとしたら、若者は性格がかわったように大胆になり、崖を跳んでしまうのです。これは思慮が足らないのではなくて、友人たちにいいところを見せて自分が評価される方をリスクよりも重視するからです」

　草刈も皆川もちいさくうなずきながら話を聞き続けた。

「しかしこの行動は私たち人類が生きながらえるための基本的行動を含んでいます。ティーンエージャーがすすんでリスクを冒すことが、実は人類の生存や繁殖に役立つ、不可欠なものだからです。彼等の脳は大人と比べてそのリスクを熟慮することなくいとも簡単に受け入れ実行するのです。思春期はドーパミンという神経伝達物質が生涯の中でもっとも活発に反応する時期です。ドーパミンは何かをなした結果の報酬にかかわる脳の領域を活性化し、学ぶこと、選ぶこと、判断すること、そして、決断することを助けているのです。だから若い時期は物覚えが速く、物事に対して、成功、そして敗北に対してもことさら激しく反応するのです」

　草刈は配られたレポートの表紙の隅にドーパミンの活性化と書き記した。

「今の話の例として、数年前、私の息子から電話が入り、今、警察の厄介になっていると連絡がありました」

　そこで草刈と皆川は顔を見合わせた。

　この会場にいる警察関係者は富永景子を入れて自分たち三人だけと思われたからだ。

「私はあわてて警察に行きました。息子はハイウェーで少しスピードを出し過ぎたと私に説明しました。どのくらい出し過ぎたんだと聞くと、一九〇キロだと言いました。それじゃ何かが飛び出して来たらとてもよけられないだろうし、君がクシャミをしただけで命がなくなるんじゃないか、と言いました。息子は少しスピードを出し過ぎたかもしれない、とうつむきました。息子は自分の非を認めてくれました。いくつかの違反が列挙され、それに対する罰金、あるいは弁護士の費用も彼がアルバイトをして返すと言いましたが、ひとつだけ譲れないことがあると言いました。それは何か、と問うと、彼は『無謀運転』という罪状だけは認められないと主張しました。息子はこう続けました。無謀という言い方、それは正確な表現ではないよ。ボクは注意をしていた。道路は乾いていたし、対向車も後続車も見えないガラ空きだったし、昼間で視界も良かった。他に車がないことを確認してアクセルを踏んだんだ。決して衝動的にアクセルを踏んだわけじゃない、と言ったのです。私は正直、息子の神経、心理を疑いました。しかしそこに若者にしかない行動倫理があるのです」

講演者が言った時、隣りで皆川が、免許停止、半年間だな、と笑った。

「人類の生存と繁殖に有利に働くはずの若い脳から発信されるものは、時に暴走します。中でも薬物、飲酒、車の運転、犯罪、その中でも特に性犯罪が特徴です……」

その言葉に草刈は少し身を乗り出した。

「この時期の性犯罪にはふたつの特徴が見られます。まずはピッツバーグ大学の研究でわかったことで、脳の前頭葉《ぜんとうよう》が他の領域よりも遅れてゆっくりと成熟するために十代の脳はいつも柔軟性が保たれていることです。思春期の若者がとても不器用かと思えば、驚くほど高い適応力を示すのはこのためです。若者が外界に出て未知のものと遭遇し、未知の状況に直面すると、大人が想像もつかない柔軟性を示すのです。性の衝動とその行動は実にこのことと関連があります。ここでニューオリンズの十七歳の若者と四十五歳の豊満な肉体を持つセクシーな女性の出逢い、そしてその後の事件について……」

それは興味ある事件だった……。

昼休みになり、聴講者の大半は引き揚げていったが、草刈は午後から行われる講演者とのディスカッション形式のシンポジウムに出席希望を出していた。今日は主任の畑江《はたえ》正夫《まさお》警部補にも講演内容を説明し、午後までの外出許可をもらっていた。それは皆川も同じで、葛西隆司《かさいたかし》巡査部長を通じて課の許可を受けていた。富永景子は二人の話に乗ってきただけだった。

三人はスターバックスで昼食を摂っていた。

「私、ちょっと用事があるんだけど……」

富永景子が言った。

「今、課に戻ってもまた用を言いつけられるだけですよ」

「そうじゃないの。三時にここに戻るわ」

「あっ、そういうことですか。どうぞどうぞ……」

皆川が口元をゆるめて言った。

「皆川君、その笑いは何なの？」

「あっ、いや……何でもありません。俺、今、笑ったかな、草刈」

皆川があわてて草刈を見た。

草刈は苦笑しながら、講演前に配られたレポートを読んでいた。

富永景子が席を立ち、ゆっくりと有楽町の方に歩いて行く。

その時、草刈の携帯電話がポケットの中で震え出した。

草刈は携帯の着信を見た。

「立石《たていし》さんからだ……。はい、草刈です」

相手の話を聞いている草刈の表情がかわった。

「はい。永田町ですね。永田町警備派出所のむかいのＲＢＣビルですね。すぐむかいます」

草刈は電話を切ると皆川に言った。

「永田町のビルの屋上で遺体が発見された」

「ビルの屋上？」

皆川が言い返した時、すぐに彼の携帯電話も鳴った。皆川は短く返答した。

二人は立ち上がり、通りにむかって走り出した。

草刈が現場に駆けつけた時、すでに周囲は報道陣でごった返していた。

草刈は報道陣を掻き分けてビルの前に立った。

古いビルだった。周辺には、国会議事堂、首相官邸、議員会館などの官公庁の建物とホテルしかなかったので、議員会館と山王日枝神社の間にそのビルだけが置き去りにされたような雰囲気があった。

しかも七階建てのビルはかなりの建築年数が経っているように見えた。

草刈がビルを見上げると、屋上に人影が見えた。鑑識のユニフォームだった。

草刈はエレベーターで七階まで上がり、そこから階段で屋上に行った。

「おう、早かったな」

立石豊樹《とよき》刑事が草刈を見た。

「先ほどまで丸の内だったので……」

「そうか。遺書が出てきた」

「自殺ですか」

「いや、それはまだわからん」

立石についてビニールシートの中に入ると、畑江正夫がしゃがみ込んで遺体を見ていた。

「主任、今、運転免許証から当人の照会をしてもらっています」

立石が畑江に言った。

畑江はうなずいたまま遺体から目を離さなかった。

小柄な男性だった。短髪にした髪型に日焼けした肌と着けている古いコート。日焼けした顔からは、五十歳代か六十歳そこそこに見える。

男の胸には凶器が刺さったままで、シャツが血だらけになるほど大量の血が出ていた。シャツからズボン、そして男が座り込んでいるコンクリートの床にまで血はひろがっていた。その血はまだ乾いていなかった。

「それにしてもたいした出血ですな」

畑江が言うと、鑑識課の葛西隆司が静かな口調で言った。

「心臓の動脈のところに凶器が刺さっていますから。それに刺した後、少し抉《えぐ》っていますね」

「抉る？」

「はい。心臓を刺してから二度、三度、凶器の先を動かしているように思えます。ほぼ即死と言っていいでしょう」

「仮に自殺だとしたら、刺した当人がそうしたということですか」

「自殺ならそうかもしれません」

「何のために？」

「仮に自殺だとしたら、確実に死ぬためでしょう」

畑江が葛西の顔を見た。

「切腹で言うと、十字に腹を切るというやつですか」

「それに近い行為ですね」

「……」

畑江は何も言わずに目を立石の方に移し、草刈の顔を認めるとちいさくうなずいた。

「主任、第一発見者がもう帰っていいかと言ってますけど」

「だめだ。本庁まで来てもらうんだ」

畑江は言って立石に目配せした。

立石は草刈の背中を軽く叩き、ビニールシートから出ると、屋上の隅にいる若い作業着を着た男の所にむかった。

「発見者は屋上に上がって来て見つけたんですか」

草刈が訊《き》くと、立石は立ち止まって振りむき、むかいのビルの上方を指さした。

草刈は立石が指し示した方を見た。

「ほら、あの建築現場の鉄骨のてっぺんから見つけたんだ」

見ると工事現場のてっぺんは三十メートル近く上方だった。

「あそこから見えたんですか、死んでいるのが……」

「双眼鏡でたしかめたらしい」

「作業員は皆、双眼鏡を持ってるんですか」

「まさか、持ってはいないだろう。工事の主任が持っていたらしい。それを借りて、この屋上を見たんだと」

「偶然ですか」

「いや、最初に肉眼で昼寝か何かをしてるんだろうと見ていた」

「へぇー」

草刈はもう一度、工事現場の最上部の鉄骨を見直した。鉄骨にぶら下がった鉄のワイヤーが強風に揺れていた。

「俺、もう帰っていいっすか。午後から仕事が休みになったんすよ。宇都宮まで彼女に逢いに帰らなきゃなんないんすよ。もう電話して約束したんすから」

茶髪の若者が捜査員に話していた。

その若者の肩を立石が軽く叩いて言った。

「君、悪いな。あともう少し話を聞かせてくれるか。そうすれば夕刻前には宇都宮に着けるよ」

「えっ、夕方っすか」

立石は捜査員に若者を本庁に連れて行くように言って、屋上のドアを開けた。

「立石さん、屋上に出るにはこの階段しかないんですか？」

「いや、もうひとつ車輌用のエレベーターがある。彼が凭れかかっていたのは、そのエレベーターの出入口の壁だ」

「あっ、そうか。車がありましたもんね」

草刈は苦笑いした。

「でもこの辺りのビルで屋上に駐車場があるなんて珍しいですね」

「このビルは建てられたのが五十年前だ。その当時もこの周辺にはまったく空地がなかった。駐車場を確保するのが大変だったらしい。それで屋上に駐車場を作ったビジネスビルの草分けだったんだよ」

「今はそんなビルはありませんよね」

「どんなビルも高層になってるからな。人と荷物を運ぶエレベーターで精一杯だ。それに敷地の狭いビルじゃ、屋上に駐車できる台数は知れてる」

「たしかにそうですね」

草刈は七階まで降りてエレベーターのスイッチを押した。

「このビルってどんな会社が入ってるんですかね」

「さっき調べたが、会社というより半分以上は古くからある事務所と呼んだ方がいいだろうな。弁護士事務所、税理士事務所、小規模の貿易会社……、けど一番多いのは国会議員の事務所や後援団体らしい」

「さすがに永田町ですね」

エレベーターが来て二人は乗り込んだ。

「遺書があったんですよね」

「そうだ。だがまだよくわからない」

「何がわからないんですか？」

「あの死に方を見ただろう。今どき、自分の胸をあそこまで深く刺せると思うか」

「……………」

草刈は黙ってうなずいた。

エレベーターが一階のフロアーに着いた。

立石は表には出ず、ロビーの左奥にある守衛の事務所に入った。

一人の制服を着た男が椅子に座ってテレビを見ていた。

「お待たせしてすみません」

「いや、大丈夫です」

男はテレビを消して草刈たちをソファーの方に案内した。

「同じことを何度もおうかがいするようで申し訳ありません」

「いや、かまいません」

立石は相手に昨夜からの人の出入りを確認しはじめた。

橋口《はしぐち》というその守衛の話ではビルは休日でも開いており、自由に人は出入りできるという。屋上の駐車場に車を入れるにはいったん地下まで車で入り、そこから運転者が車輌エレベーターを自分で操作して車を屋上に上げるが、車輌エレベーターを動かすと自動的に記録が残り、それによると午前七時過ぎに一台、八時半から九時の間に二台の車が屋上に上がっていた。逆に屋上から降りた車は同じく八時半から九時の間に二台あった。その運転者たちにも連絡がつき、三人はほどなくビルに戻って来るという。

「その他に屋上に上がった人はいませんでしたか」

「それはこっちでは把握できません。ビルにいる人なら誰でも屋上に行けますから。それにこのビルは七年前から禁煙になったんです。でも屋上では喫煙ができるんです。昼休みなど煙草を吸いに上がる人もいます」

「今日は休日で休みの事務所が多いんじゃありませんか」

「ここに入居している事務所は大手の会社とは違って、休日も出勤している人が多いんです」

「今日は何社くらいに人が来ているんですか」

「ちょっとお待ち下さい」

橋口は言って守衛室の奥にある壁に設置された鉄の箱を開けた。そこにライトが点灯していた。

「七社ですね」

「その会社の、いや事務所の名前を教えてもらえませんか」

「それはちょっと……」

橋口は口をにごした。彼が躊躇《ちゅうちょ》したとおり、その証言は拒否できるものだった。

「橋口さん、人間が一人死んでいるんですよ」

立石が強い口調で言った。

「でも自殺なんでしょう。遺書があったと聞きましたが……」

「誰がそんなことを言ったんですか。それともあなたは遺体と遺書をご覧になったんですか」

「あっ、いいえ、その……」

橋口はしどろもどろになった。

「仮に遺書があったとしても、本物の遺書かどうかわかりません。こういう殺人事件が増えてるんですよ。今すぐビルの中にいる人全員に外出を控えてもらうことだってできるんですよ」

立石が橋口を睨《にら》んだ。

橋口の表情が蒼くなっていた。

「お待ち下さい。私が話したことはどうかご内聞に」

「わかっています」

橋口は日直表を持ってきて開いた。

草刈は橋口が開いた頁の今日の日付けの判が押してある会社名と部屋番号を手帳に記した。

「亡くなった方と入居者以外で屋上に行った人を見ていませんか」

「見ていません。……ああそう言えば、少年が一人いました」

「少年？」

　立石と草刈が橋口の顔を見た。

「はい。凧《たこ》を、カイトって言うんですか。空に上げる凧が屋上に落ちたから取らせて欲しいというので許可しました」

「顔見知りの、この辺りに住む少年ですか」

「この辺りに住んでる人はいませんよ」

「何歳くらいの少年ですか？　どんな服装をしていましたか」

「私の孫より少し上かな。中学生くらいだと思います。赤い、ズボンの横にラインが入った体操着のようなものを着ていました」

「ジャージですね」

「そうです。胸元に〝H〟だかマークが入ってました」

　草刈が二人の話に割って入った。

「赤いジャージで〝H〟なら、そこにあるH高校の生徒じゃないですか？」

「さあ、それは私はわかりません」

「そうなのか？」

　立石が草刈に訊いた。

「はい。ボクの母校ですから」

「あっ、そうなのか」

立石がうなずきながら草刈を見た。

「それは何時くらいのことですか」

「十時前でした。少年に屋上への行き方を教えた直後に本社から電話があったので覚えています」

「少年はすぐに戻ってきましたか？」

「はい。すぐに戻ってきて礼を言いにきましたから。その、カイトを手にしてました」

「その時、少年の様子に何かかわったことはありませんでしたか」

「いや、なかったと思います。凧が取れて喜んでいるようでした」

「その少年の顔は覚えていらっしゃいますか。例えば写真を持ってくればわかる程度に」

「はい、覚えています」

「朝、屋上の清掃はしないんですか」

「平日なら、私たちが社旗を上げに行ったついでにやりますが、今日は休日なので」

「わかりました。お手間を取らせてすみませんでした。また何かあればご連絡しますので、その時はご協力を」

「はい。……あの刑事さん、今日のことは報道されるんでしょうか」

「表にあれだけの報道陣が集まってますので、ある程度は報道されるでしょうね。自殺か事件かにもよりますが、何か？」

「いや、私、あと少しで定年でして、何とか無事故できたものですから」

橋口が戸惑うような表情をした。

立石は何も答えず守衛室を出た。

それから二人は周囲の聞き込みをして本庁に戻った。


屋上で鑑識課の葛西と皆川が遺体から凶器を取る作業をしていた。

「どうだ？」

「引っかかってますね。無理矢理抜けば抜けなくはありませんが。どうしてですかね」

皆川が凶器をゴム手袋をした両手でつかんで訊いた。

「先端にカエシがあるんだろう」

「カエシですか？」

「ああ、針の先端に棘《とげ》状のものが付いてる釣り針があるだろう。魚がいったん呑み込んだら外れないためにこしらえてある」

「そんなものでわざわざですか」

「皆川君、これは普通の刺傷とは違っています。狙いを定めて突かないとここまで深く肋骨《ろっこつ》の間を突き通せないだろう。私も初めて見るケースだ。よし、このまま運ぼう」

「わかりました。あの、すみません、遺体搬送します」

皆川が大きな声で言った。

皆川は凶器から手を離すと、遺体の胸元から見えている凶器の端を見直した。太さは鉛筆よりひと回り太く、持ち易さのためか金属の先端を丸く叩いてあった。

「これって何に使うものなんだ……」

皆川がつぶやいた。

そうして皆川は葛西がどこにいるのかを確認すると遺体の左右のてのひらに指先で触れた。指先から手の腹に異様に硬い胼胝《たこ》があった。

――これは何の胼胝だ？

皆川は両手を戻すと遺体の顔を見た。

目を閉じているが苦痛の表情は浮かべていなかった。

――ここまで凶器が入っていれば相当な痛みだったろうに……。

鑑識課員が二人、担架を手にあらわれた。皆川は葛西の指示で遺体の腰の部分に手を回して持ち上げた。シャツの中に溜まっていた血が滴《したた》り落ちて皆川の靴にかかった。


立石と草刈が部屋に入ると、畑江が椅子から立ち上がったところだった。

「遺体の身元が判明した。稲本和夫《いなもとかずお》、六十六歳。住所、和歌山県東牟婁《ひがしむろ》郡太地《たいじ》町森浦《もりうら》××番地、勤務先は晃洋《こうよう》水産。今の所はそこまでだ」

――和歌山の水産会社か……。

草刈は遺体の肌が日焼けしているのを思い出した。

草刈は立石と二人で別室にむかった。

先刻の若者が手持ち無沙汰そうに待っていた。立石と草刈を見ると急に頰《ほお》をふくらませた。

「いや、お待たせして申し訳ない」

「本当っすよ。俺が見つけなきゃ、まだあのジイさん、あそこにいたわけでしょう。何で見つけた俺がこんなに時間を取らされるんすか」

若者は顔を赤らめている。

「いや、本当に申し訳ない」

立石の質問に若者はぶっきら棒に返答していた。

「それで現場に上がったのは何時ですか」

「九時二十分くらいっす」

「おっ、正確だね」

「八時半から主任の訓辞があって、全員が安全のナンジャラカンダラを唱和して、それから体操やらされるんすよ。それが終わるのが九時五分前で、そこから仮設エレベーターで十二階まで上がって、そこからは兄貴と二人で現場まで上がるんす。それで丁度、二十分ってとこ。時間に厳しいんすよ」

「そうなのか。それで九時二十分に現場について、そこでむかいのビルの屋上を見たわけだ」

「刑事さん、俺たち鉄骨の上に見物に行ってるわけじゃありませんから。仕事をしてるんです」

草刈は苦笑した。

「じゃ、あのビルの屋上を見たのは何時くらいだい？」

「時間ははっきり覚えてないな」

「だいたいでいいんだけど思い出してくれないか」

「いや覚えてないっすよ。仕事してんですから」

若者には答える気持ちがないようだった。

「何かジュースでも飲むかい？」

立石が口調をかえて言った。

「じゃ温かい缶コーヒーを」

立石が草刈を見た。

「メーカーの指定はありますか？」

草刈が言うと、若者はメーカーを口にして、エイちゃんでロックですから、と拳を上げた。

「微糖、それとも……」

「無糖でお願いします。ダイエットしてるんすよ。彼女に厳しくチェックされてて」

「いいね」

草刈が笑うと、若者も笑い返した。

缶コーヒーを買って戻ると、若者は喉《のど》を鳴らして飲んだ。

「それであのビルの屋上を最初に見た時間だが……」

若者は少し落ち着いたようだった。

「たぶん、十時半くらいだね」

「正確に思い出せたね」

「最初に東側の鉄骨が上がってきて、そのボルトの接合を終えて、中央の鉄骨が上がってきた時ですから。接合には四十分から五十分かかるからね」

「その時、あの老人はもうあそこに座ってたのかい。それとも屋上に立っていたとか」

「最初から壁に背中をつけて休んでたね。初め何してんだろうって思ったから。それで恰好から日向ぼっこでもしてるんだろう、いい気なもんだな、と思ったからね」

「十時半か……。その時、屋上に他に人はいませんでしたか」

「そこまでちゃんと見てないけど、たぶん誰もいなかったと思うよ」

「車が動いていたとかはなかった？　あの屋上は駐車場になってるんだよ」

「ああ知ってるよ。俺も一ヶ月前に見た時、今どき屋上に駐車場があるなんて珍しいビルだなと思ったから」

「ああ、以前も見てるんだ。あの屋上を」

「だからいつも見てるわけじゃないって。俺は仕事をやりに上にいるんだから」

「ああ、そうだね」

「あのビルだけなんだよ。ここら辺りで屋上に人が出て来るのは……」

「そうなんだ」

「ああ、昼休みにこっちが上にいると、何人かが屋上に出て来てる」

「何をやってんだ」

「煙草ですよ。皆、煙草を吸いに屋上に来るみたいだな。あんなもん、害があるだけで何の役にも立たないんだから、やめりゃいいのにね、ナンチャッテ」

若者が赤い舌先を出した。

「美味《うま》い時もあるんだろう」

「うーん、どうかな。親方も初中後《しょっちゅう》、咳してるもん」

「それで次に見たのは何時だね」

「十一時半かな。中央の鉄骨の接合が終わったからな。一時間前と同じ恰好でいたから、こりゃ寝ちまってるなと思った。親方と主任が上に工事の撮影でやって来て、そのうち親方と兄貴が撮影してる間に主任がスカイツリーを双眼鏡で見はじめたんだ。何がいいんだか、時々、上に来てスカイツリーを携帯で撮ってるんだよ。その双眼鏡で主任は俺が煙草を……」

そこまで言って若者は口をおさえた。

立石が笑った。

「主任の双眼鏡を借りて周囲を見たんです。えらく性能が良くて赤坂見附のホテルの窓まで見えて、それで、屋上に寝てるジィさんがどんなふうかを見てやろうと思ったら……」

「思ったら？」

「いや小便でも洩らしたのかって。腰の辺りの床が濡れてるように見えたんで、双眼鏡で覗いたら、シャツから流れ出している血だとわかったんです。死んでるって」

「よくわかったね」

「こっちに顔を少しむけてて、口から血が出てるのがはっきり見えたんだ」

「老人の周りに何かなかったかね」

「何かって言うと？」

「いや、たとえば血を拭《ぬぐ》ったあとの布きれとか、何でもいいんだ。気が付いたものはなかったかい」

「気が付かなかったな。だってよ。死んじまってると思ってからは、そんなもんいろいろ見る余裕ないだろう。それで刑事さん、あのジィさん、殺されたの？」

「いや、今はわからない。遺書が残ってたから自殺ということも考えられる」

「自殺？　あんなところで自殺するかね」

「まあ、それはいい。最初にあの老人を見たのが十時半くらいだと言ったね。その時、ビルの周辺は見たのかい」

「ああ見たよ。あのビルのむこうの赤坂見附とか赤坂御所とかね。ともかく今日は風が強いから富士山が目と鼻の先に見えたんだ」

「そんな遠くじゃなくて、ビルの近くは」

「神社の森があって、それに高校があんだろう。グラウンドでサッカーやってたよ」

「H高校のグラウンドだね」

「東京の学校のグラウンドは狭いね。あれじゃサッカー強くはならないよ」

「他に何かなかったかね」

「だから仕事してたから……。もういいだろう。俺、宇都宮に戻んなきゃいけないから」

「たとえばビルの周囲に不審な車が停まってたとか」

「だから、そんなの上の方からだから車がどうなのかなんてよく見えないって……。あ、そう言えば……」

「そう言えば何だい？」

「車のクラクションがしたんだ。二度、三度したから何だろうと思ったら、Kホテル脇の道で、あれ、たぶん傘だと思うんだけど、それをクルクル回して歩いてる人の背後に車が、あれは避《よ》けろって言ったんだろうな」

「傘を差してたのかい」

「たぶん、傘だよ。白い傘だ。雨も降ってないのにな」

「日傘ですかね？」

草刈が言った。

「どんな人が差してたのか覚えてるか？」

「だからあんな上からだから傘しか見えなかったって……。もういいだろう刑事さん」

若者は不機嫌そうに言った。

草刈は若者を送って部屋を出た。

エレベーターにむかう廊下を二人で歩いていると若者が言った。

「刑事さん、拳銃撃ったことあるんすか？」

「訓練ではね」

「じゃ、犯人を追い駆けて撃ったことは」

「テレビや映画のドラマじゃないんだから、犯人を追い駆けて拳銃を撃つ警察官はいないな」

「ハッハハ、そうすよね」

「さっきの日傘のことだけどさ。どっちから歩いてきたの？」

「たしか赤坂の方からだったような気がするな」

「じゃ坂道を降りてたんだ」

「上から見ると道って坂道なのか平坦なのかわかんないんすよ」

「そういうもんなんだ。でも傘ってよくわかったね」

「傘って光るんすよ。雨の日に上から見るとビニール傘って真珠みたいですよ。人も車も玩具《オモチャ》みたいに見えて面白いっすよ」

「今日の富士山はそんなによく見えたの？」

「そりゃもう今日みたいな日って一年の内であんまりないんすよ」

「どういうことだい」

「温度がかなり低くて上空に強い風が吹いて雲がまったくない日って、一年の内でも数日しかないんすよ。飛行機で飛んだら気持ちいいんじゃないっすかね。太平洋岸がずっと見渡せると思いますよ」

「この仕事はもう長いの」

「五年っす。若い者じゃ長い方っす。危険手当とかあって他の仕事より貰えるから。刑事さんもそうでしょう」

「危険手当ってのはないな」

「今も胸の中に拳銃しまってるんすか」

「ハッハハ。丸腰だよ」

エレベーターを降りて、正面玄関で若者を見送った。

若者は振りむき、

「刑事さん、今度一杯やりませんか。さっき言った携帯に連絡下さいよ。下の名前の勝《まさる》で、マサって皆、呼んでるんす。俺しばらく永田町にいますから」

草刈は笑ってうなずいた。

――マサちゃんか。

若者の姿が消えると、草刈は空を見上げた。若者が言ったように十二月の空はどこまでも透き通っていた。

部屋に戻った草刈は窓辺に寄って西の方を見た。

「どうしたんだ？」

振りむくと畑江がいた。

「いや、富士山が今日はよく見えるらしいんです。ここから見えないかと思って」

「……………」

草刈の言葉に畑江は何も言わずにゆっくりと腕組みをした。

それは畑江が何か思いをめぐらしている時の癖だった。

＊

十二月二十五日の早朝、和歌山県東牟婁郡那智《なち》勝浦《かつうら》町の山中を二人の男が歩いていた。

先刻まで背後で聞こえていた那智の大滝の水音が、今はすっかり消えていた。

先を歩く男は猟銃を手に静かに進んでいた。その後を黒いケースを右肩にかけ、左肩にカメラを提げた男が歩いていた。二人ともおだやかに歩いているように見えるが、その歩調はかなり速かった。

「今日は上手く撮れるとええなあ」

先を歩く男が言った。

「さあ、どうですかね。これは運次第ですから」

カメラを持つ男が笑った。

やがて前方に色川《いろかわ》富士見峠の頂きが見えてきた。二人は峠を見上げた。

「もっと高い山はここらにはいくつもあるのにな。あそこしか見えないとはな……」

猟銃の男が峠を見て言った。

「前がひらけていないとダメなんです。和歌山ではあの峠だけですから」

カメラを持つ男が話しているのは、和歌山の山中であの峠からだけ富士山が見えるということであった。

富士山が見える日本の最遠方の場所だった。彼は日本最遠方の富士山をカメラでおさめようと、この三年、冬になると那智勝浦まで通っていた。そこから富士山の姿をとらえるには天候の条件がいくつかあった。真冬の気圧配置（西高東低）で強い風が吹き、雲が取りはらわれ、海の温度が上がらない状態であるのが理想である。一年の間で、そのような日は数日しかないと言われている。その峠からの写真も十年前に一度撮影されただけであった。

口では運次第と伝えたが、この日、その男はかなりの期待を持って民宿を出発していた。

猟銃を持った男は民宿を経営していた。一昨夜、二人はその民宿で初めて言葉を交わし、今は猟に出かけることが唯一の愉しみになっていた男が一緒に山の中に入ることになった。

「もう山は長いんですか」

「いいんや、山の中は十二、三年程やわ。それまでは海で撃っとったわ」

前を歩く男が陽気に言った。

「海で撃つって何のことですか」

「捕鯨だよ。鯨《くじら》を撃ってたんだ、南氷洋で」

「そりゃ凄いですね。あの凍てついた海にキャッチャーボートで乗り出してたんですね」

「おう、詳しいね。知ってんだ？」

「知ってます。鯨の肉、大好物です」

男が振りむいて白い歯を見せた。

「十五年前に引退した。口惜しかったがな」

「でしょうね」

「まだ撃ってるのはいるよ。俺の親友は……。調査捕鯨っていう訳のわかんない航行だがな」

「そうなんですか」

「ああ、そいつは海でしか、鯨でしか生きていけん奴やから」

「じゃ今もその人は海の上に？」

「いいんや、今は東京に陳情に行ってるわ。そんなもんやめとけやと言うてもあかんな。捕鯨が命やからな。でも最高の男や。あと数日したら太地に帰ってくる。そいつに美味い肉を喰《く》わしてやろうと思って、今朝は出てきた」

「いいですね。歳を取っても仲がいいのは」

「仲がいいか……。そんなもんじゃないわ。俺はあいつに惚《ほ》れとるんや。カズは最高の男や」

カメラを持った男が猟銃の男の背中を見て笑った。

目前に色川富士見峠の頂きがあらわれた。

「ほんま、あんたの言うとおり天気のええ日や。こりゃ、富士山も見えるぞ」

「そうだと嬉しいんですが」

二人はそれぞれの思いを込めて東の方角を見た。

男たちの上着に北西の風が音を立てて当たっていた。

2

午後になって、立石豊樹と草刈大毅は畑江正夫主任から呼ばれた。

「稲本和夫の職業がわかった。捕鯨船の砲手だ」

「捕鯨船の砲手？」

立石と草刈が顔を見合わせた。

「主任。捕鯨船の砲手って、あの南氷洋でキャッチャーボートに乗り込んで、船の先端に立って砲で鯨を撃つ人のことですか」

草刈が畑江に訊いた。

「他にどういう砲手がいるんだ」

「あっ、そうですね……」

かたわらで話を聞いていた事務の若い女性がうつむいて苦笑していた。

畑江はいつになく機嫌が悪かった。

草刈は警視庁から赤坂署にむかう車の中で立石に訊いた。

「立石さん、主任、えらく機嫌が悪くなかったですか」

「そうか……」

「はい。かなり悪かったですよ。自分この頃、主任の感情がよくわかるんですよ。主任の下に入ってずっと見てきましたから……」

「草刈は、ああいうタイプの歳上の男に興味があるのか」

「えっ？　それ、どういう意味ですか」

「いやおまえが独身主義者って話を聞いたから」

「ちょ、ちょっとよして下さいよ。いくら何でも、そりゃマズイ噂でしょう。立石さん、いくらご自分が結婚されたからって」

立石は二枚目のガムを出して口に放り込んだ。

「結婚は人を変えますね」

草刈が言った。

立石は今年の春、畑江の仲人で結婚したばかりだった。清楚な女性で、署内でも評判だった。

「何がだ？」

「あれほどのヘビースモーカーがガムを噛んでいるんですから」

「……」

立石は返答せずに信号で停止するとウインカーを出した。

「どうしたんだ、あの騒ぎは……」

立石が赤坂署の前に群がっている報道陣を見た。

信号が青になり、やがて右折信号にかわると、立石はハンドルを右に切りながら、

「主任の不機嫌と関係があるんじゃないのか」

とガムを噛みながら言った。

「それってどういうことですか」

車が署の地下駐車場に入ろうとすると、一人の記者が運転席の窓を叩きながら声を上げた。

「オイコラッ、窓を叩くな」

「今朝の自殺は現内閣に対する抗議の自殺だと聞きましたが、遺書に首相の名前はあったんでしょうか。それに農水大臣の名前も……」

記者の言葉が遠ざかり、車は駐車場で停止した。

「草刈、今の記者、何と言ってた?」

「現内閣に対する抗議の自殺って言ってました。遺書に首相の名前か、農水大臣の名前があったのかって」

「そりゃどういうことだ」

「遺書の内容がすでにマスコミに流れてるってことでしょう。立石さん、遺書は読まれたんですか」

立石がうなずいた。

「たしかに首相や農水大臣の名前もあった。抗議と言えばそう読めなくはなかったがな」

立石が舌打ちした。

「そうかこれか、主任の不機嫌の理由は。ともかく捜査とは関係のないことだ。行くぞ」

立石がガムを地面に吐いて歩き出した。

「先輩、マズイですよ。こういうの」

草刈はポケットからティッシュを出し、ガムを拾って立石を追い駆けた。

ほどなく畑江も赤坂署にやってきた。

見知らぬ若い男を連れていた。

若い男はそのまま上の階に行き、畑江と立石と草刈は遺体の検視をしている部屋にむかった。

畑江が急ぎ足で廊下を歩いて行く。その背中を見ながら草刈は小声で立石に訊いた。

「さっきの若いのは誰ですか?」

「広報だ」

草刈はちいさくうなずいた。

部屋に入ると皆川満津夫の大きな背中が見えた。

皆川は入口の方を振りむき、草刈の姿を見つけると目配せした。

その皆川の顔もいつもと違って真剣な表情をしていた。

皆川のむこうに帽子のうしろから白髪ののぞいている頭と丸い背中が見えた。

鑑識課のベテラン、葛西隆司巡査部長である。

葛西はじっと動かずに遺体を見つめていた。

遺体にはまだ凶器が刺さったままだった。

「どうですか、葛西さん」

畑江が声をかけたが葛西は遺体から目を離さず、すぐには返答しなかった。

畑江も、立石も草刈もじっと遺体を見た。

屋上で最初に見た時より遺体の表情がやわらかく見える。

「今、遺書とそばに揃えて置いてあった靴の指紋を調べています。遺書も読ませてもらいました……」

　そこまで言って葛西はまた言葉を止めた。

「遺体《ホトケ》の職業も先程聞きました。捕鯨船の砲手で、それも現役らしいですね」

「そうです。今春も南氷洋の調査船に乗っています」

「そうでしょうね。六十六歳とは思えないほど強靭《きょうじん》な肉体をしています。仮に自殺の可能性を問われれば、この銛《もり》のようなものを自分の胸部に刺して自死できる能力は十分にあります」

「そうですか」

「しかし……」

　葛西が静かな声で言った。

　草刈は葛西の横顔を見た。

「しかし、自殺と断定するには疑問が残る点がいくつかあります」

「それはどういう点ですか」

「一番は、肋骨の間から心臓をひと突きにして、銛と思われる凶器の先が背中まで達していることです。こんなふうに自分の胸を刺し抜くことは、まず普通の人にはできません。よほど普段から銛のようなものを扱い慣れている者でないと……。いや扱いに慣れていてもこうはいきません。刺した角度があざやか過ぎます。その上、よほどの意志と強靱な握力、腕力がないと……」

「不可能に近いということですか？」

「そうは言いません。ただですね、例えばこうして錐の先の入る位置を決めて、本人もしくは誰かがこういうふうに錐に手を添えて……」

葛西は手にしていた鉛筆を自分の胸先に当て、その鉛筆の消しゴム部分を片方の掌《てのひら》で押し込むようにした。

「誰かが手助けしたとか……。それとも被害者を押さえつけておいて一気に殺害したとか」

畑江が葛西の顔を覗き込んでいた。

「それを判断できる材料はありません。次の疑問点は、皆川君」

葛西は皆川を呼んで小声で指示した。

二人の鑑識課員が遺体を慎重に横にした。

葛西が遺体の背中を指さした。

「今は血を拭き取ってますが、このふたつの傷、これは錐の先が胸部を刺し抜いた後、二度胸の中で動いているということなんです」

「刺した後でさらに動かしたと？」

「そうです」

「何のためにですか？」

「もし自殺と考えるとしたら、本人が〝トドメの一撃、二撃〟を加えたということです。昔の武士の中には切腹を申し付けられて、小刀で腹を横に一線かき捌《さば》いた後、縦一文字に捌き、さらに手を腹に入れて臓物をつかみ出した勇敢な侍もいたと聞いています」

草刈は葛西の話を聞きながら、背中の傷を見て生唾を飲み込んだ。

「そこまでやって自殺をしていたら、これは尋常な能力ではないでしょう。そんなことが現代人にできるとは私には想像がつきません」

畑江が立石の顔を見た。

立石は下唇を噛んでいた。

「次の疑問点は、この胸を貫いている、銛というか凶器です。これまで見たことがないものですし、これは手製のものです」

「手製？」

「はい。この先を見て下さい。刃鋼《はがね》を丁寧に打ってこしらえてあります。それに柄《え》の部分には五ミリくらいの穴が開いています。初めて目にしました。何のために作られたものか見当もつきません。私のこれまでの経験から申し上げても、この遺体は非常に特殊です。自殺としたら、私は大変特殊なものを見ていることになります。殺人《コロシ》を疑う材料は何もありませんが、念のため、司法解剖の必要があると判断しました。あとの細かい点はその結果が出てからお話しします。それと、遺体が着ていた半コートに特別な匂いが附着していました」

「特別な匂いですか？」

「そうです。現段階でははっきりしたことは申し上げられませんが、麝香《じゃこう》とか、丁子《ちょうじ》のような匂いです」

「ジャコウというのはあの鹿の？」

「そうです。それもあとで詳しく報告できると思います」

「ありがとうございました。引き続きよろしくお願いします」

畑江たちが部屋を出ようとすると葛西の声がした。

「畑江さん、自殺か他殺か、結論を急いでいらっしゃいますか」

「は、はい。できれば……。い、いや、そんなことはありません。よろしく」

地下のエレベーターの前で三人は黙って立っていた。

最上階で表示ランプが点いたままエレベーターは動こうとしなかった。

「遺体《ホトケ》には家族は？」

畑江が訊いた。

「もう上の階に情報が届いていると思います」

立石が応えると畑江はもう一度ランプ表示を見て階段にむかって歩き出した。

草刈と立石は顔を見合わせて後に続いた。

草刈のパソコンに稲本和夫の情報が入ってきた。

和歌山県警の新宮《しんぐう》警察署から発信されていた。

稲本和夫、六十六歳。

勤務先、晃洋水産。現住所、和歌山県東牟婁郡太地町森浦××番地。家族、妻が四十六年前に死去。他に家族ナシ。

――独り暮らしだったのか……。

その時、草刈の耳に甲高い声が聞こえた。

草刈は声のした方をちらりと見た。先刻からガラス窓にブラインドが下ろされた部屋に畑江がいた。

声の主は畑江ではなかった。少し前に姿を見た警視庁の広報課の男だった。

「畑江さん。結論を出してもらえませんか……」

畑江の声は聞こえなかった。

「遺書があったんでしょう」

声はさらに甲高くなっていた。

「草刈、遺体《ホトケ》の宿泊先はわかったのか」

立石の声がした。

「は、はい。今、調べています」

「早くしろ。勤務先に連絡を入れたのか」

「もう一度、連絡するところです」

勤務先に電話を入れたが、連休で留守番電話になっていた。太地町役場も同じだった。

新宮警察署に連絡を入れ事情を説明すると、太地町に詳しい警察官が出て、二軒の民宿を教えてくれた。一軒目は電話に出なかった。二軒目は〝桐屋《きりや》〟という宿だった。その宿なら主人が昔、捕鯨船に乗っていたので捕鯨関係者のことはわかるだろうということだった。

「はい、桐屋やが」

女性の元気な声がした。

「初めまして、私、東京の警視庁の捜査一課の草刈と……」

「はあ、何でしょう」

女性の声が神妙になった。

「実は晃洋水産に勤務なさっている稲本和夫さんのことでお聞きしたいことがありまして……」

「和さんなら今、東京に行っとるわ」

「あっ、はい。稲本さんとはどういうご関係でしょうか」

「ご関係も何も、うちの父さんのポン友だがね。和さんがどうかしたのかい」

「実は……」

草刈は稲本和夫が東京で遺体で発見されたことを相手に伝えた。

電話のむこうで女性の悲鳴に似た声がした。草刈は思わず受話器を離した。

「失礼ですが、お名前は？」

草刈の質問が聞こえていないのか、女性の興奮振りは尋常ではなかった。相手が泣いているのがわかった。よほど稲本と親しい間柄ということが伝わってきた。

「どうして和さんがそんなことに……。えっ、何？　東京の宿泊先？　それは私には。今、父さん、山の中に入っとるから」

草刈は動揺している相手に、ご主人に連絡はつかないかと訊いた。

「あの山の中は携帯電話が繋《つな》がらないんだわね」

「何度かかけてみてもらえませんか。今、こちらの電話番号を申し上げますんで……」

父さん、父さんとくり返す女の声で電話が切れた後、ほどなく電話が鳴った。

雑音が入って聞き取り難かったが、野太い男の声であった。

「先程、太地の桐屋に電話をくれた人かね」

「はい、そうです。警視庁捜査一課の草刈と申します。失礼ですがお名前は？」

「南部《なんぶ》だ」

「すみません、下のお名前は」

「南部善郎《よしお》だ」

「ナンブヨシオさん……」

草刈が話そうとすると、

「カズが、稲本和夫が死んだというのは本当なのか」

と逆に問いただされた。

「はい。今日の昼前に東京の永田町で遺体が発見されました」

「その遺体が稲本和夫だとどうしてわかったんだ？」

「すみません、こちらが質問をしますから。よろしいですか？」

「……わかった」

南部善郎は草刈の話を黙って聞き、東京での宿泊先はわからないと応えた。

「稲本さんは一人で上京されたんでしょうか」

「いや組合の者か、水産の人間が一緒のはずだ」

「その人の連絡先はおわかりになりますか」

「今は山の中だからわからない。すぐに山を下りる。そうして連絡する」

「下山にはどのくらいかかりますか」

「二時間か、いや一時間少しで戻る」

「他に稲本さんのことをよくご存知の方がいれば教えていただきたいんですが」

「俺しかいない」

相手はきっぱりと言った。

「何かありましたら、この電話に連絡していいでしょうか」

「今から近道の谷に入るから、携帯は繋がらなくなる。刑事さん、名前は何と言うたかね？」

「草刈です。草刈大毅と言います」

「草刈さん、カズはどうして死んだのかね。事故かね」

「それを今捜査中で」

「まさか殺されたのか」

「いや、遺体のそばに遺書がありまして……」

「遺書？　バカな。あいつは自殺するようなヤワな男じゃねえ」

そこで通話が切れた。

草刈は立石のデスクに行き、南部善郎とその妻らしき民宿〝桐屋〟の女将の話を報告した。

「じゃ一時間後に連絡がつくんだな。わかった。何だ、その顔は？」

草刈は今しがた南部善郎が吐き捨てるように言った〝あいつは自殺するようなヤワな男じゃねえ〟という言葉を伝えようと思ったが、

「い、いや何でもありません」

とあわてて言った。

その途端、部屋全体に響くような奇妙な音がした。

草刈の腹が鳴った音だった。

「何だ？　どうしたんだ」

「すみません。朝からほとんど食事をしてないもんですから」

草刈が頭を掻いた。

「それを早く言え。すぐに下に行って食べて来い」

「いいえ、大丈夫です」

すると立石が周囲の赤坂署員を見ながら小声で言った。

「警視庁の刑事が笑われたいのか。すぐ行って来い」

「は、はい」

食堂に行くと、見慣れたうしろ姿がメニューを見上げていた。皆川だった。

「おう草刈、一段落ついたのか？」

「いや、腹の虫が鳴ってしまって立石さんに食べて来いと言われた」

「ハッハハ、こっちも同じだ。葛西さんに呆《あ》きれられた」

二人は苦笑いしながら食事を注文し、トレイに載せて隅のテーブルに座った。二人は申し合わせたように注文したうどんを一気に流し込むと、次に丼物を口に放り込んだ。

背後で食堂の壁の上方に備えつけられたテレビからクリスマスソングが流れていた。

「さっきの葛西さんの話、迫力あったな」

草刈が言った。

「さっきのって？」

「〝トドメの一撃、二撃〟だよ」

「ああ、あれか。俺は屋上の現場で聞いていたから、あの時はもう驚かなかったよ。それに、剣道を習っている時に少しそれに似た話は聞いていたしな」

「へぇー、そうなんだ」

「おい」

草刈が皆川を見ると、皆川は口に飯をはさんだまま目を丸くして背後を見ていた。

「何だよ」

皆川が箸で上方を指した。

草刈はうしろを振りむいた。

テレビの画面にニュース番組のキャスターが映り、その下に大きな文字で〝捕鯨船砲手、抗議の自殺。首相、農水大臣を名指し〟とテロップが出ていた。

「本日午前十一時半頃、東京都千代田区永田町のビルの屋上で、自殺したものと思われる男性の遺体が発見されました。遺体は和歌山県太地町に住む捕鯨船の砲手、稲本和夫さん、六十六歳と判明。我が局が独自の取材で得た情報によりますと、遺体のそばに遺書があり、遺書の中に、今朝、退陣表明かと噂された××首相と、今秋より献金問題で野党の追及を受けていた△△農水大臣の二人の名前があったもようです。亡くなった稲本さんは数日前、△△農水大臣の事務所を訪れ、捕鯨再開を陳情して献金したという情報もあります。稲本さんが自ら死を選んだ場所は××首相と△△農水大臣の政治団体が入っているビルでした。稲本さんの死が語りかけるものは何か？　献金は行われたのか？　ほどなく官房長官の定例会見でこの事件に関しての見解もわかるものと思われます。官邸で取材中の○○記者、お願いします」

テレビの画面が官邸前の記者にかわった。

報道陣でごった返している。

「こちらは官邸前です。今朝の退陣表明の噂は一段落したものと思われましたが、一人の男性の自殺が首相と農水大臣の去就を……」

二人は目を見開いてテレビを見ていた。

「おいおい、どういうことだよ。これは……」

食堂にいた他の署員も目を丸くしてニュースを聞いていた。


部屋に戻ると署員たちが他局のテレビのニュースを見ていた。

広報の男が奥の部屋から出てきてテレビ画面を苦虫を噛み潰したような顔で睨んでいた。

畑江はデスクに座って音声だけを聞いていた。

テレビの画面に官房長官が映っている。鋭い質問が記者からくり返されている。

「首相官邸の目と鼻の先で抗議の自殺をしたということは、現内閣に対して国民が不信の念を抱いているあらわれではないでしょうか」

「亡くなられた方にはお気の毒と思いますが、抗議の自殺という報告は受けておりませんし、今の段階では何とも申し上げられません」

「官房長官、一部の情報によると亡くなられた方は△△農水大臣に陳情するために上京し、献金をしていると言われていますが、△△大臣の献金疑惑を早期に解明しようとしなかった首相の対応が問題になるのではないでしょうか」

「そういう情報もいっさい聞いておりません」

女性記者の甲高い声が響いた。

「官房長官も首相も鯨をお食べになったことはあるんでしょうか」

突飛な質問にテレビ画面の中の官房長官の目が焦点を失ったように見えた。

「鯨と今、おっしゃいましたか。いったい何の質問をなさってるんですか」

官房長官の表情が険しくなり相手の記者を睨みつけた。

「ご存知ないんですか。自殺したのは捕鯨船の砲手ですよ」

記者席から苦笑がこぼれた。長官があわてて秘書官を見た。秘書官が近寄り一枚の紙を渡した。長官はそれを読むと、

「自殺かどうかも含めて、まだ捜査の段階ですから詳細は今ここで述べるべきではないと思います」

長官、遺書のことも知らないとは怠慢でしょう、と女性の声が響く中で会見は打ち切られた。

「いったい誰が遺書の内容をマスコミに流したんだ。捜査の秘密保持はどうなってるんだ。これで上が呼ばれたらただでは済まんぞ」

広報の男が畑江を見て言った。

「佐伯《さえき》さん、遺体を確認してからは遺書も捜査の情報も外部には出ていません。それに自殺と断定したわけじゃありませんから」

「げんに遺書が発見されてるだろう」

「本人のものかどうか確認できていませんし、今の段階ではそれ以上のことは報告できません」

「じゃ農水大臣への献金の件は？」

「それはこれから調べることです」

畑江はそこまで言って言葉を止めた。

草刈は畑江の落ち着いた対応を聞いて、この人は人としての格が違う気がした。

「草刈」

立石の声がした。受話器を取って草刈を見ていた。

「あっ、すみません。電話替わりました、草刈です。ああ南部さん、おそれいります」

電話は和歌山の太地町の南部善郎だった。

「今、テレビで見た。あいつは自殺をするような男じゃねえ」

「それは今こちらで捜査中です。先刻うかがった稲本さんの東京での宿泊先と、ご一緒に上京された方のことですが」

「一緒に上京したのは晃洋水産の椎木《しき》尾功《おいさお》という者だ。その男と連絡がつかないんで今は宿泊先はわからねえ。けどおそらく議員先生の事務所がある近くだと思う。あいつがそう言ってたから。前に一度名前を聞いたんだが……。歳を取ってからそういうのは出て来ないわ」

　先刻より口調がやわらかくなっていた。

「稲本さんは家族は……」

「女房は四十五年以上前に亡くなった」

「ご親戚は」

「いることはいるが皆、遠方に住んでいてほとんどつき合いはないはずだ」

「遺体の確認をしていただける方はいらっしゃいませんか」

「俺が行く」

「あっ、そうですか」

「六十年以上のつき合いだ。上京する前の晩も二人で飲んだ」

「わかりました。すぐに上京できますでしょうか」

「行く」

　東京への交通手段と到着時刻はあとで連絡をもらうことになった。

「おそれいりますが、稲本さんが書かれた葉書とか手紙か何かありましたらご持参してもらえませんでしょうか」

「………」

南部はすぐには返答しなかったが、

「わかった。あれの家に行って探してくる。家の鍵は女房《うち》のが持ってるから」

「お手間をとらせます」

「いや、かまわねえ」

南部はそう言ってから最後にもう一度言った。

「俺には、あれが自殺したとは信じられない。そういう男じゃない」

草刈は電話を切ってからも訛《なま》りのある声がしばらく耳に残った。


草刈が晃洋水産に連絡を取ろうと手をつくしていた時、畑江が立石を呼んだ。

草刈はちらりと二人を見た。デスクで話していた立石が草刈を振りむいて目配せした。

「はい。何か」

「稲本と一緒に上京した男が今、下にやってきてるそうだ」

「椎木尾って人ですか」

「そうだ」

畑江がうなずいた。

椎木尾功は小柄な男で、稲本のニュースをテレビで見て驚き、警察に連絡したという。

差し出された名刺には、晃洋水産総務部とあった。

宿泊先である永田町のZ町村会館から急いで赤坂署まで歩いてきたという。

昨日、椎木尾は稲本と食事をしていた。

椎木尾はいきなり泣くような口調で話し出した。

「そんな考えを起こしたらあかんって、私、稲本さんに言うたんですわ。まさか本気やとは思ってもみいへんかったんで」

「それは何のことですか？」

立石が訊いた。

「せやし、稲本さんが命懸けで抗議をすんのや、と言い出したもんですから」

「稲本さんがそうおっしゃってたんですか」

「は、はい。封筒に入れた手紙を見せられました。段々真剣な顔になられて。でもあんなことをする人と違うと思うてたんです。それで今朝、心配になって部屋に電話を入れましたら応答がないもんで、でも朝の散歩やと思うて帰って来られるのを待ってたんですわ。それが電車の出発時刻が近づいても部屋に戻っておられんので……。なんであんなことしはったんやろ」

椎木尾の目がうるんでいた。

「もう捕鯨は終わってるんですわ。それを稲本さんは一番知ってるはずやのに……」

頭を振る椎木尾を見て、

「お疲れのところ恐縮ですが、遺体の確認をしていただけますか」

草刈の声に椎木尾は顔を上げた。

「稲本さんはここに……」

「はい」

椎木尾の指先が小刻みに震えた。

三人は地下の安置室にむかった。

部屋に入り、遺体の上のビニールが外されると、椎木尾は、あっ、と声を上げ、震える唇を隠すように口元に手を置いた。

「稲本和夫さんに間違いありませんか」

椎木尾は言葉を発さず、二度、三度アゴを上下させた。

「椎木尾さん、稲本和夫さんに間違いありませんか」

「は、はい」

わなわなと震える唇からようやく声が出た。

立石は稲本の衣服を椎木尾に見せた。

「これが稲本さんが着用していたものですが、見覚えはありますか」

「は、はい」

椎木尾は動揺していた。

それでも確認を終えて再び遺体にビニールがかけられると、両手を合わせて一礼した。

「今朝、稲本さんの部屋に電話を入れられたのは何時でしたか」

「朝の七時です。その時間には稲本さんは散歩から戻られるんで。それから二人して会館で朝食を摂りますから」

「すみません。宿泊の部屋は同じフロアーなんでしょうか」

「は、はい」

「稲本さんの部屋はまだそのままにしてあるんでしょうか」

「はい。荷物がそのままになってますから」

「部屋番号を教えていただけますか」

草刈は部屋を出るとZ町村会館に電話を入れ、稲本の部屋に入らぬようフロントの係に指示し、鑑識課に出動を要請した。

部屋に戻ると椎木尾が頭をかかえていた。

「上京されたのは何日ですか」

「十二月二十日です」

「お二人で太地から」

「いいえ、私は大阪で合流しました。太地の会社はもう閉めてますんで」

「今回の上京の目的は何ですか」

「は、はい……」

そこで椎木尾は口ごもった。

「ニュースにあったように陳情でみえたんですか」

「……」

椎木尾は唇を噛んでいた。

「椎木尾さん、少しお話ししておきますが、今、私たちがあなたに話を聞いているのは稲本さんを自殺と断定して話を聞いているんではないんですよ」

立石の言葉に椎木尾が顔を上げた。

「自殺なのか、それとも殺人事件なのかを調べるために聞いているんです」

「殺、殺人？」

椎木尾が目を見開いた。

「そうです。ですからこちらの質問にあやふやにお答えになると、あとで大変なことになりますよ。上京の目的は何なんですか」

立石が語気を強めた。

「……今回のことが陳情と言えるのかどうかわかりませんが……。実は上京したいと申し出られたのは稲本さんからでした……」

椎木尾が言うには、稲本から今夏の終わりに晃洋水産に連絡が来たという。稲本は和歌山県選出の国会議員で現職の農水大臣のもとに調査捕鯨の割当ての捕獲頭数を拡大して欲しい旨を陳情に行きたいと申し出た。会社の方は今さらそんなことを陳情しても国会議員レベルはおろか日本政府にもできないと、やめるようにすすめた。ところが稲本は頑固に陳情したいと言い張った。会社がそれを承諾して一応陳情に立ち会うことにしたのは、稲本がかつて捕鯨全盛時の花形砲手だったからであった。

「それで陳情はなさったのですか」

「それがたまたま出てきた若手秘書がけんもほろろでした。あすこまで馬鹿にした態度を取らなくともと、そばで聞いていて私も腹が立ちました」

椎木尾は眉間《みけん》にシワを寄せた。

「ちなみにその国会議員にいくら献金したのか教えていただけますか」

また椎木尾が口ごもった。

立石が机を軽く叩いた。


Z町村会館の稲本が宿泊した部屋に草刈が入ったのは、夜の八時だった。

すでにあらかたの検証作業は終了していた。立石は捜査員から説明を受けている。

皆川がバッグを肩に担いで帰る支度をしていた。

「ヨォッ」

皆川が笑った。

皆川は立石たちの様子を窺《うかが》いながら、さんざんなクリスマスだったな、と小声で言った。草刈は口元をゆるめた。皆川はさらに身体を寄せて、これで終わるのか、そうなら一杯やらないか、富永さんが待ってるんだ、と言って片目をつぶった。

主任に報告がある、と返答して立石の方に歩き出した。

捜査員が立石に説明していた。

「この南部善郎宛ての手紙が机の上にありました。昨夜は部屋に戻った形跡がありませんから、それ以前に書かれたものと思われます。中に手紙と現金が三十万円入ってました」

「ずいぶん多いな」

「手紙にも書いてありますが、葬式の費用のつもりだったようです」

立石が手紙を読んでいた。

草刈は封筒の宛て名の文字を見た。

遺書に書いてあった文字よりずいぶんと綺麗に思えた。

南部善郎殿

草刈は立石から渡された手紙を読んだ。簡素な文章だった。

あとのことは頼みます。長い間世話になりました。感謝のしようがありません。最期まで面倒をかけてすみません。

稲本和夫

——やはり死ぬつもりだったのか……。

「こっちがバッグの中にあった帰りの切符と領収書、居酒屋の優待券などです。そうしてこれは土産品《みやげひん》でしょうか」

捜査員がちいさな和紙の袋を出した。

綺麗な和紙の袋の先が赤いあざやかな紐で結んであった。袋の口から中身がわずかに見えていた。

「稲本には孫でもいたのか」

「いや独り暮らしのはずです」

「いい匂いがするな。何だ、これ？」

「〝匂い袋〟でしょう」

「〝匂い袋〟？」

「女性が着物を着た時なんかにバッグに入れたりするものです。着物を仕舞《しま》う時にも入れておくようです」

「ふうーん」

立石は和紙の袋をもう一度鼻に近づけて、

「草刈、おまえ、女性の物に詳しいな」

「いや、母がその〝匂い袋〟を持っていたもんですから……」

「おふくろさんが？　本当か……。まあいい。部屋の指紋の採取等は終わったんだな」

「は、はい」

皆川が返答した。

皆川は、失礼します、と立石に頭を下げてから草刈の背後を通る時、コートの肩を叩いて草刈のポケットに何かを入れた。

立石が皆川の行動をちらりと見ていた。そうして草刈をじっと見てから、

「草刈、おまえは妙に男にモテるんだな」

と言ってニヤリと笑った。

「先輩、かんべんして下さいよ」

「何がだ？　主任がおまえを待ってるぞ」

「お願いしますよ」

草刈の言葉に、歩き出した立石が声を上げて笑った。


草刈がコートのポケットに入っていた紙片に書かれた有楽町のガード下の店に入った時は夜の十時を回っていた。

店の奥の壁際の小テーブルに富永景子が頬杖をついて座っていた。

その横で皆川がテーブルに置いた片方の拳の上に額を乗せるようにしてうつぶせになっていた。

「す、すみません。主任への報告に時間がかかってしまって……」

「それより、この人どうしてくれるの」

富永が不機嫌そうに言った。

「いつからですか」

「三十分前かな」

「疲れてたんでしょうね」

「ここに来て立て続けに生ビールを七杯飲んだのよ。疲れてる以前の話じゃないの」

「皆川、飲めますから」

「それは知ってるけど……。これは何なの？」

富永はグラスを持った手で彼女の左腕を指さした。見ると富永のカーディガンの二の腕のあたりを皆川の右手がつかんでいた。

「ほう、やりますね」

「どうしてこうなるわけ」

「クリスマスだからでしょう」

「どうしてこんなクリスマスになったの。朝の話じゃ講演を聞いて、何もなければ夕方からイタリアンレストランに行くって話じゃなかったの」

「そ、それは事件が……」

「そんなことはわかってるわ。けどどうしてディナーがこういう所になるわけ」

「すみません」

「あなたが謝ることはないわよ」

店員が注文を取りに来た。

「あっ、富永先輩は何を飲んでらっしゃるんですか。カンパリですか」

「いいえ、これアペロール」

「じゃボクも同じものを。えっ、あっ同じようにソーダ割で」

「それでニュースになった捕鯨の砲手はどうなったの？　これが言ってたけどほぼ自殺なの？」

「たぶん、そうなると思います。状況から見てそういう結論になるんじゃないでしょうか」

「それは良かったわね、事件にならなくて。また大変な年末になるところだったわね」

「でもまだたしかじゃないんです」

「どうして？」

お酒が来て二人は乾杯した。

メリークリスマス、と草刈が笑うと富永はぎこちなく応えてグラスを合わせた。

「あっ、これカンパリみたいに苦味がなくて美味《おい》しいですね」

「ニューヨークではこれが主流ね」

富永景子は今夏も休暇でニューヨーク旅行に出かけた。草刈の知る限りでは警視庁の中で平然と休暇を取って海外旅行に出かけるのは彼女一人だった。

「でもどうしてまだ自殺と断定できないの？」

富永が訊いた。

草刈は周囲を見回し、少し声を下げ、富永に近づいてささやいた。

「まだ他殺の可能性が残る状況がかなりあるんです」

「どんな？」

「それは言えません」

「さすが捜査一課のホープね。あらっ、草刈君、ここに来る前に彼女と逢ってたんじゃないの」

「えっ、どうしてですか」

「女性の匂いがするわ」

草刈はスーツの上着に鼻を近づけた。

「あっ、これ〝匂い袋〟から付いたんです。遺体《ホトケ》の宿泊先で〝匂い袋〟が見つかったんです」

「いまどき珍しいわね」

「……それに葛西さんが自殺に否定的と言うか」

「葛西さんはそんなふうに意見は言わないでしょう」

「勿論、そうですが。うん、でもやっぱり否定的だな」

「それは草刈君の間違い。葛西さんはあらゆる可能性を残しておく人なの。それがイイ方向に出る時もあるし、悪い印象を捜査員に与える時もある。後者の方が多いって話よ」

「そうなんですか」

「詳しくはわかりません。こちらも秘密保持義務」

その時、富永の上半身が左にズルッと動いた。

「ちょっと、君、カーディガンが裂けるでしょう」

草刈が苦笑した。草刈は皆川を見た。少年のような寝顔だった。

「富永先輩、皆川は本当にいい奴ですから」

「何よ、それ。私にこれをすすめてるわけ」

「あっ、いや、そうじゃなくて……」

草刈は空になったグラスを上げて振りむいた。


稲本和夫の死顔を見た時の南部善郎の険しい表情は、草刈がこれまで一度も見たことのないものだった。

噛みしめた下唇から血の色が失せているのを見て、草刈は南部のただならぬ憤怒《ふんぬ》を感じた。

「稲本和夫さんに間違いありませんね」

立石の声に南部はこくりとうなずき、

「あんたたちは自殺と言うが、この男がどんな男だったか何も知らないから言えるんだ。

こいつは俺が知る限りの中で一番の男だったんだ」

「まだ自殺と断定したわけじゃありません」

「今朝の新聞にはそう書いてあったぞ」

「それはマスコミが先走ってるんです」

南部は立石の言葉が耳に入っていないかのように、稲本の遺体をいつ返してもらえるのかと訊き、茶毘《だび》に付す折の署での段取りを教えて欲しいと言った。

簡単な質問で終えるはずの南部への聴取が思わぬ言葉で畑江の関心を引いた。

稲本の胸に刺さっていた凶器を見せた時だった。

「これはカズの銛だ。間違いねえ。あれが自分でこしらえたもんだ。何に使うかって？　水中で鯛《たい》を刺すのに使うんだ。エラの下に入りゃイルカだって一発だ。ほれ、この穴に太糸でもワイヤーでも繋げる」

「あなたも使われたことがあるんですか」

「いや、俺は陸《おか》に揚がってからは水の中には入ってねえ。銛を使わせたらカズの右に出る者はいなかった」

「同じものが他にもあるんですか」

「全部で三本持ってたから、あと二本ある。たぶん森浦の家の作業場にあんだろう」

「普段、持ち歩いたりするものですか」

立石が訊くと、南部は立石の顔をじっと見たまま口を真一文字にしてゆっくり首を横に振った。


三日後、稲本和夫の死は自殺ということで決着した。

それでも立石と草刈は稲本に関する情報の確認を取る作業を命じられた。

草刈は、当日、ビルの屋上に凧を取りに上った少年に会いに出かけた。

草刈がH高校出身ということもあったが、凧を取りに行った少年は早くに見つかった。

「何年振りだね、草刈君」

頭に白いものが混じりはじめたM教諭が懐かしそうに草刈を見た。

「卒業して以来ですから十一年になります。その節は本当にお世話になりました」

「いや、君が警視庁の捜査一課の刑事になるとはね。聞いてはいたが、想像がつかなかったんだ。でもこうして見ると立派な刑事さんだ」

「いやまだ新米刑事です。それでM先生、少年の方は」

「今、別室で待たせてある。素直な子なんだがやはり反抗期というか、校則を無視する。あっ、それは同じか」

相手の言葉に草刈が頭を掻いた。

小橋祐也《こはしゆうや》は神妙な顔で座っていた。

「やあ、おはよう。警視庁捜査一課の草刈です。今日は少し君に確認したいことがあって来ました」

少年は上目遣いに草刈を見た。

「こら、挨拶《あいさつ》をしないか」

教師に言われて少年はぺこりと頭を下げた。

「実はボクもこの高校の出身でね。先生にも迷惑をかけたんだ。じゃ質問をするけど、十二月二十五日の朝、君はこの高校の東隣りにあるＲＢＣビルの屋上に凧を取りに行きましたよね。それは何時くらいでした？」

「十時くらい」

「正確に言えるかな」

「補習授業を抜け出して三十分位後だから九時四十五分かな」

「わかった。その時、屋上で誰かに逢わなかったかい」

少年は首を横に振った。

「じゃ誰かがしゃがみ込んだりしている姿は見なかった？」

少年はまた首を横に振った。

「ちゃんと返答をしろ」

「見ませんでした」

「それで凧を取って学校に戻ったのかい」

「はい」

「十時以降はどこにいました」

少年が教師を見た。

「それは授業中だったので担任の教師も彼を確認しています」

「今、冬休みじゃないんですか。なぜ授業を？」

草刈の質問に少年が肩をすくめた。

「落第点を取った連中を集めて補習授業をするんです」

草刈は口元をゆるめて少年を見た。

「補習授業が終わったのは？」

「十二時半です」

いくつかの質問を終えて、草刈は少年に礼を言った。うつむいていた少年が立ち上がった。その容姿に草刈は少し驚いた。目鼻立ちが女性のように美しいのに見惚れた。

「あっ、君。その時刻にこの辺りで日傘を差した女性を見なかったかい」

少年は草刈を振りむかずに首を横に振った。コラッ、ちゃんと返答しろ、という教師の声に、

「そんな人は見ませんでした」

とはっきりと応えた。


立石と草刈が議員会館の一階ロビーで議員秘書を待っていた時、草刈の携帯電話が鳴った。発信者は畑江だった。

「立石君はそばにいるのか」

「はい」

「替わってください」

立石は電話に出ると、携帯電話の電源を入れるのを忘れていたと謝った後、二度、三度頭を下げていたが、すぐにその表情が一変した。

「えっ、本当ですか。わかりました。赤坂不動尊のそばの工事現場ですね。すぐにむかいます」

立石は電話を草刈に返して言った。

「殺しだ。すぐに現場に行くぞ。現場は目と鼻の先だ。赤坂の不動尊脇だ」

「立石さん、秘書はどうします」

「急用ができたからと伝えとけ」

二人は車で現場にむかった。

一ツ木通りはすでに交通規制が敷かれ、工事現場を囲んで立入禁止のテープが張られていた。

二人はテープを越え、工事現場の中を進んだ。

地下のコンクリートを流す作業場の隅に鑑識課のユニフォームが見えた。

「工事をしていて見つけたのか」

「いいえ、十日前にガス漏れがあって工事を休んでいたそうです。今日の午後から再開したら死体を発見したそうで」

先に着いていた捜査員の説明を聞きながら奥に入ると、葛西の背中が見えた。

「どうも葛西さん、ご苦労さんです」

立石は言って、葛西が覗き込んでいる死体を見た。草刈もそうした。

その瞬間、立石も草刈も声を失った。

死体の胸元には、四日前にRBCビルの屋上で見たのとそっくり同じ銛のようなものが刺さっていた。

「葛、葛西さん。この凶器ですが、あのRBCの屋上のものと……」

立石が早口で言った。

「今は大変に似ているものだと言うしかありませんね」

葛西の声が目を見開いている草刈の耳に届いた。

3

赤坂署に特別捜査本部が設置された。

被害者の殺害に使われたと思《おぼ》しき凶器が、永田町で発見された自殺者が使用していた凶器と酷似していたこともあり、永田町の一件を担当した畑江正夫が主任となった。

立石と草刈も赤坂署に入った。

被害者の身元はすぐに判明した。

数年前まで赤坂三丁目で不動産の周旋屋をしていて、赤坂界隈では少しは名の知れた男であったが、その評判は決して良い人物ではなかった。

捜査会議で管理官が事件の概要を大声で説明していた。

被害者の名前は、矢野《やの》勝美《かつみ》、五十六歳。現住所は栃木県宇都宮市上大曾町《かみおおぞ》××。家族は妻・文江《ふみえ》、五十四歳、長女、次女、長男の五人だが、矢野はこの半年ほとんど家には戻っていません。赤坂のワンルームマンションを借りて住んでおり、同居者はなかったそうです。そのマンションの住所は赤坂七丁目××の×。

「被害者には前科《マエ》があります」

それを聞いて捜査員たちがざわめいた。

「詐欺罪及び傷害罪で二度の前科があり、二度目が実刑で一年六ヶ月。服役は前橋刑務所、平成十六年から十七年。前科の詳しい内容は配ってある資料に記載してあります。死亡推定日時に関してはまもなく鑑識から……」

草刈の隣りで、立石がホワイトボードに貼られた例の凶器の写真をじっと見つめていた。

「立石君」

管理官が名前を呼んだ。

立石にはその声が聞こえていないようだった。

「立石さん……」

草刈が小声で名前を呼んだ。

立石は草刈を見て、名前を呼ばれていることに気付き、あわてて返答した。

「立石君。事件の凶器のことだが、四日前の永田町の自殺との類似点は、資料が届くんだよな」

「は、はい、まもなく鑑識から届くと思います」

……××班は前科の関係者の聞き込み、△△班は被害者の住んでいたマンション周辺の聞き込み……管理官の声が響いていた。それぞれの捜査員が立ち上がって打ち合わせをはじめた。

「立石君、草刈君」

畑江の声がした。

二人は立ち上がり畑江のデスクにむかった。畑江が二人の顔を見た。

「被害者の家族があと一時間でこっちに来る。それに立ち合った後、君たちは宇都宮に行ってくれ」

「わかりました」

「資料だけじゃわからんので傷害事件の折の担当刑事に少し話を聞いた。事件の内容のわりに軽い刑期で済んでいる。どうも政治力が働いたらしい」

「政治力？」

「矢野の祖父というのは県議会議長までやっている。あのへんの土地は長く保守勢力が強かったところだ。それに矢野は〝栃木のマッチポンプ〟と呼ばれた須田《すだ》音美《おとみ》の秘書をやっていた。一回目の詐欺は、その須田が関係していたらしい」

　立石がしかめっ面をして頭を掻いた。

「相変わらず政治家は苦手か」

「好きな捜査員はいますかね」

「少なくとも私は好き嫌いで彼等を見たことはない」

「そうでしょうか」

「それはどういう意味だ？」

「別に意味はありません」

「その詐欺事件のあとで矢野の面倒を見たのは、群馬の横尾《よこお》研次郎《けんじろう》だ」

「えっ〝ヨコケン〟ですか。政商じゃありませんか」

　立石の顔がさらに険しくなった。

「宇都宮のあと高崎に回ってくれ」

　立石が吐息を洩らした。

　草刈も二人の名前だけは新聞で読んで知っていたが、立石が吐息を零《こぼ》すほどの男たちかどうかわからなかった。

「主任、家族の立ち合いの前に鑑識に行っていいですか」

「ああかまわんよ。葛西さんの方もそろそろ結論が出てるだろう」

「わかりました」


鑑識の部屋に入ると大机の上でふたつの金属が鈍い光を放っていた。例の凶器だった。

「やあ立石さん。どうですか、このふたつの銛を見てみて下さい」

葛西隆司が静かな声で言った。

立石がテーブルの前に立った。

草刈は葛西の背後にいる皆川満津夫の顔をちらりと見た。

皆川の目が光っていた。

葛西はテーブルのライトを銛の真上に近づけた。

「よく似てますね」

「外見もそうですが、刃の成分もほぼ同じです。それどころか、この銛の柄《え》の部分を打ち出した鉄鎚《かなづち》の特徴まで同じものですし、銛の先を研削した研削機まで同じもののようです」

「と言いますと?」

「この二本の銛がもし別々の場所で違う人間の手で製造されたものだとしたら、そこまで一致する確率は一パーセント以下でしょう」

立石が葛西を見た。

葛西がゆっくりとうなずいた。

「これが機械か何かで製造されたものなら事情はまったく違ってきますが、これは手製です。自殺した稲本和夫さんが作ったものだと、たしか遺体を引き取りにみえた方が……」

「南部さんです。南部善郎さんです」

草刈が応えた。

「その南部さんが、稲本さんの手製の銛だとおっしゃったんでしょう」

「そうです。銛は三本あったそうです」

草刈が言うと、立石と葛西が振りむいた。

「……と自分は聞きましたが」

「……そうだったな」

立石が静かに言った。

「お二人にご覧にいれましょう。皆川君」

葛西が皆川を呼んだ。

皆川は手袋をした手で二本の銛を持つと、奥の拡大顕微鏡のある場所に立石と草刈を案内し、顕微鏡の台の上に一本の銛を置いた。

脇にあるモニターの画面に銛の柄の部分を拡大した画像が映し出された。

「この表面の凸凹は特殊な鉄鎚で打ち出されてできたものです。この部分にちいさな傷があるでしょう。ほら隣りの凸凹の左上にも同じような傷が。……じゃもう一本の鉆の方です」

画面にあらわれた凸凹のひとつずつを葛西は棒でさした。そこに前の一本と同じような傷があった。

「これはこの鉆を打ち出した鉄鎚の表面にある突起した鋼《はがね》の跡なんです」

いつの間にか葛西は先の細い鉄鎚を手に持って、直径五ミリくらいの鉄鎚の先端を指の腹で撫ぜるようにしていた。

葛西が鉄鎚の先端を立石に差し出した。

立石が先端に人差し指の腹で触れた。

「わかりますか？」

「いや、俺にはわかりません」

葛西は鉄鎚を草刈の方にむけた。草刈も同じようにしてみたが、突起した部分は感じられなかった。

「同じ拳銃から発射された銃弾と基本的には同じです」

「ああ、なるほど」

立石も草刈もうなずいた。

「つまり、この二本の鉆は同じ鉄鎚で打ち出されたものです。稲本和夫の作業場に行けば出てくると思いますし、ポータブルグラインダ（携帯用自由研削機）も出てくるでしょうが……」

「じゃ、すぐ手配させましょう」

矢野勝美の家族が到着するまで、草刈は立石と地下の食堂に行った。

「さっきの葛西さんの話ですが、主任にきちんと報告しておいた方がいいでしょうか」

「その必要はない」

立石はきっぱりと言った。

草刈は意外に思った。立石の口癖を覚えていたからだった。

『事件が穴倉の中に入りそうになれば、あらゆる手がかり、材料を主任《あのひと》に持って行けばいいんだよ。そうすれば俺たちには見えないものをあの人は見つけ出してくれる。主任は特別な目を持った人だからな。俺なんかにゃ、主任が何を考えてるのかよくわからない。わからないからあずけるのさ』

その立石がこれほどの物証を畑江に確認しようとしない。

「どうして必要ないんですか、さっきの話は……」

草刈が身を乗り出すと、立石はうどんの汁を飲み干した口元を手で拭って草刈を見た。

「稲本の自殺と矢野の殺人《コロシ》は完璧に繋がっている。それ以上、何の報告がある」

草刈は、目を剝くようにして自分を睨んでいる立石の顔を見て、ごくりと唾《つば》を飲み込んだ。

東京駅で東北新幹線に乗車した時刻には、夜はとっぷりと暮れていた。大きなトランクを手にした乗客が目立った。

――そうか、帰省客なんだ。

草刈は今が年の瀬であるのを自分がすっかり忘れていたのに気付いた。

自由席に乗り込んだ草刈は席を確保するとホームに出て、缶ビールとツマミを買って戻ってきた。

立石は目の前の編み袋に入っていた〝柿ピー〟の袋を取り、掌に載せると口の中に放り込んだ。〝柿ピー〟を嚙み砕く丈夫そうな歯の音がした。

「それにしてもよくあそこまで疎《うと》まれていたもんだな、被害者《ガイシャ》は……。女房にまであんなふうに言われるとはな」

立石は遺体の確認にやってきた矢野の妻のことを言っていた。

矢野の遺体を見ても、妻の文江は顔色ひとつ変えなかった。

「はい、たしかに主人です」

そう言っただけで、事情を聴くために別室に移っても文江の夫に対する態度は冷たかった。

「ご主人は最近変わった様子はありませんでしたか」

「最近って、半年近く帰ってきてないんですよ。わかるわけありませんでしょう」

「……では、それ以前から何か厄介事をかかえていらっしゃったとか？」

「厄介事？　それは初中後《しょっちゅう》でしょう。あの人自体が厄介事のようなものでしたから」

「それは例えば、どういう厄介事でしょうか」

「だから何もかもですよ」

「ご主人とお子さんたちの関係は」

「娘も、息子も矢野を親とは思っていませんよ」

「今は家計はどういうふうになさってるんですか」

「金を送れと催促の電話を入れれば、有る時にはよこしますが、この三年は一銭も家には入れてません。もう矢野とは家族じゃないんですよ」

草刈もそばで聞いていて、いたたまれない気がした。

「あれじゃ仏さんも浮かばれないな」

立石が次の〝柿ピー〟を手に載せて言った。

「葬儀は宇都宮でやると言ってましたね」

「近所の体面上ってやつかな。草刈、おまえの結婚はまた遠のきそうだな」

「あの男は今はまったく代議士とは無関係だ。そういう件で話を聞きに来られても迷惑だ」

宇都宮の事務所で、須田音美議員の現役秘書は立石と草刈の名刺をもう一度たしかめるように見直し、警視総監の名前をさりげなく出し、宴席に須田とともに同席した話を口にした。

「君の所のトップだろう？　××さん」

と威嚇《いかく》するような目付きをした。

「いや、そんな偉い人とは口をきいたこともありませんから」

立石がやんわりと言った。

「私たちは矢野勝美さん殺害の捜査をしているだけですから。矢野さんが誰かに恨みをかったり、逆に誰かを脅したりしていることがないかと思ってお話を聞きにきただけです。矢野さんは須田先生の秘書を二十年近くしておられたそうですから、こちらが矢野さんについて一番ご存知ではないかと」

「だから君、あの男は今、うちの代議士とはいっさい関係ないと言ってるだろう。それとも何か、オヤジがあの男から脅かされてることとでもあると言うのかね」

「いいえ、そんな話はしていません」

「なら忙しいんだ。これ以上話すことはないよ」

事務所を出ると立石はあからさまに不機嫌な顔をしていた。

すでに十年近く前に現役を引退した、小峰俊男《こみねとしお》と名乗る須田議員の元秘書とは、富士見が丘という住宅地のちいさな喫茶店で待ち合わせた。今、目の前で静かに話している老人からは、先刻の現役秘書のような脂ぎったものがすべて抜けていた。

「甘えたんですな。勝美君は……」

老人は、茶をすすりながら矢野勝美のことを話した。

「須田先生も勝美君には目をかけていらっしゃいましたから、名付け親でもあるんですよ、先生は。ほら勝美の美は先生の音美の一字をもらってるんですよ。勝美君のお祖父さんに須田先生は若い時分お世話になっていましたからね。そりゃ矢野家と言えば宇都宮の北の地盤を一手に持っていた名家でしたから。勝美君の父親は早くに亡くなったんです。それで先生も親代りというか、彼が学生時代から可愛がっていました……」

午前中に訪ねた現役秘書と、目の前の老人の応対はずいぶんと違っていた。

「勘違いをするんですな。長い間、先生の秘書をつとめてますとね。特に東京に詰めるだけの秘書たちはね。私は地元でただ先生のお世話をさせていただいただけですから。しかし東京には妖怪もいれば虫ケラみたいな者も寄ってきますからな。そんな中で生きていると、自分に力があると勘違いをするんですな」

「それで例の詐欺事件を」

立石の言葉に一瞬、老人の目が光ったが、すぐに元のおだやかな表情に戻って言った。

「あれは勝美君も巻き込まれた口ですね。ああいう詐欺ができるほど勝美君に度胸はありません。先生もずいぶん激されましたからね」

「あの事件の舞台になった赤坂の料亭というのは先生も利用なさってたんですか」

「ほう料亭ですか。私は知りませんね。何しろ、この田舎町だけの秘書ですから」

「じゃ東京に詰められたことは一度も?」

「それは一、二度ありましたかな。もう昔のことでよくは覚えてませんが」

「須田先生はたしか矢野夫妻のお仲人もなさってましたよね」

「はい。恩を仇で返すとはああいうことでしょうね。それじゃ私、詩吟の会がありますんで」

「どうもありがとうございました」

老人が店を出て行くと草刈は言った。

「それにしてもタヌキだったな」

「何がですか」

「さっきの秘書だよ」

「嫌味な奴でしたね。総監の名前なんか出して」

「そっちじゃない。爺さんの方だ」

「あの老人がタヌキなんですか」

「ああタヌキもタヌキ、大ダヌキだ。ありゃ相当の悪党だ。それに比べりゃあの現役の秘書は可愛いもんだよ」

「へえー、そうなんですか」

「草刈、おまえは主任によく言われるだろう。人間をもっとよく見ろって」

「はい。おっしゃるとおりです。……立石さん」

立石の目が本気で怒っているのがわかり、草刈は小声で、申し訳ありません、とうつむいた。


会議室には妙な熱気があった。

鑑識から矢野勝美の死亡推定日時が出て、矢野が殺害されたのは十二月二十一日から二十三日の間と報告された。

現場に残された矢野の靴跡、靴に附着した泥、衣服及び皮膚に附着した泥から雨天の中での殺害と断定された。東京では雨は二十一日と二十六日にしか降っておらず、犯行は十二月二十一日の可能性が高まった。

捜査員の聞き込みによると、二十一日昼過ぎ、近くの中華料理店が矢野がレンタルしているマンションの部屋にラーメンと餃子、ビールを出前で届けていた。

また午後三時に一ツ木通りのパチンコ店で矢野の姿が目撃され、店員の話では六時にいったん店を出、七時に再びあらわれて十時まで遊んでいた。

その後の矢野の足取りは不明で、殺害されたのは夜の十時以降から翌朝までの間と推測された。当日は午後から雨が降り出し、午後八時を過ぎたあたりから雨足が激しくなっていた。

殺害現場である工事中の敷地は、夜間は現場保守のために一ッ木通りに面した東側すべてが三メートル近い塀で囲まれており、普段は通用口にも鍵が掛けられていた。しかも夜の一時過ぎまでは一ッ木通りから人通りが完全に絶えることはなかった。ただ当夜は激しい雨が降っていたので、矢野らしき人物や他の人影を見たという目撃者は今の所あらわれていなかった。

聞き込みによると矢野は、普段、ポーチバッグを持って行動することが多いが、当日、パチンコ店でそのバッグを持っていたかどうかは確認できなかった。

レンタルマンションの捜索ではポーチバッグは発見されなかったため、殺害後犯人が持ち去ったのではと、強盗殺人の可能性も考えられた。

矢野のマンションの部屋から、事件の要因と考えられるものはこれといって見つかっていない。何通かの封筒に入った不動産売買に関する書類があり、現在はその中身の分析が行われていた。

矢野が時々立ち寄る喫茶店の店主によると、矢野は携帯電話をよく使用していた。その携帯電話は衣服の中にも、殺害現場からも発見されていなかった。

矢野の交友関係をあたった捜査員の報告では、最近、赤坂と六本木にある数社の不動産業者と頻繁《ひんぱん》に逢っていた。

その業者の中には暴力団関係の二次、三次団体の出先業者がおり、彼等と酒場で同席している姿も目撃されていた。

赤坂はこの二十年で大型の開発がいくつか進行し、土地の買収や工事関連で矢野にも何らかのビジネスが生じていたようだった。

東京の議員の政治団体、後援会等をあたったが、こちらは傷害事件で矢野が服役して以来、関係が絶えているようだった。

この日までの大方の捜査の報告がされた時、会議室に葛西隆司があらわれた。

捜査員は葛西に注目した。ほとんどの捜査員が葛西の鑑識での実績を聞き知っていた。

「今しがた事件に使用された凶器に関しての鑑識結果が出ましたので、ご報告します」

皆川が各捜査員に資料を配って回った。

「今、お手元に届きました二ページ目の写真ですが、右側が不動尊脇の事件に使用されたものです。そうして左側が十二月二十五日に永田町のＲＢＣビルの屋上で自殺したと思われる人物の胸に刺さっていたものです」

捜査員たちがざわめいた。

「鑑識の結果、このふたつの凶器は同一人物の手で作られたものにほぼ間違いありません。そうではない確率は一パーセントにも満たないでしょう」

オーッと捜査員から声が上がった。

「すみません、葛西さん。これまでの報告によるとこの凶器を作ったのは自殺したと思われる、あの……」

「稲本和夫ですね」

葛西が応えた。

「は、はい。その稲本が作ったものだと聞いてますが……」

「誰が作ったかは私にはわかりません。言えることはこのふたつの凶器を作ったのはほぼ同一人物だということです」

また本部の中がざわめいた。

連続殺人ということかよ、と隅から声がした。

「はい、静かに」

管理官が言って、退場する葛西に礼を言った。

会議が終わると、立石と草刈は畑江に別室に呼ばれた。

「稲本と矢野の繋がりを調べなきゃならん。年が明けたらすぐに和歌山に行ってくれ。所轄の捜査ではどうも要領を得んからな」

「わかりました」


翌日、大晦日《おおみそか》の早朝、草刈は捜査本部のある赤坂署に出勤する前に、山王日枝神社に立ち寄った。

東側から参道を歩き、階段を登りはじめた。すぐ右手には、かつて通ったH高校の建物が葉を落とした木々の間から見えた。

草刈は立ち止まり背後を振りむいた。そこにRBCビルの裏手が見えた。どの窓も冬の休みでカーテンを閉じている。上方を見ると稲本和夫の遺体が発見された屋上の車のエレベーター塔があった。

彼は踵《きびす》を返して階段を登り切ると、本殿にむかって歩いた。初詣の準備が整った神社の境内にはひんやりとした風が流れていた。

草刈は人影のない境内を眺めているうちに、十数年前の早朝、そこに一人で立っていた自分の姿がよみがえった。不安そうに人を待つ少年の自分である。まだ闇の残る境内で不安とときめきを抱いて一人立っていた。

——もう十年以上が過ぎてしまったんだ……。

草刈はつぶやき、玉砂利の上を静かに歩いた。

本殿で手を合わせ、回廊をくぐり赤坂側に出た。

ビル群が、冬の雲が低く垂れ込めた空に、夜の気配を残してひろがっていた。

草刈はゆっくりと赤坂の街を見回した。

右前方のビルのむこうに不動尊がある。そしてすぐ背後にはＲＢＣビルがある。二人の死体が見つかった場所はほんのわずかしか離れていない。同じ凶器によって死んでいったのだから、二人には何らかの繋がりがあるはずだ。

——不動尊まで行ってみよう……。

草刈は神社の階段を下りようとして、耳の奥から何かの音色を聞いた気がして立ち止まった。耳をそばだてたが、その音色は消えていた。

——幻聴だろうか。

草刈はつぶやき、疲れているのかもしれないと自分に言い聞かせて歩き出した。

午後五時、捜査本部に捜査員が集められ、管理官による労をねぎらう挨拶の後、畑江が新年からの捜査への精進と成果を望む言葉を捜査員にかけ、乾杯して仕事納めとなった。

草刈は先輩たち一人一人に頭を下げ、畑江と立石に挨拶して署を出た。

皆川と富永との約束は五時だった。

皆川に遅れることは報せておいたが、富永景子には伝えていない。今夜の食事は、昨日、皆川に無理矢理承諾させられたのだが、自分のせいで彼女が席を立ってしまっては皆川に悪いと思った。

雨が降り出していた。

草刈は傘を差したまま小走りに一ッ木通りを進み、円通寺通りを右に折れた。

通りのほとんどの店が営業を終えていたので、雨の中に浮かぶ路地には風情があった。

草刈は思わず立ち止まった。

路地に雨傘を差した着物姿の女が一人立っていた。赤い雨傘と女の紺色の雨合羽が幻のように映った。女はすぐにビルの中に消えた。草刈はちいさく吐息を零した。そうして思い直したように歩き出した。

少し歩くと皆川の言っていた鮨屋《すしや》の看板が見えた。

ちいさな階段を数段下りて木戸を開けるとカウンターの奥に二人の姿があった。

二人が草刈を見て笑った。

草刈は胸を撫でおろした。

「すみません、遅くなって」

「いや俺たちも今来たところだ」

「ちょっと、俺たちという言い方はやめてくれる」

富永景子が言った。

「あっ、そうすね。富永先輩も俺も」

「皆川君、先輩って何？」

「あっ、そうすね。富永さんもボクも」

「ボクって顔じゃないでしょう」

「そうすね。ハッハハハ。何か俺おかしいな、今夜……」

奥から若い女が出て来て、草刈に湯気の立つおしぼりを出した。

「でも皆川、よく三十一日に開いている店を知っていたね」

「まあな」

「どうせ赤坂署の事務方に聞いたんでしょう」

富永が言った。

「図星です」

「と言うことはこの三人のことがわかってるってわけ？」

皆がカウンターの中の職人を見た。

職人がぎこちなく笑った。

「そういうことね……。でもわかっていた方が逆に楽な場合もあるし、ねぇー」

富永が皆川の顔を覗き込むようにした。

「皆川君はよく鮨を食べるの？」

「ええ、大井の方ですが」

「そうか、大森だっけね。住んでるのは」

「は、はい。ぜひ一度遊びに来て下さい」

富永は皆川の言葉を無視して草刈に訊いた。

「草刈君もお鮨屋さんによく行くの？」

「ボクは半年振りくらいだと思います」

「そうなんだ」

「はい。でもやっぱり美味しいですね。いや特にこの店は美味しい気がします」

草刈の言葉にカウンターの中の板前が笑って頭を下げた。

皆川の酒の強さはよく知っていたが、富永の酒量もたいしたものだった。

「先輩、じゃなくて富永さん、お酒強いですね」

「この人が酔っ払う前に酔おうと思って」

「参ったな。まだあの夜のことを……」

「忘れるわけないでしょう」

二階から足音と話し声がして数人の客が一階に下りてきた。

……帰って紅白でも見て寝るか。もう一軒行きましょうや。晦日にやってる店があるのかね。赤坂ですよ、ここは……。女将、佳《よ》い年をな。客たちが出て行く姿を草刈は目で追った。

草刈の視界にテレビ画面が入った。

騒々しかったバラエティー番組が終わり、コマーシャルにかわっている。その画面に少し大きめの音とともに〝衝撃スクープ〟の文字があらわれ、次に〝赤坂殺人事件、犯行宣言〟の文字にかわった。

よく顔を知ったニュースキャスターがいきなり手にした便箋《びんせん》を前に突き出して言った。

「大スクープです。先日、赤坂不動尊脇の工事現場で起きた殺人事件の、これが犯人からの手紙です。この手紙は本日午前中、このニュース6《シックス》宛てに送られてきた驚くべき荷物の中にあったものです」

草刈たちも他の客たちもテレビを身動きもせず見つめていた。

「では手紙を読みます。ニュース6御中。赤坂不動尊脇の工事現場に死体があります。犯行は私がしたものです。死んでお詫びをいたします。稲本和夫。……以上です」

「ナ、ナ、何だよ。これ、マジか」

皆川の声がした。

「ちょ、ちょっと聞こう。ボリューム上げて下さい」

草刈が言うと板前がテレビのボリュームを上げた。

「稲本和夫さんというのは、この方です」

テレビに稲本の写真のアップが映し出された。

「皆さん覚えておいででしょうか。今月二十五日に永田町のRBCビルの屋上で捕鯨禁止に対する抗議の自殺をした方です。総理と農水大臣の名前が書かれた抗議文が遺書として発見されました。和歌山県の太地町にお住まいの現役の捕鯨の砲手です。あの自殺は単なる捕鯨禁止への抗議の死ではなく、実は殺人事件の犯人による悔悟《かいご》の自殺でもあったのです。ニュース6に送られてきたものは犯行を告白する手紙だけではありませんでした。手紙とともに、犯行の際に犯人が身につけていたと思われる夥《おびただ》しい返り血を浴びた衣服と、被害者のポーチバッグが入っていたのです。つい今しがた私どものスタッフが殺人事件の捜査本部が置かれている赤坂署にこれを届けにむかいましたので、実物をお見せすることができませんが、この写真が衣服です。こちらが被害者のポーチバッグです」

画面にドス黒い血の跡がついているグレーのヤッケらしき衣服の写真が映り、次にポーチバッグが映った。

「そうしてこれがバッグの中から見つかりました。赤坂不動尊脇の殺人事件の被害者と同姓同名の免許証です」

画面に住所等が隠された免許証が大写しになっていた。

〝矢野勝美〟と名前が確認でき、少しピンボケした矢野らしき写真が見えた。

草刈は皆川の腕を取って、

「ともかく本部に戻ろう」

客たちはテレビ画面と草刈、皆川を交互に見ていた。

「すみません、勘定して下さい」

草刈が言うと、富永が言った。

「いいわ。先に行って。私がしておくから」

富永が草刈にむかってうなずいた。

草刈はうなずき返して店を飛び出した。

そうして雨の中を署にむかって走り出した。

4

羽田発、午前七時三十分の南紀《なんき》白浜行ＪＡＬ１３８１便は滑走路を勢い良く飛び出し、青く澄んだ空にむかって上昇して行った。

立石豊樹は通路側の席で目を閉じている。

草刈大毅は眼下にひろがる東京湾と房総の山々を見ていた。そのむこうに太平洋がひろがっている。

風が強いのだろう。沖合いまで海の色がはっきりと見える。

草刈は飛行機の窓から眼下の景色を眺めるのが好きだった。少年の時、一度だけ運航中の小型機のコックピットに入れてもらったことがあった。

夏の雲の中を飛んで行く飛行機が海原を進む船のように感じられた。アニメーション映画で老パイロットが、空は俺の海のようなものさ、と言ったセリフが実感できた。

――ボクもパイロットになるぞ……。

草刈は閉じておいた記憶の扉を開けようかと迷い、澄んだ冬の空の彼方に面影があらわれるのをぼんやりと見つめた。

「元日だから混んでるかと思ったが、そうでもないんだな」

いきなり聞こえてきた立石の声に草刈は目をしばたたかせて、先輩の顔を見返した。

「正月の元日と二日はどの交通機関も空いているんですよ。皆もう家に着いて正月を迎えているんでしょう」

「じゃ俺たちみたいに元日から仕事をしなきゃならない者は一般人じゃないってことか」

「そんなことないんじゃないですか。自分はこうして正月から出勤していることは苦になりませんが、立石先輩はやはり新婚だから……」

「草刈、おまえ、去年の暮れからやけに俺が新婚というのにこだわるが、結婚したい相手でもできたのか。それとも俺の家庭に何か……」

　立石が草刈の顔をまじまじと見た。

「そ、そんな、あるわけないじゃないっすか」

「おまえ畑江主任からいつも言われてるだろう。人間というのはおまえが考えるほど単純な生きものじゃないって」

「はあ……」

「人間は変わることだってあるんだよ」

「じゃ結婚が立石さんの人格を変えたっておっしゃるんですか」

「まあ、そういうことだ」

　そう言って立石はニヤリと笑い、目を閉じた。

　飛行機があと五分で着陸態勢に入り降下するというアナウンスが機内に流れた。

　草刈はシートベルトを締め、少し増えた淡い雲を見つめながら、昨日、テレビ局から引き取った証拠物を思い浮かべていた。


　血糊の附着したヤッケ。

　矢野勝美の免許証、財布、不動産契約書の入ったポーチバッグ。

　稲本和夫の署名入りの一通の告白文。

ヤッケに附着した血糊の鑑定と、ポーチが矢野当人のものであるかの確認は今捜査本部で行っていた。告白文が稲本のものかどうかの筆跡鑑定もされているはずだ。

その結果次第ではあったが、それらの証拠品はふたつの死体を結びつけるのに、あまりに明確な証拠品だった。

この証拠品を見て、畑江がぽつりと洩らした言葉が印象的だった。

「これだけ明快だと、何か引っかかるな……」

「と言いますと？」

立石が訊いた。

「いや、ともかく立石君、太地町に飛んでくれますか」

「わかりました」

「元日は休んで、二日か三日でいいですよ」

「いいえ、すぐに行きましょう。この事件《ヤマ》が、稲本の告白文の言ってるとおりだとしたら、計画性があったということになります。そうなると共犯がいる可能性が出ますから、まず稲本の自宅と周辺を一刻も早く捜査しておいた方がいいでしょう」

草刈は畑江と捜査手順について話す時の立石の明晰さに感心させられる。

矢野勝美が殺害された推定日時の方が、稲本和夫の死亡推定日時よりも四日ほど前ということがすでに鑑識の結果、明らかになっている。

告白文に書かれていたように、稲本和夫が矢野勝美を殺害し、自分の犯した罪への悔悟の自殺であるのなら事件は一気に解決する。

草刈は、畑江主任が上げたちいさな唸り声同様に、ふたつの死体には何か、誰か違うものが関わっている気がしていた。

それが何で、何者であるのかは、今は見当もつかないが、最初に発見された稲本和夫の遺書らしきものは、彼が何か、誰かに挑んでいるような印象が感じられたのだ。

——捕鯨の老砲手は何に、どんな獲物にむかって砲の照準を合わせていたのだろうか。

機体が揺れはじめると、リアス式海岸に似た海の崖にめがけて飛行機は降下していった。やがて前方に海岸ぶちのちいさな滑走路が見えてきた。


空港のゲートの出口にむかって立石と歩いて行くと、ガラス越しに見える出迎えに来ている人の群れの中から、立石が一人の男の方に視線をむけているのがわかった。

濃紺の半コートの下にグレーのブレザーを着た若い男が立っていた。出迎えに来ている人たちの中で、男も草刈たちに気付いているようだった。

二人がゲートを出ると、その男は真っ直ぐ草刈たちにむかって歩いてきた。

「警視庁の立石さんと草刈さんでしょうか」

草刈たちがうなずくと、

「新宮警察署、刑事課の布居《ぬのい》裕一《ゆういち》です。お迎えにまいりました」

とよく通る声で言った。

布居が立石の鞄《かばん》を取ろうとした。立石は首を横に振り、わざわざ迎えに来てくださってありがとうございます、と頭を下げた。

若い署員だったので草刈は少し安堵した。

自分たちより歳上の捜査員だとやはりやり辛いところがある。

布居の運転する車に乗り込み、空港を出る信号機で停車した。草刈は助手席に座った。

「太地町までは二時間と少しかかります。ここからのルートはふたつあって、ひとつは海岸線に沿って行くルート、もうひとつは山の中を突き抜けるルートです。山中の道の方が少し距離はありますが信号がない分早く着けますし、新宮警察署に行くにも便利です」

草刈は立石を振り返り顔を見た。

立石は顎《あご》をしゃくって、おまえにまかすという顔をした。

「海側から行くとかなり遅くなるんですか」

「いや、たいして差はありません。時間にして十五分ってとこです」

「じゃ、海側のルートをお願いします」

草刈は言って立石を見た。立石がちいさくうなずいた。

「では、海岸線を走って、最初に本署にむかいます。昼食は那智勝浦でマグロでも食べていただこうかと」

「那智勝浦ってマグロの水揚げが一番の港ですよね」

草刈が笑って言うと、よくご存知ですね、と布居も笑った。

「草刈、予定を確認しておけ」

「は、はい。本署で打ち合わせをした後、太地町の稲本和夫の家に行きます。そうして午後四時に晃洋水産の椎木尾功氏を呼んであります。それから宿泊先の民宿〝桐屋〟で主人の南部善郎氏に聞き込みをする予定です」

「こちらへは何泊の予定ですか」

「一泊ですが、場合によっては延長するつもりです」

やがて車のフロントガラスに太平洋が見えて来た。

風が強いせいか海はうねり白波が立っていた。

「和歌山は初めてですか」

「いや学生時代に和歌山市内に来たことがあります」

「和歌山市から南側は、来るには結構不便なんです」

「そのようですね。太地や新宮だと名古屋に電車で出た方が早いようですね」

「そうなんです。以前は東京まで電車でも半日以上かかっとったんですよ」

山に入ると隧道《すいどう》があり、海に出ると堤防が続いた。

時折、岩場に釣り人の姿があった。

「何を釣ってるんですか」

「鯛ですね。ここらはいいポイントが多いんです。名古屋、大阪から結構、釣り客が来ています」

後部座席の立石を見ると目を閉じていた。

車が一時間半走ったところで布居が言った。

「もうすぐ串本《くしもと》です。大島《おおしま》をご覧になりますか？」

「何があるんですか」

「大島の手前に本州の最南端の潮岬《しおのみさき》燈台があります」

「あっ、そうか潮岬燈台はここにあるんだ。それはラッキーだな」

「ご覧になります？」

「立石さん……」

草刈が振りむいて立石の名前を呼ぶと、

「かまわんよ」

と立石が目を閉じたまま言った。

草刈が白い歯を見せた。布居も笑っていた。


いつの間にか低く垂れ込めていた濃灰色の冬雲の下に白亜の燈台は悠然と立っていた。

沖合いを激しく流れる黒潮を、燈台は静かに見下ろしているように映った。

切り立った断崖の突端で、百年以上もの間、航行する船舶を見守り続けてきた燈台には威厳さえ感じられた。

　草刈は目前の燈台をみつめているうちに、この南紀一帯が東京の旅行代理店の店頭に貼ってあるポスターで見る暖かい南国の観光地などではなく、熊野の山々が海際まで迫り出した、ほとんど耕地を持たない過酷な土地だとわかった。

　――そうか、だから太地の人たちは極寒の南氷洋、北氷洋まで捕鯨にいかなくてはならなかったのか……。

　南と北の果ての海がどんな海なのか草刈には想像さえできなかった。

　――そんな過酷な仕事に耐えてきた人間が人を殺害し、その悔悟で自死するものなのだろうか……。

　草刈の中に漠然とした疑問がひろがった。

「ほら、あそこです。海面が波打っているでしょう」

　布居が沖合いを指さして立石に言った。

「何ですか？」

　草刈も展望台の方に歩み寄った。

「〝汐の目〟と言って、上ってきた潮流と下ってきた潮流がぶつかっているんですよ」

　布居が指さした沖合いは、そこだけ海面がさざ波を打ったように盛り上がって見えた。

「ほら、聞こえますか。汐の音が……」

　布居は耳に手を当てた。

　草刈も同じようにしたが風音でよく聞き取れなかった。

「初めて見たな。たいしたもんだ」

　立石が感心したように言った。

「この辺りの沖合いは日本でも有数の汐の流れが速い海域なんですよ。昔から海難事故が多い海なんです。だからあの燈台を建てたんです。この先の橋を渡った大島には、明治時代にトルコの軍艦が海難事故で沈没した時に、この付近の住民が乗組員を救助した記念のメモリアルホールもあります。ご覧になりますか」

　立石が時計を見た。

「いや……、草刈、行くぞ」

　草刈に立石が言った。

　草刈が返答し、車にむかって駆け出した。

「それにしても凄い風だな」

「冬はずっとこうです。あれが串本の街です。昔はずいぶんと栄えていたんですが」

　橋を疾走しながら布居が言った。

「ああ知ってるよ。〝ここは串本、むかいは大島、仲をとりもつ巡航船〟だろう」

　立石が節をつけて口ずさんだ。

　草刈は立石が歌を口ずさむのを初めて聞いた。

「知りませんね。古い歌なんですか」

「民謡だよ。俺が子供の時、祖父《じい》さんが歌ってたんで覚えちまったんだ」

車はこれまでの海岸線で初めて目にしたホテル、旅館の立ち並ぶ串本町を通り過ぎ、古座《こざ》から太地にむかった。

稲本和夫の家の玄関には〝忌中〟の札が貼ってあった。

築年数はかなり経っていたが、門構えを見てもわかる立派な造りの二階建の家だった。

恰幅の良い女性が、手にした鍵で玄関の戸を開けた。

南部善郎の妻のフジコだった。

「今朝も線香を上げに入ったから……。どうぞ」

フジコの言ったとおり家の中に線香の香りが残っていた。

「和さんは几帳面な人だったから家の中はごらんのとおりきちんとしてますよ」

草刈は立石と布居のあとから家に上がった。

「じゃ少し調べさせてもらいますよ」

布居は言って、立石を家の裏にある納戸のような所に案内した。

「ここが作業場だったようです。南部善郎に確認してあります」

作業場は六畳ほどの広さで右手の壁には金鋸《かねのこぎり》、スパナ、ハンマー……といった工具がきちんと掛けてあり、研削機が作業台の隅に置いてあった。

立石が左の壁面に立てかけてあるものを見つけて草刈を呼んだ。

それは矢野勝美の殺害に使われたと思われる銛とはサイズも形状も異なっていたが、

あきらかに同じ人物の手で作られた銛だった。

すぐそばに水中銃があった。

「南部の話では稲本は趣味で海に潜って魚を獲っていたようです」

「ダイビングの道具はないようだが」

「素潜りだそうです」

「素潜り……」

「ええ、若いときからやっていたそうです」

「そうなんですか……」

立石が返答していた時、草刈が、銛を証拠品として持ち帰るかどうかを訊いた。

「いや写真を撮っておけばいいだろう」

立石が作業場の隅にあった書類入れの抽出《ひきだ》しを開いていた。

「これだな」

しばらくすると立石が一枚の古い図面のようなものを手に言った。

草刈はその図面を覗いた。

それは凶器に使われた銛の実寸の設計図のようだった。

「ずいぶん前に作ったんですね」

草刈が図面の右隅に記してある年月日を指さした。

昭和五十二年三月と記してあった。

立石が同じ抽出しを探していた。

「こっちもだな」

立石は言って、新しい紙に書かれた図面を出した。

二枚の図面はまったく同じ設計図であったが隅に記された年月日が違っていた。

平成二十二年七月と記してあった。

「そうですね。この図面ですね」

「これは二枚とも持って行こう。布居さん、少し手伝ってくれますか」

「は、はい」

立石は布居に図面を見せた。

「これと同じ銛がもう一本あるはずなんだ。それを探すのを手伝って下さい」

草刈が図面の上に東京から持ってきた銛の写真を置いた。

「これです。事件の凶器につかわれたものです」

「わかりました」

布居の顔に緊張が走った。

銛が仕舞ってありそうな所をほとんど探したが銛は見つからなかった。

「南部に逢ったら、どこで銛を見たかをたしかめてみよう。それにしても立派な家だな」

立石が家の柱や天井を見て言った。

「このあたりの古い家で家族が捕鯨に出ていた家は皆そうですよ。捕鯨全盛の頃は一年中海の上にいたんです。秋から春にかけては南氷洋、春から秋にかけてが北氷洋ですから、家にいるのは一ヶ月足らずです。家を建てるくらいの金はすぐにできたでしょう」

「捕鯨の乗組員というのはそんなに働いていたのか……」

「砲手ともなると他の乗組員とは給与が違ったそうです。大漁の年によっては報奨金まで出たと聞いています。稲本さんは〝最後の伝説の砲手〟だったそうですから」

――〝最後の伝説の砲手〟か……。

草刈は居間の棚の上に置いてあるトロフィーを見てつぶやいた。

草刈は居間と寝所に行き、稲本の衣服を調べはじめた。

テレビ局に送られてきた血の附着したヤッケと同じものか、同じメーカーの衣服がないかを確認するためだった。

衣裳ケースに吊してあった衣服も、衣裳棚に仕舞ってある衣服も驚くほど整頓してあった。

――もしかして同居人がいたのか……。

草刈がそう勘ぐりたくなるほど稲本は几帳面な男のようだった。

あらかたの調べが終わって、布居がフジコを呼びに行こうとすると、立石が庭先を指さした。

フジコの姿が庭先にあった。

「ボクが報せてきましょう」

草刈は庭に出た。

「すみません。南部さん……」

フジコは庭の木の幹を手でさわっていた。

「これと同じ梅の木がうちの家の庭にもあるんだわ。和さんとうちの父さんが船がドックに入った時、横須賀の街で苗木を買って帰ってきたの。たくさん鯨が獲れた年でね。これからも豊漁が続きますようにって、ここと うちの庭に植えたんだわ。この梅、遅咲きで毎年四月に咲くの。南氷洋から帰って来た時、丁度咲いていてくれてました。和さん、独り身でしょう。家に帰った時、淋しくないようにちゃんと迎えてくれてたの。和さん、本当にやさしい人だったから、うちの父さんの命も助けてくれたの。私、一度も見たことないもの、和さんが怒ったとこ。和さんを知ってる人なら誰でも、ホトケさまみたいな人だと言うわよ。ホトケさまが人を殺したりしないでしょう。あんな嘘を新聞が書いてはダメだ。和さん、人を殺したりはしない。刑事さん、私、この先の後生をかけてもいいよ。絶対にそんなことをする人じゃない」

フジコの頬に大粒の涙がつたっていた。

「それは今、捜査中ですから」

草刈は応えた。

「可哀相だわ。今年、この木に花が咲いても和さん見ることできないんだもの。私は許さないから、和さんをこんな目にあわせた人を。私と父さんはその人を絶対に許さない」

「真実を解明できるよう懸命にやります」

草刈の声にフジコはちいさくうなずいて、梅の木を見上げた。


椎木尾は去年の暮れに逢った時より、痩せてちいさくなっているように見えた。

正月で実家のある太地町に帰っていた。

「年始めからご足労をかけます。その節は」

立石が笑って言った。椎木尾も笑い返そうとしたが、その顔は歪んだだけだった。元日から警察署に呼び出されたのだから椎木尾が緊張するのも無理はなかった。

「今日お呼び立てしたのは……」

立石が話しかけようとすると、

「あの……」

と椎木尾が話をさえぎるように声を出した。

「今朝の新聞の記事は本当なのでしょうか？」

椎木尾は、今日の朝刊に掲載された、赤坂不動尊の殺人の告白文が有力な証拠品とともに稲本和夫からテレビ局に送りつけられたという記事のことを口にした。

「あの告白文も稲本さんが書いたものかどうか確認できていませんし、それは告白文と一緒に送られてきた物品についても同じです。それに亡くなってから荷物が届くまで随分と時間がたっている」

「そうなんですか……」

「今のマスコミは彼等の推測で勝手なことを書きますからね。私たちも迷惑してるんです」

「はあ……」

　立石の言葉で椎木尾は少し安堵したように吐息をついた。

「今日は、先日お聞きした、稲本さんと上京なさってからの話をもう少し詳しく話していただきたいのと、もう一点、上京の目的だった国会議員への陳情の件です。陳情の折に献金というか、現金をお持ちになっていたら、その経緯を話していただきたいんです」

「陳情の件は……先生にご迷惑がかかりますので……」

「ここでお聞きした話は他ではいっさいしませんし、議員にも話すことはありません。私たちが捜査しているのは殺人事件ですから」

「はあ……」

「では上京なさった日の確認ですが、十二月二十日でよろしいですね。いつくらいに陳情に行くことを話し合われたんですか」

「あれはたしか九月の上旬だったと思いますが、大阪にある私どもの会社に稲本さんから電話が入りまして、農水大臣をなさっている△△先生に調査捕鯨での鯨の捕獲頭数の枠を増やしてもらう後押しを陳情に行きたいと申し出があったんです。私は議員の先生の力で捕獲頭数が増えるということはないいんじゃないかと説明したんですが、稲本さんは、何としても行くと言い張られるんで」

「そこらの事情は稲本さんはお詳しかったんじゃないんですか」

「そのはずなんです。これまでの捕鯨禁止の経緯もよく知っておられたと思うんですが」

「じゃどうして引き止められなかったんですか。それが無理ならお断りになってもよかった気がしますが」

「稲本さんは会社にとって特別な人ですから」

「特別、とおっしゃいますと」

「これまでの捕鯨の実績と言いますか、功績が他の人とは違いますので……。私どもの先代の社長が、我が子のようにかわいがっておりましたし……。上司に伝えましたら、陳情に行ってみるだけ行ってもらってはどうかということになりまして」

「じゃ半分、無駄とわかっていて出かけたということですね」

「い、いや。ですから△△先生にも今後さまざまなことでお世話になりますし、無駄ということはございません。そんなつもりはありませんでした」

「そうですか。上京当日の十二月二十日は大阪で合流なさったんですよね」

「はい」

「陳情の日は二十四日でしたのにずいぶん早くに上京されたんですね」

「はい。実は私の親戚が埼玉にいまして、そこで二十二日に法要がありまして、それを稲本さんに話しましたら、稲本さんも一緒に行こうと言われまして」

「その時の稲本さんの荷物なんですが、Z町村会館の部屋にあったボストンバッグの他に何かお持ちだったでしょうか」

「いいえ。あのボストンバッグひとつでした」

「あと紙袋のようなものとかは？」

そこで椎木尾は考え込むような顔をした。

「そう言えば紙袋をひとつ持っていらしたような……」

「どのくらいの大きさの？」

「あれはたしか太地町の名産か何かを持っていらしたんだと……」

「名産と言いますと？」

「鯨の加工品です。パック加工した尾の身とかがございまして」

「それを陳情先の議員に？」

「いいえ、陳情の際にはお持ちではありませんでした。たぶん誰かお知り合いの方へ……」

「東京に稲本さんのお知り合いがいらっしゃるんですか」

「さあ、私はそこまでは……」

「稲本さんに面会に来られた方もいらっしゃいませんでしたか」

「ええ、たぶん」

「すみません。稲本さんは携帯電話をお持ちでしたか」

「お持ちではなかったです」

「太地の家に置いてこられたとか、それとも最初からお持ちじゃないということですか」

「はい、最初からお持ちでは……。私も一度、お独りでの暮らしですから何かあった時のために持たれてはとお話ししたことがあるんですが」

「東京駅からは真っ直ぐ宿泊先に?」

「はい」

「東京駅着が三時三十二分。永田町まではタクシーで? そうですか。では四時前後にはZ町村会館に到着されましたね。チェックインなさって……部屋は隣り同士だったのですか」

「いいえ、それが団体客が入って宿が一杯でして」

「部屋に入られてから、その後どこかへ?」

「いいえ、私、膵炎《すいえん》がありまして。すぐに疲れてしまうんで、そのまま夕刻まで部屋で休みました」

「稲本さんはどこかにお出かけになられるとかおっしゃってましたか」

「それは聞いてなかったと思います」

二人は夕刻、ロビーで待ち合わせてホテルのレストランで食事をし、それぞれ部屋に戻って休んだという。

「部屋に戻られたのは何時くらいですか」

「九時前だったと思います」

「稲本さんも部屋に戻られましたか」

「はい。エレベーターを一緒に降りましたから」

翌朝、二人はレストランで朝食を摂り、椎木尾は二十四日のアポイントの確認を議員会館の秘書と取り、稲本にそれを伝えた。

「すみません。稲本さんは毎朝、散歩をなさるとおっしゃってましたよね」

「はい。そうです」

「その朝も散歩に行かれたんでしょうか」

「そうおっしゃってました」

「散歩のコースを聞かれましたか」

「いや」

「じゃ何時くらいに散歩に行かれるかは」

「正確なことは知りませんが、かなり早い時間だと思います」

「どうしてそれがおわかりに？」

「実は翌日の朝、私の部屋に新聞が入っていなかったのでロビーに取りに行ったんです。それが朝の七時前くらいで、その時、丁度、散歩から戻られた稲本さんと逢ったものですから」

立石がちらりと草刈を見た。二十二日早朝は矢野が殺害された直後の時間帯であったからだ。

「二十二日の朝のことですね。正確には何時かおわかりになりませんか」

「それはちょっと。でも部屋に戻ってテレビを点けると七時のニュースがはじまりましたから、七時少し前だったと思います」

「部屋に戻られてすぐにテレビを点けられたんですか」

「えーと、それは……」

「テレビを点けられたのは新聞を少し読んだ後とか、歯を磨かれた後とか……」

「えーと」

「ゆっくり思い出して下さって結構ですから」

「そのことがそんなに大事なことなんでしょうか」

「はい」

立石ははっきりと言った。

草刈は立石の質問と椎木尾の話をメモしながら口の中にひろがっていた唾を飲み込んだ。

「新聞を少し読んだと思います」

「じゃもう一度思い出してみて下さい。ロビーに降りられたのは六時半より前じゃないんですか。まだ外は少し暗くありませんでしたか」

「そう言えば少し暗かったですね」

「雨が降っていたのを覚えておいでですか」

「いいえ、曇りでした。法要の墓参に行くのに、雨になったら大変だなと思いましたから」

「わかります。少しずつ思い出していただけてこちらも助かります」

「すみません。何しろ歳が歳でして……」

「いや、どなたもそうですよ。それでロビーで稲本さんに逢って声をかけられましたか」

「はい。朝早くから大変ですね、と」

「稲本さんは何かおっしゃいましたか」

「いや、ただうなずかれただけでした。それに険しい顔をなさっていましたし。稲本さんとは、私、十年程のつき合いですが、あの方が真剣な顔をなさっている時は何か気迫に押されるというか、それ以上、話しかけ辛いことがあるんです。私がお逢いしてからは捕鯨禁止運動のこととか、シー・シェパードの妨害とか、稲本さんにとって良くない報告ばかりをしなくてはなりませんでしたから」

　椎木尾が稲本のことを思い出すような表情をした。

「それで稲本さんはあなたが声をかけるとうなずかれたんでしたよね。その時の稲本さんの服装を覚えていらっしゃいますか？」

「服装……。たしかグレーのヤッケに同じような色のズボンでした。ああそれに帽子を被っていらっしゃいました」

「どんな帽子ですか」

「ほら少しヒサシの付いた毛糸の帽子ですよ。冬場に漁師さんが被っている」

草刈はメモ帳を一枚破って、そこに帽子の形を描いて椎木尾に見せた。

「ああ、こんな感じの毛糸のですね。私もひとつ持ってますから」

「稲本さんの衣服はどんなだったですか。例えばズボンやヤッケに泥が付いていたとか」

「泥ですか。はあ……、そこまでは気が付きませんでした」

椎木尾は首をゆっくりとかしげた。

「あなたは部屋に戻られたんですよね。稲本さんはロビーにそのままいらしたんですね」

「だと思いますが……。刑事さん」

椎木尾が立石の顔を見た。

「何でしょうか」

「よくわからないんですが、今、私が話していることは、もしかして稲本さんに不利になるような話ではないですよね」

立石は椎木尾の顔を見返して、口元に笑みを浮かべて言った。

「大丈夫です」

「新聞の記事を読みましたが、稲本さんは人を殺《あや》めたりするような人ではありません。私はあの人のそばにいたのでわかるんです。捕鯨禁止運動の人たちに対しても、シー・シェパードの人たちに対しても、稲本さんは憎しみを抱いたりは一度もなさらなかったんです。太地の追い込み捕鯨の人たちにも、憎んでいては物事が前に進まないとおっしゃってたんです」

「お気持ちはわかります。ですからこうして真実を解明しようと捜査してるんです」

立石の言葉に椎木尾が下唇を嚙みながらうなずいた。

「では椎木尾さん、もう一度、日を戻して二十一日の話をして下さい」

立石は椎木尾の記憶を少しでも正確に呼び起こさせるように辛抱強く訊いて行った。

「二十一日の朝は稲本さんと、朝食を一緒に摂られたんですね」

「はい。七時に一階のレストランで一緒に摂りました」

「その日は稲本さんは朝の散歩に出たとおっしゃっていましたか」

「はい、そうおっしゃってました」

「稲本さんは散歩がお好きなんですか。どうしてそんなに朝早くから出歩かれるんですかね」

「それは出歩いているのではなく必要だからなすってるんですよ」

「必要？」

「はい。捕鯨船の砲手というのは、いざ現場で漁となると五時間、六時間は平気で狭い砲台の立ち場に立ち続けなくてはなりません。それも波の荒い海で身体を上下、左右に振られながらです。砲手は捕鯨の要《かなめ》ですから、常に身体を鍛えて、その時に備えているんです。キャッチャーボートの乗組員は勿論ですが、うしろに控える船団の本船に乗り込んで待機している三十人、五十人の解体、仕分けの乗組員たちすべての要に砲手がいるんです。砲手が鯨を仕留めて、そこではじめて捕鯨がはじまるんです。腕の悪い砲手や、その年不調が続いている砲手にあたったら船団の乗組員全員が割を食うことになります。砲手の腕は船団の乗組員全員の腕であり、砲手の目は全員の目なんです。砲手は船団のすべてです。砲手の体力が萎《な》えた時は船団が力を失った時なんです。戦後、多くの名砲手が太地から輩出しましたが、稲本さんは間違いなく三本の指に入る砲手なんです」

椎木尾は捕鯨の話になると、それまでとは打って変わって饒舌《じょうぜつ》になった。

「大変な仕事なんですね」

「はい。その中でも稲本さんは特別でした」

「わかりました。惜しい人が亡くなったんですね」

「そ、そうです」

「その日、朝食が終わってから、それぞれ分かれて行動なさいましたよね」

「はい。私は法事で行く予定の親戚が東京に出てくるというので、昼前に宿を出て、新宿に行きました」

「稲本さんはどちらへ？」

「はい。そのことで、思い出してみたんですが、あの日の夜、赤坂の小料理屋で稲本さんと食事をして少しお酒を飲んだ時、稲本さんが浅草の話をしていました」

「稲本さんが浅草に行ったとおっしゃったのですか」

「いや、そうではなくて、昔話で浅草の話を楽しそうになさって。いえ、以前浅草で迷子になられたそうです。そういう失敗談を稲本さんの口から聞くのは初めてだったものですから」

「それがどうして稲本さんが浅草に出かけられたと思われたんですか」

「話の最後に独り言のように、浅草も変わった、とおっしゃったんです。それがひどく淋しそうだったんで、それ以上のことは聞かなかったんですが」

「そうですか、浅草が変わったと……」

「その時、もうひとつ気付いたんですが、稲本さんからとてもいい匂いがしたんです」

「匂いですか？」

「ええ、女の人の着物から漂ってくるようないい香りがしたんです」

その時、立石が草刈を見た。

稲本が部屋に残したボストンバッグの中にあった〝匂い袋〟と関係があると、二人は同時に思った。

「私、そんなに鼻が良くないので、私の思い違いかもしれませんが……」

「とんでもない。そういう気になったことを何でも話していただけると、こちらはとてもありがたいんです。それで、その小料理屋ですが、前は名前を覚えていらっしゃらないとおっしゃっていましたが、思い出されましたか」

「それがとんと……申し訳ありません」

立石は上着のポケットから地図を出して机の上に開いた。

椎木尾のおぼろな記憶をもとに地図でたどった。

「ともかく路地に入りましたら、すぐに店はありました。でも店の名前が……。私が支払いをしていれば領収書が残っているんですが、申し訳ありません」

「いいえ、ここまでわかっていればずいぶんと助かります。お店の人と稲本さんが親しかったということはありませんでしたか」

「どうでしょうか……。何が美味しいのかを訊いていらっしゃったのは覚えてます」

「ああ、そうですか。それで料理は何を注文なさったんですか」

「たしか刺身の盛り合わせを食べて、それぞれ一人前でちいさな鍋が出ました。その方がいいだろうと稲本さんがおっしゃって」

「美味しかったですか？」

「はい。美味しかったです。さすがに東京だと思いました」

椎木尾は記憶がクリアーになったのか目をかがやかせた。

「ああ」

椎木尾が素頓狂な声を出した。

立石も草刈も椎木尾を見た。

「何ですか」

「はい。もうひとつ思い出しました」

「何をですか？」

「食事をしてる時から、妙な音が耳の底でするな、と思っていたんです。いっとき店が静かになった時、たしかに聞こえて来て、稲本さんに、さっきから聞こえている音は何でしょう、と尋ねたんです。そうしたら稲本さんが即座に、笛の音だろう、とおっしゃったんです」

「笛の音ですか？」

「はい」

「どんな音ですか？　クラリネットとかピッコロのような感じの音ですか」

「いや、違います。日本の笛の音色でした。何かもの哀しい響きでした。それで私は誰かが近くで笛を吹いているんですかね、と訊いたら、稲本さんは何も返事をなさいませんでした」

草刈は、人間の記憶というものが、何かのきっかけでこれほど緻密になるものかと感心した。

「なんだ。この記事は。まさか、こんなものをあんたたちは本気にしてるんじゃねぇだろうな」

逢うなり、いきなり南部善郎は立石と草刈の前に新聞を放り投げて言った。

椎木尾への事情聴取が予測していたより長くかかったので、南部の所に行く時間が遅れてしまった。南部は少し酒が入っているようだった。

元日から刑事に待たされたのでは怒らない方がおかしい。

「すみません。遅くなりまして」

立石が頭を下げた。

「俺はあんたたちが遅れたことをとやかく言ってるんじゃねぇ。こんな出鱈目《でたらめ》なことを記事にして、カズの、稲本和夫の名誉はどうなるんだ。和夫はこれまでただの一度も暴力どころか、人にむかって手も上げたことのねぇ男だ。どんなに辛い漁の年でも笑って帰ってきた男だ。その男がこんなことで名前を穢《けが》されることがあっては俺は許せねぇ。東京だろうが、警視庁だろうが、この太地じゃ通用しねぇ。カズは骨になって戻ってきたんだぞ。この男がどういう男だったかは、この町じゃ子供でも知ってる。この男は俺たちの、いや俺の身体の真半分なんだ。俺は許せねぇ。カズに罪をかぶせた奴を俺は必ず、この手で仕留めてやる」

「お父さん、この人たちが書いた記事じゃないんだから……」

フジコが盆に小鉢を載せて部屋に入ってきた。

「この人たちも正月から和さんのことを助けようと思って来て下さっとるんと違うかね。それにこの人たちは〝桐屋〟の今年、最初のお客さんだし……。よくまあ正月からこんな遠い所まで来て下さって……。お疲れでしょうから、まずお風呂でも入って下さい」

南部は目を閉じたまま腕組みをしている。

フジコが立石と草刈に両手を合わせ、目配せした。

「まず部屋に入って楽なものにお着換えになったら……」

立石は立ち上がると、

「南部さん、ではゆっくりさせてもらいます。今日はもう遅いので、明日、お話を聞かせていただきたいのですが」

と南部を見た。

南部は目を閉じたまま黙っていた。

フジコが立石にうなずいた。

「じゃよろしくお願いします」

立石が立ち上がり、草刈も続いた。

廊下に出て、手伝いの女性に部屋に案内してもらった。階段を上がり、二階の廊下を歩き出すと、立石が言った。

「なかなかの男だな」

「酔っていたんでしょう」

「いや、あれは酔っちゃいない。俺は昔、先輩に教えてもらったことを思い出したよ」

「何をですか」

「世の中には俺たちの法や制度が通じない所がゴマンとある、と教えられた。実際、そういうところを見てきたしな」

「太地はそういう町ってことですか」

「いや、そうじゃない。あの南部って男の身体の中にそういうものが平然としてあるってことだ。もし稲本の中にもそういうものがあったら、この事件は、俺たちが思っているより厄介かもしれないな」

「……」

草刈は立石の背中を見た。

「おう、俺の部屋は〝くじらの間〟か。さすがに太地だな。草刈、おまえは?」

「ボクは〝イルカの間〟です」

「ハッハハ、そりゃおまえらしいな」

草刈は部屋に入ると窓辺に寄った。

窓を少し開けた。

汐の香りと波音が部屋の中に入ってきた。

民宿〝桐屋〟の裏手はすぐ海になっていた。

月が背後にあるのだろう。月光に照らされて太地の海がほのかに浮かんでいた。

——この海を稲本はずっと見ていたのか……。

草刈の目に昼間見た潮岬の燈台の姿が浮かんだ。

燈台の灯りは、今も海に放たれているのだろうか。

翌二日、朝七時に桐屋の玄関口で声がして、新宮警察署の布居裕一がやってきた。

丁度、朝食を摂り終えた草刈は笑って玄関に出た。

「おはようございます。布居さん、お早いですね」

「私は自宅が隣り町の勝浦ですし、それに今、朝早く起きてランニングをしているもんですから。少し早くて迷惑かなと思いましたが、昨日、草刈さんが剣道をなさってるとお聞きして、もしかして自分と同じくお早いんじゃないかと思いまして」

「ボクも今、少し町を歩いてみようかと思っていたところです」

「じゃ町を案内がてらご一緒しましょう」

「助かります。ところで漁協の方はどうなりましたか」

草刈と立石は、昨日の椎木尾功への事情聴取のあと、稲本が陳情のために持参する金をいくら手元に持っていたかを把握するために太地の漁民の大半が金を預けているという漁業協同組合の、貯金のわかる者を手配するように、依頼していた。

「はい。昨夜、何とか連絡がついて十時には組合の事務所に貯金のことがわかる者が出てくれるそうです」

「それはありがとうございました。じゃ本日はその調べからはじめて、午後から南部さんに話を聞くことになると思います」

南部善郎は、今日の午前中、串本町に年賀の挨拶があり、太地に戻ってくるのは午後になるということだった。

「それで草刈さん、今日、東京にお帰りですか」

その時、階段を下りてくる足音がして立石が玄関口にあらわれた。

「ずいぶんと早いな。約束は八時じゃないのか」

「おはようございます。自分はもう朝食を済ませましたので布居さんと少し町を散歩してきます。漁協の貯金の係と連絡が取れ、十時に漁協で会う手はずになっています」

「そうか。東京行きの最終便に間に合うには何時にここを出なくてはいけませんか」

立石が布居を見た。

「最終便は十九時五分ですから、十七時には太地を出た方がいいですね」

「わかりました。今、急いで朝食を済ませるんで途中にでも迎えに来てくれませんか。私も町を見ておこう」

「それなら一度、町の東の方に行って戻ってきますからゆっくり朝食を摂って下さい。それから町の中心に出ましょう。中心と言ってもひと回りしても三十分かかりませんから」

立石がうなずき、草刈と布居は表に出た。

布居の運転する車が発進し、短いトンネルを過ぎると左手にプレハブ造りの臨時交番が見えた。草刈は昨夜は暗くなって太地に入ったので交番の存在に気付かなかった。

「何ですか、あの交番は何か事件でも」

「例のシー・シェパードの抗議事件ですよ」

「ああ、去年の秋の……。テレビで見ました」

「いや大変でした。世界中にニュース映像が流れましたからね。報道の力があれほど強いとは思いませんでした。県警本部からも、これ以上大きな報道にならないよう何とかせよとの命令が出まして。それで臨時交番を設置したんです。まだいるんですよ、連中はこの町に」

布居の連中という呼び方に地元警察のシー・シェパードに対する見方が伝わった。

「ちょっと湾を見ていいですか」

「どうぞ」

草刈は湾を見下ろす、そこだけが物見台になっている場所に立った。

湾に下りて行く沢の小径の入口は立入禁止の札が立ち、金網のドアが設けられて大きな鍵がかけてあった。

「あれが畠尻《はたけじり》の湾です。もう何百年とここととその隣りで鯨を追込み、捕獲していたんですから……。文化の違いを説明せずに残虐な行為をしていると報道されたら、地元民はたまりませんよ。それは湾の流れも捕獲した鯨やイルカの血で染まりますよ。それだけを映して、あとはイルカの悲鳴のような音声を大きく流すんですから……。しかも盗撮ですからね」

草刈もその映像をテレビのニュースで見たし、海外で放映されたニュースもインターネットでたしかめた。

『高等動物であるイルカ、クジラが悲鳴を上げています。この血の海をご覧下さい。捕鯨禁止の条約を無視して日本では今もこのように残虐行為がくり返されています』

というコメントに続いて、ストップ、ストップと漁民に漁をやめさせようとするシー・シェパードの人たちの声がしていた……。

草刈がよく覚えているのは、外国人の女性から突然叫ばれた時の、漁民たちの戸惑った表情だった。

――なぜ、突然やってきて、おまえたちはそんなことを言うんだ。これは俺たちが子供の時から、いや祖父さんのまた祖父さんの代から、ずっと昔からここでやってきたことだ。こうせねば暮らしていけないのを知らないのか……。

そんな表情だった。

「太地は鯨と生きてきた町ですからね」

布居の声がした。

くじらの博物館を過ぎると、布居が陸に上がった船を指さした。

「あれがキャッチャーボートですよ」

二人は車を降りて船の下に立った。

濃いグレーの船体は船先にむかって極端に高くなっており、その先端に人一人がようやく立つ場所が金枠で囲まれ、前方に鋭角に装備された砲があった。砲の先には展示のためか銛が装塡されていた。あの砲台の金枠に立つ稲本和夫の姿を想像した。

「南氷洋が時化《しけ》った時はこの船の倍の高さの波の中を鯨を追っていくんだそうです。考えられませんよね。こんな船で極寒の荒れ狂う海を、鯨を追って射止めるなんて……」

布居の言葉をもってしても草刈は捕鯨の現場がいかなるものか想像がつかなかった。

「誰に聞いても稲本さんは評判のいい人ですね。太地の誇りとも言われていました」

「そうですか。でも布居さん。そういう人でも何かの事情で殺人を犯すことがたくさんあるんですよ。そういう人だったから殺人者になるという事件はあるんです」

草刈の言葉に布居はあわてて言った。

「あっ、すみません。余計な話をして」

「いいんです。ボクも稲本さんは善《い》い人だったんだろうと思っていますから」


「ああ、あれが例の湾か……。あっちが勝浦になるのか」

立石が岬の先端に設けられたかつての古式捕鯨の時に鯨を見張った〝山見台〟の上に立って周辺を眺めていた。

「ここで鯨を発見すると、この後方から狼煙《のろし》を上げ、いろんな旗をかざして、あの湾で待機する勢子船《せこぶね》に報せるんです」

布居の言葉に立石がちいさくうなずいた。

「〝一番銛〟と言って、海に飛び込んで鯨の鼻に切り込みを入れると名誉が与えられるんだろう」

「立石さん、よくご存知ですね」

「昔、若い時に小説で読んだんだよ。和歌山出身の作家が書いたものだ。たしか子持ちの母セミクジラにむかって行った男たちが全滅したって話だったが……」

「そうです。〝大背美流れ《おおせみながれ》〟と言われる明治時代に起きた出来事で太地町の鯨取りの男たちはほとんど亡くなりました。漂流を続けて生き残った数人が伊豆七島で救出されたそうです」

「この町にはほとんど田畑がないんだな。海にしか生きる方法がなかったんだろうな」

立石が太地の町を振りむいて言った。

草刈は昨日、熊野灘沿いを車で走った時に思ったことを立石も感じているのだと思った。

「たしかにそうですが、鯨は〝宝の魚〟と呼ばれるほど太地に富を与えました」

「何だね、それは」

「〝鯨一頭獲れば七浦にぎわう〟といわれるほど儲けが大きかったそうです」

「鯨はそんなにいい獲物なのか」

「はい。鯨には捨てる部位《ところ》がほとんどないんです」

「布居さん、鯨の話はそれくらいにして稲本の死んだ女房の実家は太地からどうしてなくなってしまったんですか」

「それは稲本和夫に漁野《りようの》家の娘の正子《しようこ》さんが嫁いだ後に、一家は祖父の征次郎《せいじろう》さんを残して親戚がいるアメリカに移住してしまったからです。漁野征次郎さんは、稲本さんの恩師だったという話です」

「娘と親父さんを残して海外に行くものなのかね」

「さあ、そのあたりの事情はわかりません。ただ〝大背美流れ〟のあとで、生活の術《すべ》をなくした太地の人の何人かは海外に移住したんです。漁野家にもその時の親戚がいたんでしょう」

「じゃ縁者はいないのか」

「一人、遠い親戚がここの隣町の古座にいますが、ほとんどつき合いはなかったようです」

「一応連絡を取ってもらえますか」

「わかりました」

布居が車の方にむかった。

新宮署に手配の連絡をしに行ったのだろう。

「立石さん。鯨の話はそれくらいにしては、ちょっと酷じゃないですか」

「どうしてだ？　さっきからあいつは鯨の話ばかりをしてるじゃないか。俺たちはここに鯨の話を聞きにきたんじゃないだろ。殺人事件《コロシのヤマ》の捜査にきたんだぞ」

「わかっていますが、布居さんも懸命にこの町のことを理解してもらおうと思っていらっしゃるんじゃないでしょうか」

「だから今の若い連中はダメなんだ。捜査以外のことに首を突っ込みすぎるから、捜査にまぎれが出るんだよ」

「まぎれですか」

「そうだ。捜査の本筋を外すと、見えるものが見えなくなる。今しがたの稲本の亡くなった女房の縁者が一人しかいないという雑音がそうだ。ほとんどつき合いがなかったかどうかは足を向けてみないとわからんだろう。俺たちが探してるのは百年も昔のセミクジラの事故で海外移住をしたって話じゃないだろう」

「……」

草刈は少し興奮している立石を見て口をつぐんだ。

布居が戻ってきた。

「当人と連絡が取れました。話をしてみますと、生前の正子と何度か会ってました。午後なら時間があるそうです」

草刈が布居の顔を見返した。

「署に呼びましょうか」

「いや古座なら、こっちから出向いた方が時間のロスがないだろう。布居さん、悪いが今日はもう一泊する。そのつもりで明日の手配をしてくれますか」

「わかりました。では連絡します」

布居が携帯電話をかけはじめた。

「すみませんでした」

草刈は立石に深々と頭を下げた。

「何を謝ってるんだ？」

「今の稲本の妻の親戚の件です」

「それは偶然だろう。あの刑事にしてもここで殺人事件を扱うことは一年に一度あるかないかだろ。下手をすると三年、五年担当することはないかもしれない。しかもこんな事件は一生ないだろう。俺とおまえはそういう事件にむかい合っているってことを忘れないことだ。俺はこれまで何度も地方での捜査をしてきたが、他所者《よそもの》に対して相手は必ず警戒するし、壁を作る。相手が話す事を鵜《う》呑みにしないことだ。今朝も朝飯の時に〝桐屋〟の女将は稲本がいかに実直で、この町のかけがえのない人物かをずっと話していた。それを真に受けることはないにしても、知らず知らずの内にこっちの頭にこの町の連中が描いている稲本像ができてしまう。そんな完璧な人間を俺はまだ一度も見たことがない。稲本は伝説になっている。伝説の大半は作られたものだ。その像の裏にあるものを見つけて帰ることだ」

「わかりました。すみませんでした」

「おう、ずいぶんと素直だな」

「そういう言い方はかんべんして下さい」

金刀比羅《ことひら》神社を参拝し、稲本家の墓所で妻の正子の墓を確認し、車は漁協のある町の中心に戻ってきた。

「あれが第七勝丸です。小型の鯨は捕獲できますけど、かつて砲手や見張り番を育てる訓練船だったんです」

布居がむかいの防波堤に繋留してある船を指さして言った。

「あれで訓練するんですか」

「そうです。中学を卒業すると、この近海で未来の砲手は鍛え上げられたんです」

後部座席で立石の咳払いが聞こえた。

「布居さん、漁協はどこでしたっけ？」

「もう目の前です。あの建物です」

漁協の建物は湾の中心のスーパーマーケットの前にあった。

「はい。組合長からも今朝、連絡を頂戴しまして。一応帳簿も出してあります。大変なことで驚きました。稲本さんがそんなことをする人ではないことは町の者は皆わかっておりますから、組合長からも稲本さんの容疑が晴れるなら何でも協力するように言われました……」

中野《なかの》と名乗る貯金、貸出しの係の男は生真面目そうな目を立石たちに向けた。

「ではさっそくですが、最近の稲本さん名義の貯金の動きを教えて頂けますか」

立石が言うと中野はあらかじめ稲本の貯金の動きを印字した用紙を机の上に差し出した。

稲本は、貯金のほとんどを引き出していた。

「稲本さんはずいぶんと貯金をお持ちだったんですね」

「伝説の砲手で、英雄でしたから。それに独り暮らしでご家族もありませんでしたし」

「捕鯨の砲手というのはそんなに収入がいいのですか」

立石の質問に中野は初めて白い歯を見せて布居の顔を見た。布居も笑い返した。

「あのまま捕鯨が続いていたら、こんなものではなかったでしょう」

「そうなんですか」

立石は相手の話に応えながら用紙に記された貯金が引き出された日付と金額をメモしていた。

「全盛時には給与以外の報奨金だけで一年は暮らしていけたくらいです」

稲本は一千万円以上あった貯金の大半を引き出していた。さらに東京に陳情に行く直前の十二月中旬に残った貯金を引き出していた。

「中野さん、すみませんが元帳簿を見せていただけますか」

立石が言うと中野の表情が変わった。

「こ、これが、元、元帳簿の正確な写しですが……」

「中野さん、あなたを疑っているわけではありません。今日は参考にと申し出て伺ったのですが、こういう捜査は元帳簿を提出して貰って照会して行くのが本来のやり方なんです。何か不都合がおありなら、今すぐその手続きを取りますが」

「中野さん、何かあるんですか」

布居が声を荒げた。

「あっ、いや、少し事情のある金を十二月に稲本さんにお渡ししたものですから」

中野はあきらかに狼狽していた。

「あの、組合長さんに連絡をさせて貰えませんか？」

中野は組合長と連絡を取り、その電話に立石が出て事情を説明した。

元帳簿が机の上に提出された。さらに五百万円の金を稲本は別口座から引き出し、上京していた。

「いろいろお手数をおかけしてすみません。最後にお伺いしたいのですが、稲本さんの財産はこの貯金だけなんでしょうか」

「とおっしゃいますと？」

「この町ですと、和歌山の地銀や郵便局もあるでしょうから。それでも給与の大半がこの漁協にそのまま振り込まれていたかどうかを知りたいんですが」

「捕鯨禁止になって、稲本さんが以前勤務なさっていたT漁業が捕鯨から手を引かれた後はうちにそのまま給与は入っていたと思います」

「ではそれ以前のことはわからないということですね」

「は、はい」

「そうですか。わかりました。お正月早々お手数を取らせました」

「い、いいえ、こちらこそ」

草刈は中野の様子をじっと見ていた。

立石が草刈に近づいて耳打ちした。草刈はうなずき、中野に歩み寄って話をした。

漁協を出ると布居が立石に言った。

「いや驚きました。漁協があんなかたちで金を預かってるんですね」

「この漁協にはそれだけ金が入っていた時代があったということでしょう」


桐屋に戻ると、南部の帰りが遅れると連絡があったので、立石たちは昼食を摂りに勝浦に行き、古座に居る稲本正子の親戚の女の家にむかった。

「〝太地の女に古座の男〟と言って昔からこの町には働き者の男が多いんです。その男たちが太地の女を求めたというのですから、太地は美人が多い土地だったんですよ」

後部座席から立石の吐息が聞こえた。

「布居さん、あとどのくらいかかりますか」

草刈が訊くと、布居は、前方の橋を渡ると古座の町だと言った。

車のフロントガラスの左手に大島が見えた。

するとむかいが串本町になる。

「串本町までは近いんですね」

「そうです。この辺りの海の中心ですね。海上保安署も串本にありますし、捕鯨が全盛の頃は主な水産会社の支社はすべて串本にありましたから。このあたりの海辺の町の人はまとまった買物は串本に来ていたようです。今はそうでもありませんが、昔は和歌山市、串本、新宮が南紀の大きな町でした」

古座はちいさな町だった。

古座駅の前に女が一人立っていた。

「ここらは話す所もありませんから、どうぞ家の方に。一人暮らしですから何のおかまいもできませんが」

彼女の家は町の中心の一角にあった。

家の前に古くなってわずかに文字が読み取れる看板があり、そこに〝色川《いろかわ》助産院〟とあった。

「助産婦さんなんですか」

立石が訊くと彼女は笑って言った。

「産婆ですよ。赤ちゃんを取り上げることはここ何年もありません。皆病院で産みますから。それでも何があるかわかりませんから、こうして看板だけは外さないでおります」

草刈は彼女のおだやかな口調を聞いていて、自分たちに対して動じないのは助産師という職業のせいだと思った。草刈はこの頃、さまざまな職業の人たちと逢ってきて、人間の佇《たたず》まいは当人の持って生まれた性格や気質よりも、その人が生業《なりわい》とする仕事が作って行くものではないかと思うようになっていた。

お茶を差し出す彼女の小さな手を草刈は見た。何人の赤ちゃんを取り上げたのだろうか。かつて診察室だったような部屋の壁には子育て支援の古いポスターがあり、ちいさな絵が一枚額に入ってかけてあった。

「色川とは珍しい名前ですね」

「主人の姓です。主人の里はここから山に入って行った山村にありまして、半数の家がこの姓を名乗っております。村の名が色川村でしたから。そこの峠から富士山が見えるんですよ」

色川誠子《まさこ》が笑って立石を見た。

その笑いが悪戯《いたずら》好きの少女のように映ったので立石も笑い返して言った。

「ご冗談を」

「いいえ、本当でございます。一年の間の数日だけ、それも冬の寒くて晴天の朝です」

「本当ですか？　それはスゴイ」

草刈が目をかがやかせた。

彼女は草刈を見返して嬉しそうにうなずいた。

「それでお正月早々お手間を取らせましたのは稲本和夫さんのことで少しお話を伺いたいと思いまして」

「昨日の新聞で読みました。可哀相なことになってしまいまして胸が痛みます。私は和夫さんには一度しか会っていません。それも正子さんとの結婚式で挨拶しただけですのでお役には立たないのではないかと」

「その正子さんのことを伺いたいのです」

「ほう、正子さんのことをですか？」

彼女は意外そうな顔をした。

「稲本さんの唯一の家族の方でしたので、参考のためにどんな方だったのかをお聞きしておこうと」

「人の一生はいろいろでしょうが、私には正子さんは少し可哀相だった気がします」

「若くしてお亡くなりになったからですか」

「それもありますが、まあ和夫さんの仕事が一年中海に出ている仕事ですから、家を守るのが新妻の役割ということはわかりますが、やはり最期は淋しい別離でした」

「ご病気だったんですよね」

「はい。子宮癌で、診察で見つかった時は手遅れでした。もう身体中に病巣がひろがっていました。息を引き取った夜、私は急なお産がありましてそばにおれませんで、一人で亡くなりました。不憫《ふびん》でした」

「失礼なことを伺いますが夫婦仲はどうでしたか」

「それは結婚をして一年半ですから。和夫さんを好きになったのは正子さんの方からのようでした。二人は幼い頃から知っていたということです。それに正子さんの祖父の征次郎が和夫さんの仕事の育ての親というか。太地は鯨の町でございましょう。私の又従弟《いとこ》にあたる征次郎は銛打ちの名人と呼ばれていた人で、征次郎が和夫さんを一人前の砲手に育てたと聞きました。その縁で正子さんは和夫さんに憧れていて……。ほれ、太地は他と違って変わった町でございましょ」

「変わったといいますと」

「昔からほとんどの人が鯨を獲ることに関わっていて、鯨が一番なんです。鯨が人より偉いと思っている者も大勢いたんです。それはおかしいでしょう」

「たしかにおっしゃるとおりです」

　立石がうなずいた。

「結婚式に出席しましたら鯨の話ばかりで、征次郎の弟子で一番の和夫さんはもう英雄でした。それは良いことでしょうが、若い夫婦には他に大事なこともあります」

「はあ、それはどういうことなんでしょうか？」

「……………」

　彼女は口をつぐんだまま立石の顔を見返した。立石も彼女の表情が何を言いたいのかわからないようだった。

「刑事さん、あなたご結婚は？」

「去年の春にしました」

「それなら仕事も大切ですが、夫婦には、ましてや若い夫婦には他に大切なことがあるのはおわかりでしょうが。私は和夫さんと正子さんの夫婦仲について詳しいことはわかりません。しかし正子さん夫婦が傍《はた》から見て羨《うら》やむような家庭だったかどうかは確信できませんでした」

「何かご存知なんですか」

「いいえ、何も知りません。和夫さんが真面目で誠実な人だということは正子さんから聞いています。時には英雄というのはつまらないものなのではないでしょうか」

「色川さん、稲本さんは人を殺したと犯行声明を書き、しかも自殺したようだというのが今の多くの見方です。私たちは事件の真相を捜査しています。稲本夫婦のことで何かご存知でしたらどんなちいさなことでもかまいませんからお話ししてもらえませんか」

立石が相手を睨んだ。

「さっきもお話ししたとおり、和夫さんには一度しか会っていませんし、正子さんとも数度話をしただけで二人のことは何も知りません。それにもう四十五年以上も前の話ですよ」

それっきり色川誠子は口を閉ざした。

「ああ、これって潮岬燈台ですよね」

草刈が壁にかかった絵を見て言った。

「そうです。私が取り上げた子供が描いて送ってくれたんです」

「絵の隅に〝ありがとう〟と書いてありますね」

「そうなんです。それを描いた男の子は潮岬燈台の燈台守の夫婦の子供です。奥さんが夜中に急に産気づいて、私が海上保安庁からの連絡を受けて駆けつけました。燈台の小屋で取り上げさせてもらいました。あれは二月の激しい雨と風の夜でした。ご夫婦の勤務先がかわる春に少年を連れて挨拶に見えて、その時に頂きました。その男の子、いやもう立派な弁護士になられた方から年賀状が届きました」

「へぇ〜、そんな曰《いわ》くのある絵なんですね。立派な仕事ですね、助産婦さんって」

「そんなことありません。産婆はこの世の中に出てきたいと懸命な赤ちゃんに手を差し出して取り上げるだけの仕事です」

「いや立派だと思いますよ。ねぇ立石先輩」

「あなた結婚は？」

　草刈は頭を掻きながら、

「いや相手がいなくて……」

　と笑った。

　ちょっと待って、と彼女は言い、奥から小冊子を手に戻ってきて草刈に差し出した。

「ここに大人はどうして子供を作って育てなくてはいけないかが書いてありますから」

「ああ、ありがとうございます」

　草刈が立石を見るとあきらかに不機嫌な顔をしていた。

その夜、立石と草刈は南部から稲本がいかに生きてきたかを数時間にわたって聞いた。

「……和夫と俺は太平洋戦争が終わる年に、この町で生まれた。俺の家は代々、鯨に銛を打ち込む羽刺《はざ》しの家で和夫の家は鍛冶役《かじやく》の家だった。あれの父親も俺の父親も瀬戸内海にある特殊攻撃艦の製造所に引っ張られとった。それが爆撃に遭い、和夫のオヤジは亡くなり、俺のオヤジは足を失った。敗戦で働き手を失った太地の捕鯨は壊滅状態だった。それでも少しずつ男たちが戻ってきた。中でもシベリアから、名人、漁野征次郎さんが復員して、ようやくかたちが整いはじめたんだ。当時、食糧不足だった日本は、GHQに捕鯨再開を申し出て許可され太地の捕鯨はようやく再開した。征次郎さんは長い抑留生活で背中を痛めて砲手として南氷洋に行くことはできなかった。それで征次郎さんは次の捕鯨の担い手を育てるべく太地の少年たちに特訓をはじめた。戦前だって国民学校を出てから訓練したものだが、俺たちは小学校の高学年になると訓練船に乗せられた。和夫は沖合いを泳ぐ鯨の汐吹きを見る〝山見〟をさせても、砲を扱わしても群を抜いとった。和夫には海の中が見える、鯨の動こうとする道がわかる、とまで言われた。名人、征次郎さんに、自分より上の砲手になると言わせたほどだった。それはもう惚れ惚れする腕だった……」

「稲本さんには兄弟はあったのですか？」

「いや、あれは一人っ子じゃ。父親が亡くなったしな」

「それではお母さんが一人で育てられたんですね」

草刈が訊くと、南部のかたわらにいた妻のフジコが言った。

「太地の捕鯨の組には昔から共済の会がありますから。働き手が事故やらで亡くなったら会からお金が出ますし、残った家族の面倒を他の家族がみますから……」

「ほう、そういう会があるんですか。戸籍を見ますと和夫さんの母上のソノミさんは昭和二十六年に除籍されていますが」

「逃げたんじゃよ」

南部が苦々しい顔をして言った。

「あの母親は元々が串本の雇女《やとな》じゃったんじゃ。尻が軽かったのよ」

「あなた、そういう言い方は……、ソノミさんはそんな人ではありませんでしたよ。気のやさしいいい人でした。きっと淋しかったんでしょう」

「自分の息子を置いて男と逃げる母親がどこにおるものか。あの夜、俺は和夫が泣くのを初めて見たんだぞ。あいつがどんなに辛かったか、わかるものか」

南部が怒鳴り声を上げた。

「ではそれから稲本さんは独りで？」

「いいえ、征次郎さんが和さんを引き受けなさいました」

「では正子さんの家族と？」

「いいえ、正子さんの親は征次郎さんと上手くいっとりませんで、征次郎さん夫婦は別れて暮らしてました」

「あそこの親は捕鯨を嫌っておった不届き者じゃ。そんな話を口にするな。おい酒を持って来い」

「南部さん、酒は話が終わってからにして下さい。いくつかお聞きしたいこともあります」

　南部は立石の顔を不機嫌そうに見て話を続けた。

「南氷洋に出てからの和夫は水を得た魚のように、それまであった砲手の記録をどんどん越えて行った。和夫がいる捕鯨母船団は豊漁につぐ豊漁だった。しかも一番の若い砲手で、南氷洋に集まる捕鯨船団とその関係者で和夫のことを知らない者はなかった。新聞にも載ったし、映画のニュースにも取り上げられた英雄じゃった」

「それはもう和さんは太地の誇りでした。私も映画のニュースを見に映画館に行きました。太地の小学校、中学校でも見せたほどです。その後で捕鯨の競争のニュースも見ました」

「そうじゃ。あれは昭和三十何年じゃったか、南氷洋でノルウェー、スウェーデンをはじめとした各国の捕鯨船団が期間を決めて捕獲数の競争をした年があった。俺たちが文句なしの一等だった。敗れた国から捕獲数に上積みがあったのではないかと声が出るほどの図抜けた成績じゃった。捕鯨をする者が嘘などつかんことは皆知っておったからな。あの厳しい寒さの荒れ狂う海で鯨を追って行くことがどれだけ過酷なものかは実際にあの海に行った者だけが知っておる。放り出されたら一瞬で死んでしまうし、事故が起きたらキャッチャーボートの乗務員全員が死んでしまう。それを知っているからあの海ではどこの国の船とでも協力して操業しとった」

「稲本さんがご結婚なさったのはいつのことですか」

「和夫が正子さんをもらったのは……」

南部が考えるような表情をした時、フジコが言った。

「競争で一番になった年の春ですよ。披露宴でニュースのフィルムを水産会社の人が流してくれましたから」

「そうじゃ。あの年じゃ。目出度いことが続いた年じゃった」

「挙式をしてすぐに出航でしたね。太地の花嫁は誰も皆同じですからね」

フジコが思い出すように言った。

「稲本さんはお子さんはなかったんですか」

南部がうなずき、フジコが答えた。

「子宝には恵まれんかったですね。二回海に出たら赤児の顔が見られるというのが太地の慣わしでしたが、和さんたちには子供は授かりませんでした。子供でもいたら、正子さんも長生きできたのかもしれません」

話が一段落して、別室で食事になった。

近所の主婦だろうか、料理の手伝いをしていた。

鯨料理が用意されていた。アカニク（赤肉）とカノコ（鹿の子）の刺身。セセリ（舌）とオバ（尾羽）のさらし酢味噌和え。そしてオノミ（尾の身）のステーキが食卓に並んだ。

「さあ召し上がって下さい」

フジコが立石たちに料理をすすめた。

「おう、今夜は豪勢だのう。腹一杯食べてくれ」

立石が草刈を見た。立石の表情を見て、草刈は南部に言った。

「すみません、お気持ちは有難いのですが、自分たちはここに仕事でお邪魔しましたので、饗応を受けるわけにはいきません」

草刈の言葉を聞いた南部と妻が口をあんぐりとさせて二人を見返した。

「何を言っとるんだ、おまえたち」

南部の声が大きくなった時、フジコが笑って言った。

「これは宿泊されたお客さん用の料理です。どうぞ召し上がって下さいませ」

草刈は立石を見た。立石がうなずいた。

二人は席に着き、フジコが差し出したビールを見て、草刈が言った。

「これも会計に入れておいて下さい」

「ハッハハハ」

南部が笑い出した。

「刑事というのも切ない仕事だのう。おい俺には酒をくれ」

南部がフジコに言った。

草刈は料理を口に運びながら、鯨は美味いものだと思った。

しばらくしてフジコが船の模型のようなものを大事そうに持ってあらわれた。

「これが勢子船です。私の父がこしらえたんです。父は太地の船大工でした。私が嫁入りする時に持たせてくれました」

「いや見事なものですね。こんなふうに本物も船の底は赤かったんですか」

見ると船底が赤く塗られていた。

「はい。勢子船は速さが命でしたから。鯨と追いかけっこをするんですから」

「勢子船は古式捕鯨の命じゃ。より速く進めるために船底に漆や脂を塗って水を滑るように工夫した。漁を終えると皆で勢子船を担いで陸に揚げて綿を敷いた上に置いたほどじゃ」

「そうなんですか」

「逃げはじめた鯨の速さは半端じゃない」

南部がうなずいた。

「稲本さんの父上は鍛冶職人だったそうですが、稲本さんもいろいろご自分で鍛冶の仕事をなさっていたんですね」

「和夫は器用だったからな」

「さあお口に合うかどうか」

フジコが盆に載せた果物の皿を差し出した。

立石が立ち上がり、草刈に酒代の精算をちゃんとしておけ、と言って二階に行った。

「あっ、自分も参ります」

草刈が立ち上がろうとすると、フジコが草刈の肩をおさえて、まあ、ゆっくり食べてからにして下さい、と言った。

草刈は仕方なく果物を食べはじめた。

南部は一点を凝視したまま押し黙っていた。

南部はグラスの酒を飲み干し吐息をつくと、独り言のように語り出した。

「……あれは南氷洋での捕鯨が中止になる二年前だった。一月からひどい時化が続いて不漁の日が二週間にもなっておった。無理をしても漁場にむかわなくてはならなかった。しかしその日もやはり徒労に終わって、母船団の待機域に引き返そうとした時だった。俺は見張台を降りて機関室に入ろうとしていた。キャッチャーボートというのは船であって船ではないところがある。操業する海はおだやかな時でも強い風と波が起きている。ましてや時化になると、ここらの海では考えられないほどの荒れようだ。その中を鯨を追いかけるのだから船は刃の先のように鋭くなっている。七百トンのキャッチャーボートは全長が六十五メートルあるのに船の幅は十メートルしかない。その上、両方の舷側に沿ってデッキが設けられているからデッキに立つことなどできない。俺は一番上のタワーブリッジからアッパーブリッジに降りようとしていた。その時、大きな波とぶつかった。俺は一瞬の内にデッキに放り出され、頭と背中を船壁にぶつけ、反動でそのまま海にむかってデッキを滑って行った。終わりだと思った。かろうじて繋留錨に合羽の腰の辺りが引っかかって宙吊りになったが、ズルーッと合羽が抜ける感触がした。俺は観念して目を閉じた。

その時、俺の身体が何かの力で引き戻された。目を開けると和夫が砲台からデッキに飛び出し、俺を抱きかかえていた。あとでわかったが和夫は命綱なしで俺にむかって飛び降りてきていた。ひとつ間違えば、いやひとつどころじゃない。俺の身体を鷲掴《わしづか》んだことが奇蹟に近かった。和夫は自分も半分死んでもかまわないという行動をしていた。俺が今、生きていられるのは和夫のお蔭だ。宙吊りになっていたのが俺でなくともあいつは同じ行動をしていたと思う。そういう男が人を殺すと思うか。

和夫は嵌《は》められたに違いない。俺にはわかる。あれの純朴なこころを踏み躙《にじ》った奴がいる。俺は必ずそいつを見つけ出して、和夫の身の潔白を明かしてやる」

鈍い音がした。

見ると南部の手の中でグラスが割れていた。

「南部さん、血が……」

「いいか、おまえたちが和夫を容疑者とみなしているのならおまえたちは俺の敵だ。俺は和夫のためならどんな者にもむかって行く」

草刈は立ち上がってフジコを呼びに行った。

そうして宴会の場に戻ると、妻に手の血を拭《ぬぐ》わせている南部にむかって言った。

「南部さん、あなたが信じているとおりこの事件に稲本和夫以外に犯人がいるのかもしれません。その真相を探り出すために私たちは捜査しているのです。必ず真相をあなたに報告に来ます。だから捜査は私たちに任せて下さい。私は初めて太地に来て、捕鯨をしてきた人たちを誇りに思いました。私もでき得るなら世界一の砲手が犯人であって欲しくないと思っています。最善を尽くしますので、どうか捜査にご協力をお願いします」

「ほら、あなた。刑事さんも和さんが犯人じゃないって言って下さってるじゃないの。私だって、どんだけ悔しい思いをしているか。あの記事を読んでから泣きっ放しだもの」

血を拭っている南部の手にフジコの大粒の涙が零《こぼ》れ落ちていた。

5

一月の第二日曜日の午後、草刈大毅は六本木にむかう地下鉄に乗っていた。

電車は混んでいた。家族連れの姿も多く、子供の声があちこちで聞こえていた。

鑑識課の皆川満津夫と富永景子と六本木の美術館で待ち合わせていた。こうして休日に美術館に出かけるのはひさしぶりのことだった。

今朝、目覚めて捜査本部に出勤しなくていいのかと思うと草刈は解放された気分になった。

　ベッドサイドの時計を見るといつもの癖で朝の七時前である。皆川たちと待ち合わせた時刻まではたっぷり時間があったので、もう少し休もうかと思ったが彼はエイッ、と声を上げ起き上がった。

　――せっかくのラッキーサンデーだものな……。


「草刈君、日曜日に鑑識課《うち》の連中と印象派を美術鑑賞に行くんだって？」

　金曜日の夕刻、捜査本部で草刈が主任の畑江正夫のデスクに報告書を持って行くと、畑江や立石と話していた葛西隆司が言った。

「いやまだそうすると決めたわけではありません」

　草刈は翌日、稲本和夫が不動尊の事件の当日に出向いたと思われる浅草へ聞き込みに回る予定で、その捜査の具合いでは日曜日も出勤するつもりだった。

「印象派って、あの絵画のか。草刈、おまえそんな趣味があったのか」

　立石が草刈を見た。

「いや、鑑識にいる同輩から誘われたものですから」

「あの大男か。あいつが美術鑑賞をするとは思えんがな」

「いや、皆川はああ見えてとても細やかなところがあるんです」

「そうなんですか、葛西さん」

「はい。そういう面はありますが、草刈君の細やかという表現が適切かどうかは肯定しかねますが」

葛西が口元に笑みを浮かべて言うと立石がニヤリと笑った。

「そうか、じゃ日曜日は休んでいい。かまわんよな、立石君」

畑江が立石を見て言った。

「ええ明日の浅草は半日あれば済むでしょうから。草刈君、インテリジェンスを磨いてきてくれよ」

「立石さん、そういう言い方は……」

それでも葛西の一言で幸運な休日が取れたことは嬉しかった。

――皆川は葛西さんに手を回したな。

数日前に署の廊下で逢った時の皆川の顔が浮かんだ。

その週の初めに赤坂署の廊下を歩いていると皆川に呼び止められた。

「おい、日曜日は空いてるか」

「まだわからないね。おそらく何か入ると思うよ」

「おまえ、暮れから働きっ放しだろう。自分から言わなきゃ、休ませてはくれんだろう」

「無理に出勤してるわけじゃないから」

「酷使されている者は皆そう口にするんだ。何とか畑江さんに言って時間を作ってくれよ。この通りだ」

皆川が両手を合わせて頭を下げた。

「何があるんだ」

草刈が訊くと皆川は内ポケットからチケットを出した。

「これだよ。何とかギャラリーの美術展を今六本木の国立新美術館でやってるんだ」

「たぶん無理だと思うな。誘ってくれたのは嬉しいが誰か他の者を誘ってやれよ」

皆川は周囲をちらりと見て草刈の耳元でささやいた。

「富永さんを誘ってるんだ。海外で美術館巡りをしているらしく、この展覧会に行こうと誘ったら、俺を見直したって言うんだ。それで、ええと、イン、イン何とかを……」

「印象派だよ」

「そう、それをご教示して欲しいと言ってきたんだ。これを上手くやれば……」

そこまで言ってまた声を潜め、

――脈があるんだ。攻略できるかも……。

と言って拳を握りしめ草刈の顔を見てうなずいた。

「じゃ週末に行けるかどうかを報せるよ。ダメでも悪く思うなよ」

「そうじゃなくて、俺とおまえの友情を示してくれよ。一生の頼みになるかもしれんのだ」

草刈の手を握りしめた皆川の握力は尋常な強さではなかった。

わかった、主任と立石さんに話してみる、と言った。

「ありがとう。恩に着るよ」

皆川は真顔だった。


時刻が過ぎても、皆川と富永は待ち合わせの場所にあらわれなかった。

三十分を過ぎたので草刈は美術館に入った。

金曜日の夕刻、皆川はチケットを渡しがてら草刈のもとにやってきて、日曜日なので会場はひどく混んでいるようだから逢えなかったらゴッホの自画像の前で落ち合おう、と言っていた。

皆川が言っていたとおり、会場には人があふれていた。印象派の絵画は日本人の好みだと聞いたことがあったが、これほどまでとは思わなかった。入口付近から動けないありさまだった。

――これはゴッホの作品の前に行くのもひと苦労だぞ……。

前に進むのも思うようにいかなかった。無遠慮を覚悟で人を掻き分けていかないと作品に近づくことができない混雑振りだ。それでも奥に行くと人の流れは少し良くなり、ようやく作品を鑑賞できるようになった。

ガイドのついている団体客もいた。

「一八七四年四月十五日、パリ、キャプシーヌ大通り三十五番地の写真館で若い画家たちによる展覧会が行われました。それまでのフランスの古い体質のサロン展に対抗しての展覧会でした。この時にクロード・モネが出品した作品が『印象・日の出』というタイトルでした。その作品名から、この新しい絵画を制作する人たちを〝印象派〟と呼ぶようになりました。最初は決して評判がいいものではありませんでした。しかし彼等を支持したのはこのワシントン・ナショナル・ギャラリーの創設者である新興国アメリカの……」

草刈はその女性ガイドに近寄り、ゴッホの自画像はどこにあるのかを訊いた。次の次の部屋にあるという。今はピークですから少し時間を置いていかれたほうが、と教えてくれた。

草刈は時計を見ているガイドに訊いた。

「もうひとつすみません。モネの『日傘を差す女性』はどこにあるんでしょうか」

「それはこっちの部屋です。今、団体が出て来ましたから、すぐに行かれるといいですよ」

草刈は礼を言って部屋に入った。

その絵を見た途端、草刈は懐かしさがこみあげてきた。

この本物の作品を以前、見たわけではなかった。

見たのはこの作品が載っていた美術書だった。

高校二年の夏のことだった。美術書を草刈に貸してくれたのは美術の教師の武井《たけい》静雄《しずお》だった。

「まあ休みの間にゆっくりとこれを眺めるといいよ。先生たちも今回のことについては上にお願いしてみるから、きっと穏便な処置で済むと思うよ。過ぎたことは忘れて、秋からしっかり勉強することだよ」

草刈は生返事をしながら机の上に置かれた一冊の美術書をめくった。

その時、偶然に開いたページにあったのが、この『日傘を差す女性』と題された作品だった。

「それは印象派を代表するモネの作品だ。正式なタイトルは『散歩』だけど日本ではそう呼ばれている。モネはこの春先授業で教えたんで覚えてるよね。有名なのは『睡蓮《すいれん》』のシリーズで、パリに行くとこの『睡蓮』の大作が展示してある美術館がある。その作品だけのために、モネの親友だった当時の宰相が建造させたんだ。先生も一度、鑑賞したいと思っている」

モネの名前は知っていたが、草刈は画家に興味があったわけではなかった。

「その作品のモデルはモネの奥さんのカミーユだ。そばにいるのはモネの息子のジャンだ。カミーユはこの絵を制作した四年後に亡くなっているんだ」

「亡くなったんですか」

「ああ、そうだ。モネが売れない時代の一番貧乏で苦しい時を支えてきた女性だ。カミーユの半生はそういう点では可哀相だったと言える。モネもカミーユを慕って、十一年後に同じモチーフの絵を再び制作している。亡き妻のことを思って描いたんだろうね」

草刈はその夏の間、その画集を見続けた。十三年前のことだ。

彼は前方にいた人たちが去ったので作品に近づいた。

画集で何度も見た作品であるが、本物の作品はキャンバスから迫ってくるものがあった。

花の咲く、丘の上であろうか、青空に白い雲が流れている下に若く美しい母と幼い少年がこちらを見ている。涼やかな風が吹いているのだろう。足元の草や花が揺れ、女性の髪やスカーフも揺れている。

——ああ同じだ……。

草刈はつぶやいた。

それは女性の美しい顔を一瞬の風が撫でて行ったように白と青色が重なった風の精のようなものが横切っていた。そのやわらかな線の間に、草刈が幾度となく見つめた瞳があった。

——本物の作品の方がもっと似ている……。

草刈は目の前の作品の中の女性をじっと見ていた。こみあげてくるものがあった。

するとふいに右手の甲に何かが触れた。

——何だろう?

見ると手の甲が濡れていた。草刈はあわてて目元を拭った。

知らぬ間に涙が零れていた。

草刈は周囲に気付かれぬようにポケットからハンカチを出して目元をおさえた。

「それにしても凄い人の数よね」

富永景子が美術館の建物が見下ろせるバーの窓辺のテーブルに頬杖をついて言った。

「ボクも正直、驚いたよ」

草刈が応えると皆川もうなずいた。

「それだけ日本人も文化度が上がったってことか。しかしあそこに来ていたオバサン連中を見ていたらそうは思えんがな」

「私もそう思ったわ。何だかオノボリさんと一緒に見物に来てるみたいだったわ。フランスもアメリカも美術館の中にこんなには人を入れないわ。ゆっくり見れやしない。疲れた……」

富永景子が言葉を止めて彼女の目の前に差し出されてきた皆川の手を見た。

「もう一杯頼もうか」

「ああお願い。あらっ、もうあなたのグラス空じゃない。そんなに飲んで大丈夫なの」

「大丈夫。自分のペースはわかってますから。それにハイボールは俺の身体にはソフトドリンクってところだから。草刈、おまえも飲まないか。このハイボール美味いぞ」

「いや、昼間飲むとあとで頭痛がするんだ。どうぞ遠慮なく二人はやって下さい」

「じゃ注文がてらちょっとトイレに行ってくるわ。その間に俺の悪口は言わないように。

俺は地獄耳だからな」

「せいぜい言っといてあげるから。ごゆっくり」

富永景子は皆川がトイレのあるエレベーターホールの方に消えたのを確認すると、左手にしたブレスレットのゴールドの鎖をいじりながら目を伏せたまま言った。

「草刈君って、皆川君よりひとつ歳上なんだってね」

「は、はい。高校の成績が悪くて留年してしまって。頭が良くないので」

「そうなの？　その留年の理由って学業じゃなくて素行だって聞いたわ」

草刈は思わず富永を見た。

「それも女性問題ですって。不良だったのね、草刈君って」

富永が顔を上げて草刈を見た。

――皆川の奴、いらぬことを話して……。

そのことを知っているのは署内では皆川しかいなかった。

富永の目つきが違っていた。瞳が濡れたように光っている。たしか彼女は自分たちより五つか六つ歳上のはずだ。

「さっきあなた絵を見ながら泣いてたでしょう」

「……………」

「隠してもダメ。ちゃんと見てたんだから。私たち待ち合わせに遅れて来たんじゃなくて、私がトイレに入りたくて先に館内に入っていたの。トイレから私が出た時、あなたが中に入ってくるのが見えて、それで面白いから待ち合わせた絵の前まであなたをつけてたの」

——そうだったんだ……。

「あなたの背中がセクシーだって言ったら、皆川君があなたは純情だって思われてるけどそうじゃないんだって話をしはじめたのよ。ちょっと驚いたわ。人にはいろいろあるのね」

「忘れて下さい」

草刈が言うと、

「嫌な思い出なんだ」

とまた顔を覗き込んだ。

「趣味がよくありませんよ」

「あらそうかしら、高校生で女性問題を起こして一年間停学になる不良より？」

「……………」

草刈は黙った。

エレベーターホールから皆川の姿が近づいてきた。草刈はちいさく吐息を洩らした。

夕刻から雨が降りはじめた。

五反田から大崎にむかう山手通りから少し外れた場所に環状線と横浜方面からの線路

が並走し、そこに操車場に入り込む線路があり、奇妙な風景を見せている区画があった。その区画を跨《また》ぐ跨線《こせん》橋は奇妙なコの字状になっている。

日曜日の夜の雨だから、その跨線橋を通る人はほとんどいなかった。

雨の中、跨線橋の上に一人の影が立っていた。

草刈大毅だった。

彼の家はこのすぐ近くにあった。

彼はもう二時間余り、そこに立っていた。

少年の頃、草刈は一人でよくこの跨線橋に立って電車が左右から接近し、やがて肩を並べるように走るのを飽くことなく眺めていた。警察官であった厳格な父親がいる家の中は空気が重苦しかった。草刈はいつの頃からか自分を解き放ってくれる世界に憧れた。跨線橋から見える電車の往来する光景の中にはそれがあった。特に西にむかって行く電車は少年の彼を自由の地へ連れて行ってくれる気がした。

ここに一人立つことは少年にとって唯一の安堵でもあった。

最後に立ったのは、十三年前の夏だった。以来、ここに来ることがなかった草刈が、今日の午後、あの絵を見てから気持ちが動揺し、気がついた時はここに足を運んでいた。封印しようと決めて忘れていた記憶の箱が開いてしまった。

十三年前の夏の夜、草刈はここに立って始発の電車が動き出すのを待っていた。最終の電車の後、何本かの貨物を積んだ列車が通過した。

彼は始発の電車が後方から踏み切りの警報音とともにやってきたら、跨線橋から飛び降りるつもりだった。

——もう自分は生きている価値のない人間だ……。

その二日前、彼は父親にともなわれ赤坂署に行った。

或る事件に自分の息子が関わっていたことを知り、父は逆上と困惑をくり返した。

一人の若い女性が自殺した。赤坂の置屋の二階の便所で女性は天井の貯水タンクから伸びた水管に内帯の紐を括りつけ縊《い》死《し》していた。

まだ二十歳の、その年の春、半玉から芸妓になったばかりの女性だった。伊《い》藤《とう》カナコ、芸名カナエ。女性のお腹の中には四ヶ月になる胎児がいた。彼女の部屋の机の抽出しから胎児の父親であろうと思われる男性に宛てた手紙と、家族への手紙が見つかった。

発見したのは置屋の女主人だった。女主人はその手紙を読んで逆上し、封筒に名前のある草刈という男を許せない、賠償金を相手から取らねば済まないと赤坂署に訴え出た。

赤坂署は遺体の状況から自殺と判断していたから、男女の色恋の沙汰であるし、警察として捜査の対象にならないと女主人に説明した。しかし赤坂花柳界の古い置屋の女主人の申し出ゆえに、何度か座敷に上がることのあった署長が草刈という男の身元くらいは調べて女主人に相手との交渉の余地を与えてやろうということになった。

芸妓カナエが上がっていたお座敷の客の中に草刈という名前の客はいなかった。お座敷以外で交際していた男性であろうと女主人も探したが、カナコの普段の暮らしの中でそんな男の存在を誰一人見たものはいなかった。皆目見当もつかなかった。この厄介な仕事を署長から命じられた警邏《けいら》担当の警察官は、毎日、二度も署に電話をかけてきては男の身元がわかったかと迫る女主人への対応にほとほと嫌気がさしていた。

ところがひょんな所から男の身元が判明した。

赤坂署のその警察官が警視庁に用向きがあって訪ねた時、同期のいる生活課に寄り、彼に女主人の愚痴を零した。その時、たまたま二人のそばで草刈章吾《しょうご》巡査が事務仕事をしていた。

「草刈さん、まさかあなたではないでしょうね」

冗談半分に話を振られ、草刈巡査はもしかして探している相手は自分の息子の大毅ではないかと思っていた。

その年の冬休み、息子が剣道部の練習を休むようになり、友人の家族とスキーに泊まりがけで行くと家を三日空けた。短髪であった頭髪を伸ばすようになった。色気付くのは仕方ないと思っていたが、夜遅くに帰宅することがあった。そんなことはこれまで一度もなかった。

気になってスキーに一緒に行ったという家族に連絡を入れると皆東京にいた。夜遅く帰宅した息子にどこに行っていたのだと問い詰めても何も答えようとしない。平手で頬を打ってなおも問いただしたが頑として答えようとしなかった。息子が部屋に引き上げた後、彼は自分の手にかすかに匂いがついているのに気付いた。甘い香のような匂いだった。妻を呼んでたしかめると女性が使用する化粧品の匂いに似ていると言われた。

草刈巡査はその日の夕刻、赤坂署を訪ね、昼間逢った警察官に詳しい話を聞いた。

「草刈さん、何か心あたりでもおありになるんですか」

「まだたしかなことはよくわかりませんが、そうであったら出頭させます」

「ハッハハ出頭と言われても、令状が出ているわけではありませんし、色恋沙汰のことですから。こちらはその人の身元がわかればいいんです」

「……………」

草刈は家に帰ると息子を呼んだ。

息子はあっさりと自分がその芸妓と逢っていたことを認めた。息子は自殺のことは知っていた。妊娠していたことを告げると息子は驚愕していた。

赤坂署に連れて行き、事情を話させ、草刈巡査は女主人と息子を逢わせた。息子に非があるとはいえ、ひどい罵倒のしかただった。息子は一言も発しないで女主人に何度も頭を下げていた。賠償をせよと主張する女主人に見舞い金を少し出したが、それ以上のことはできなかった。署からも同僚からも法的に支払う必要はないと言われた。

腹の虫がおさまらない女主人は息子が通っていたH高校の校長に怒鳴り込んだ。それだけでは済まず女主人の懇意にしていた国会議員に頼み、都の教育委員会からH高校に圧力をかけさせ、息子を一年間の停学処分にさせた。

大毅は赤坂署に父と二人で行った後、係官からカナコの自分に宛てた手紙を渡され、それを読んで愕然とした。

カナコの置屋の女主人からは、停学だけでは済ませない、一生かけても償いをさせてやると言われていた。

学校を退《や》めることになってもかまわなかった。カナコが死の直前まで自分のことを思ってくれていたことが切なかった。手紙を読んで、自分がカナコに辛い思いをさせていたことがわかった。

――カナコを死なせたのは自分だ。

カナコに逢いたいと思い立てば、どんな時間にでも、どんな場所にでも行ってカナコを待ち、カナコの肉体を求め、昂揚していた気持ちと身体をぶつけた。避妊のことなどまるで考えていなかった。知識がなかったわけではない。カナコに甘えていたのだ。若かった大毅はカナコの死の原因はすべて自分の我儘《わがまま》にあると思った。自分は生きて行く価値がない人間だと思った。

その夜、大毅は街をさまよい、気が付けば跨線橋に立っていた。

ここから飛び降りて死のうと思った。何本も通過する電車に身を乗り出そうとしたがその度に足がすくんだ。とうとう終電車が通過し、それでも草刈はそこを動かなかった。貨物を積んだ車輛が過ぎ、誰一人通る人のない跨線橋に立ってカナコとの日々に思いを巡らせ、美しい面立ちが、あいらしい笑顔がよみがえる度に嗚咽《おえつ》した。

東の空がしらみはじめると始発電車にむかって飛び降りると決めて待った。

やがて耳の底に電車の車輪の音が遠くから聞こえはじめ、踏み切りの警報機の鳴る音がした時、大毅の肩を叩く人がいた。操車場で働く、夜勤明けの鉄道員だった。仕事をしながら一晩中、見ていたと言われた。そうして電車の飛び込み自殺がどんなに酷くて、どれほどの人に迷惑をかけるかを聞かされた。やさしい笑い顔をした白髪混じりの男が言った。

「人間は絶望したから死ぬんじゃないんだ。死のうとするのは希望が見えないからだ。希望が見えなくても懸命に生きてる人が世の中には大勢いるんだ。君より若い人もいる。恥ずかしいと思わないか、そういう人に……」

夢から覚めたような気がした。

——あの夜明けから十三年になるんだ……。

今日の午後、ひさしぶりに美術館に出かけた。カナコに似た女性の絵画が日本に来ていることは知っていた。

作品の前に初めて立つと、忘れようとこころがけ、忘れられたと思っていた記憶がいちどきによみがえってきた。

カナコのことを思うと冷静ではいられなかった。十三年前と同じように街の中をさまよっていた。

草刈はポケットの中から美術館のショップで購入した、あの絵のカードを出して見つめた。

傘から落ちた雨垂れが一粒、絵の表面を濡らした。草刈はそれを指先で丁寧に拭き、ポケットに仕舞い、ゆっくりと歩き出した。

週明けの捜査会議の焦点は事件当夜の矢野勝美の行動だった。

遺体が発見された工事現場は、十二月十九日に起きたガス漏れ事故の点検と原因究明のため、以降、工事を中断していた。その間、一ッ木通りに面した東側すべてが三メートル近い塀で囲まれており、その他の面は不動尊から敷地にむかって降りる急な崖になっていた。普段の通用口には鍵がかけられており、鍵は工事受注業者の監督が管理していた。

ガス漏れが発覚した十二月十九日の午後から工事現場はまったく外部から人が進入できない状態になっていた。

工事現場の外塀の写真のコピーが資料の中にあり、通用口と鍵が見えた。

「この鍵じゃ開けるのはそんなに難しくありませんね」

捜査員の声がした。

二十一日の昼過ぎ、近くの中華料理店から矢野はレンタルしているマンションの部屋に出前を取っていた。次に午後三時に一ッ木通りのパチンコ店にいる矢野の姿が目撃されていた。店員の話では六時にいったん店を出て、七時に再びあらわれ十時まで遊んでいた。この十時以降の矢野の足取りがまったくわからず、目撃者もいなかった。当日は午後から小雨が降り出し、午後八時過ぎあたりから雨足が強くなっていた。

捜査員のこれまでの聞き込みによると矢野が赤坂界隈でよく利用していた店は三軒あり、円通寺通りにある喫茶店、田町通りにある鮨店、みすじ通りの居酒屋だった。パチンコ店を出た午後六時はおそらく食事に行ったと思われるが、どの店にも立ち寄っていなかった。

パチンコ店から殺害現場までは歩いて二、三分の距離だった。事件当夜、現場付近で雨傘を差した和服の女性を見た目撃者がいた。

事件前日、十二月二十日の夜の行動もつかめなかった。

別の捜査員が、十二月二十一日の夜、稲本と椎木尾が食事をした小料理店について報告した。

「〝佐久〟という名前で赤坂で三十数年暖簾《のれん》をあげていましたが、去年一杯で店をたたみ、建物はすでに売却したそうです。主人の上原龍一《うえはらりゅういち》は年末から長野へ帰っています」

報告の中で何人かの捜査員から質問が出たのは十二月二十二日の早朝にホテルのロビーで稲本と椎木尾が出くわした時間と、その日の早朝の稲本の目撃者だった。

「今のところ稲本に似た人物の目撃者は出てきていません。何しろ深夜から朝方まで激しい雨が降っていましたから散歩やジョギングに出る人もいなかったようです」

捜査員の一人が訊いた。

「ホテルに戻ったのが犯行の後だとしたら、犯行時には例の送りつけられたグレーのヤッケを用意していたことになるんだね」

「そう考える方が妥当だと思います」

「この報告書にある太地町で引き出している計千五百万円の行方はどうなんですか」

立石が右手を上げて言った。

「それについては今捜査中です。例の農水大臣の秘書は政治献金を百万円受け取ったことは認めており、宿泊していたホテルの部屋からは三十万円しか見つかっていませんから、残りは誰かに渡したか、あるいはどこかに預けてあるのかもわかりません」

畑江が立石を見てうなずいた。

捜査会議が終了すると、立石と草刈は署を出て赤坂、一ッ木通りを溜池方面にむかって歩き出した。


翌日の昼前、赤坂署内の捜査本部で草刈大毅は主任の畑江正夫に呼ばれた。

「草刈君、ちょっと」

「はい、主任何でしょうか」

畑江は口元に笑みを浮かべて草刈を見た。

「昼飯でも一緒に食べるか？」

「は、はい」

立石のデスクを見ると姿はなかった。

「じゃ混む前に行こう」

畑江は赤坂署を出て、老舗《しにせ》和菓子屋のビルの裏手から路地を抜け、坂道を少し下った。

「この辺りよくご存知なんですね」

「以前、赤坂署の特捜本部に半年近くいたことがあってね」

「大変な事件だったんですね」

「事件というものはどんな事件も大変だよ」

再び少し坂道を上った角の、定食のメニューが表に出してある店の暖簾を畑江はくぐった。

あらっ、和服姿の前掛けをした女将が畑江の顔を見て声を上げた。

「畑江さん、おひさしぶりで……」

奥から主人らしき男が出てきて畑江の顔を見て丁寧にお辞儀した。

やあ、ご無沙汰して、畑江が言うと、赤坂に見えてるんですか、と訊いた。年末からね、と返答すると、赤坂不動尊の……と主人は言い、アイナメの煮物でいいですか、と草刈を見た。それは好物です、と畑江は笑い、カウンターの端に座った。

草刈が畑江に感心することのひとつはどんな相手にも丁寧な話し方をすることだった。

「お父さんが亡くなって何年になるかね」

「今年で九年になります。七回忌の節はいろいろありがとうございました」

三年前、父の供養の時、畑江は捜査で忙しい中を寺まで来てくれた。

「お父さんはいい警察官だった。私はお父さんに大切なことを多く教えてもらいました」

畑江は研修期間の時、草刈の父の下に入ったことがあったという。その縁もあってか捜査一課の配属を希望していた草刈を畑江が引っぱってくれたという話も聞いていた。

「草刈君、何歳になったね」

「今年の春で三十歳になります」

「そうか……」

お待たせしました、と声がして二人の前にアイナメの脂が光る定食が置かれた。

「魚も美味いですが、御飯が美味いですね」

「主人は新潟の出身で郷里から取っている」

店が混みはじめた。畑江が立ち上がると主人が奥の小上がりを指さし、畑江さん、お茶を飲んで行って下さい、と言い、見るとコーヒーカップがふたつ置いてあった。悪いね、と畑江は言って、せっかくだからよばれよう、と小上がりに座った。

「赤坂という街は銀座と違って地方出身者が多い。それに赤坂で仕事を覚えた者は赤坂で店を出すらしい」

畑江はコーヒーをひと口飲んで、ああ相変わらず美味い、と言って草刈の顔を見た。

「捜査本部が所轄の署に置かれるのは現場が近いこともあるが、やはりその土地で起こった事件は、その土地で起こる必然性があるからです。捜査はその土地に立つことが大事だからです」

草刈は畑江が何を言おうとしているのかわからなかった。

「太地には太地の風土があったでしょう。人間は長くひとつところで暮らすと、土地の持つ力が絶対的になるものです。稲本がこの赤坂という土地に立ったのにはそれなりの事情があったんでしょう」

そう言うと畑江は立ち上がった。

店を出て、草刈はご馳走さまでしたと頭を下げると、畑江が静かに言った。

「午後一番で葛西さんが一連の報告にこられますから立石君に立ち会うように言って下さい」

「わかりました」

草刈は前を歩く畑江の背中を見ながら、以前、立石が言った言葉を思い出していた。

『畑江さんは俺たちが捜査の行方が見えなくなると、まったく違う視点を見せてくれる。あの人は事件の本質みたいなものを見てる気がする。だから俺たちはどんな些細なことでもあの人に報告するんだ』

別室に立石と入って行くと、葛西隆司は皆川満津夫とすでに部屋で待機していた。

「すみません、お待たせして……」

草刈が頭を下げると葛西は笑って言った。

「こちらが早くに来ているだけです。ところで草刈君、印象派はどうでしたか？」

「ええ、とても良かったです」

「そりゃ良かった。今回の『日傘を差す女性』はきちんと顔が描かれていますよね」

「はい、そうです。ワシントン・ナショナル・ギャラリーにある『日傘を差す女性』はモネが同じモチーフで描いた三枚のうちの最初の作品で、モデルは妻のカミーユです。彼女の美しい瞳を描いていますし、そばに息子のジャンも描いています」

「私は四年前に国立新美術館のモネの大回顧展に行きました。そちらの『日傘を差す女性』には顔が描いてありませんでした」

「それはたしかモネの再婚相手の女性の娘さんがモデルと聞きました」

「よくご存知だ。さすがに捜査一課の署員はきちんと見ていますね。うちの課員は顔に目があったかどうかも覚えていません。いったい何を見てたんでしょうね」

葛西の言葉に隣りに座っていた皆川がばつが悪そうに頭をペコリと下げた。

「絵を鑑賞しに来た女性のお尻でも見てたんじゃないですか」

立石が笑って言うと、葛西は真顔で、そうかもしれません、と答えたので、立石は大声で笑い出した。

ドアが開いて畑江が入って来た。

「どうしました？　何か面白いことでもありましたか？」

畑江が葛西を見て言った。

「いいえ、捜査課と鑑識課の違いについて話していたんです」

「ほう、それは興味ありますな」

　立石がかいつまんで話をした。

「そう言えば、永田町の事件でも日傘を差した人物を第一発見者が見てましたね。では報告をうかがいましょうか」

　畑江の言葉に三人が真顔になった。

　皆川はデスクの上に不動尊の現場から採取した足跡の写真を置いた。

「時間がかかってしまいましたが、赤坂不動尊前の事件現場から採取した靴の跡について、十二月二十一日の夜に現場に残された靴の跡を調べたところ、被害者矢野勝美のものと、あとふたつの靴跡があったという結論が出ました」

「ふたつ?」

　立石が葛西を見た。

「はい。ふたつの靴の跡があります。ご存知のように十二月二十一日は午後三時位から雨が降り出し、夜になって雨足はさらに激しくなっています。時間によっては一時間に三十ミリを超える雨量になっていますから、二十一日以前にあった靴跡はほとんど消えてしまったと思われます。あの工事現場が殺害現場と推定すると、被害者以外の二名の靴の跡もまた、犯行時に現場に残されたものと見て間違いありません。そして、そのひとつは永田町のビルの屋上で発見された稲本和夫が発見時に履いていた靴とほぼ断定できます」

草刈は目を見開いて葛西と皆川の顔を見た。

皆川が草刈にちいさくうなずいた。

「ほぼ断定できるとはどういうことですか、葛西さん」

畑江が訊いた。

「稲本の履いている靴は関西にある赤星製靴の製品で七年前に身体に負担がかからない健康シューズとして売り出されたものですが、三年前からは製造していません」

「新しいモデルに変わったと？」

「いいえ、赤星製靴は三年前に倒産しています。この靴跡の写真を見て下さい。この土踏まずの部分にある星型のマークが赤星の会社のマークです。次に踵《かかと》の部分と爪先の部分を見ると極端に爪先部分が擦り減っています」

「どういうことですか」

「稲本が履いていた靴がこれと同じ状態で爪先が極端に擦り減っているんです。一枚下にあるのが稲本の靴の写真です。ご覧になればおわかりになるように現場に残った靴の跡と大変よく似ています」

「本当だな。奇妙な減り方だな……」

立石が感心したように言った。

「身体を鍛えるために普段から爪先で歩いていたんでしょう」

草刈が言った。

畑江と立石が草刈を見た。

「どういうことだ？」

立石が草刈に訊いた。

「南氷洋ではいったん海が荒れると甲板に立っているのもやっとというくらい船が揺れる中で、砲手は五時間、六時間鯨を追い続ける船の先端の狭い砲台で立っているそうです。だから砲手は普段から身体を鍛えているそうです」

「今、草刈君が言ったことは現実にあるようです」

葛西が皆川を見た。

「鑑識課の皆川君も高校、大学時代は剣道部に所属していて、その時、足腰を鍛えるために普段から爪先で歩くようにしていたそうです」

「いや葛西さん、そうしていたのは草刈なんです」

「コーチに言われてやっていました。剣道の場合は昔は鉄の下駄を履いて足腰を鍛えたそうです。さすがにそれはおかしいので……」

「爪先だけで歩いても十分におかしいよ」

立石の言葉に畑江と葛西が笑った。

「製造メーカーのこの靴の出荷数と倒産した年、それに関東圏にはほとんど出回ってなかった商品だということや、靴の擦り減り方を考慮しますと、ほぼ現場の靴跡は稲本和夫のものと断定していいと思います」

「これはたいした証拠だ」

　立石が大きくうなずいた。

「この靴の跡に関してはもうひとつ報告がありまして、これほど鮮明に靴の跡が残っていたのは靴の跡が被害者の遺体を隠匿していた建物の端の溝の周囲に多くあったということです。それに対してもうひとつの靴の跡が、その下の写真です」

　草刈たちはもう一枚の写真を見た。こちらは泥の中におぼろに残っていた。

「こちらは被害者の靴跡とともに血痕のあった場所にあったものです。もう一枚の写真と合わせて見てもらうとわかりますが、被害者の靴の跡と交錯し重なっています」

「この靴を履いていたものもまた被害者に現場で接していたということですね」

「その可能性はあります」

「ただこちらの靴の跡は雨でかなり形跡が流れてしまっています」

　──もう一人、稲本以外の人間が現場にいたということか……。

　草刈は写真を見ながら胸の中でつぶやいた。

「こちらは、アメリカのコンバース社の製造したオールスターというスニーカーです。今、皆川君の方で、このスニーカーに関して調べてもらっていることがあります」

　皆川が初めて発言した。

「言われたとおり、このコンバースのオールスターは残土の靴跡では明確なことは推測できませんが、私、高校生の時、いっときこのコンバースのオールスターに凝った時がありまして、自分が欲しかったものとそっくりなんです」

　いつになく皆川の熱気のある言葉に草刈は高校生の時の皆川の姿を思い浮かべた。

　皆川がコンバースのオールスターのレアものについて話し出した。


「思っていたよりすんなりと行くかもしれないな。あとは稲本と矢野を繋げる糸が見つかれば呆気なく収束するかもしれない」

　草刈の隣りで立石が言った。

「でも皆川が言ってたスニーカーのサイズが気になります。彼、言ってたでしょう。女性の履いてたものかもしれないって」

「靴のサイズが小さいってことだろう。皆川ってのもそう言ってたじゃないか」

「それはそうなんですが、事件《ヤマ》の現場にもう一人誰かがいたとしたら、それが女性であってもおかしくはありませんよね」

「何が言いたいんだ。おまえは」

「事件当夜、傘を差した和服の女性を見たという目撃者がいたじゃないですか」

「スニーカーを履く和服の女がどこにいる」

　立石は少し感情的になって言い返しているように見えた。

「いや、すみません。余計なことを言って」

　草刈が頭を下げると立石は急に押し黙り、抽出しの中から煙草を取り出した。

立石は立ち上がって外へ出て行った。喫煙所にむかったのだろう。

草刈はパソコンにむかって葛西の報告を打ち込みはじめた。

「草刈君」

畑江を見るとデスクに来いという目をしていた。草刈は畑江のもとに歩み寄った。

「今日はこの後どうなってたかな」

「映画協会に行って、稲本が世界捕鯨競争で一番になった時のニュース映画を見に行きます。その後で浅草へ回る予定です」

「ニュース映画か……。懐かしいな」

「主任はご存知ですか」

「ご存知もなにも私たちの時代は映画と映画の間にニュースフィルムが必ず流れたものだ。ニュース映像に出ていたんだから稲本和夫は当時のスターだったんだな」

「はい。彼は今でも太地町に行けば英雄です。彼を悪く言う人は一人もいません」

「まあしっかり見てきてくれ」

「はい」

立石が戻ってきて、草刈と畑江が笑っているのをちらりと見たようだった。

映画協会の試写室にむかう車の中で立石が不機嫌そうに言った。

「草刈、おまえ、稲本が事件現場にいたという証拠を鑑識課が見つけてきたことがどれほどのことかわかってるのか」

草刈は立石が不機嫌な理由がわかっていた。稲本の靴跡が有力な証拠となり、事件を一気に解決できると立石は読んだのだろう。もうひとつの不確かな靴跡のために捜査が違う方に動かされるのが許せないのかもしれない。

捜査において、すべての疑問が解決されて検察に引き渡されるということはほとんどないのは草刈も承知していた。

「わかっています」

「いや、わかっちゃいない。俺たちが今すべきことは間違いなく稲本による矢野殺しを証明することだ」

「でも動機が見つかりません」

「金だよ」

草刈は立石を見た。

「稲本は計千五百万円という金を東京に持ってきているんだ。見つかったのはホテルに残っていた三十万円だけだろう。残りの金の行方を追えば、そこに矢野が浮上してくるはずだ。人が人を殺《あや》める動機なんてのは別に恨みだけじゃない。金の行方を追えばそこに動機は見えてくる。上京してからの稲本の行動を調べ上げるのが先決なんだよ。それがつかめれば事件はすんなり解決する」

立石にはこれまでの経験でこの事件のさき行きが見えている自信があるのだ。たしかにそうして解決した事件が何度もあった。

古い雑居ビルにある映画協会の試写室は二十人も人が入れば一杯になる広さで応対に出た男も事務的なことしか口にしなかった。

映し出された映像はまさに稲本和夫の輝ける日々の姿だった。

花束を手にノルウェー、スウェーデンの砲手たちを従え、表彰台に立つ稲本のはにかんだ表情とニュースの解説者が語る称賛の言葉は当時、捕鯨がいかに注目される産業であったかを伝えていた。

オープンカーに乗って太地町を凱旋パレードする姿、国旗を振って迎える太地の女、子供たち……。

もうひとつは捕鯨がいかに国民の生活に役立っているかというプロモーション映像で、捕鯨の花形である砲手の紹介と東京のホテルで開催された捕鯨功労者の表彰式の模様が映し出され、稲本がその中心にいた。農林大臣の挨拶、漁業会社のトップの祝辞、エキシビションでは当時の人気女性歌手が登場し、稲本が彼女に鯨のヒゲを渡して笑っていた。花柳界の綺麗どころの女性に囲まれ照れ笑いをしている稲本の表情が初々しかった。

映像が終わると、立石が席から立ち上がる気配がした。

「すみません。見たいものがもう一本あるんです」

「鯨の話はもういいだろう」

「いや違う映像です」

ニュース映画のタイトルが再びあらわれ、カウントの数字が出るとモノクロの画面に〝戦後最大の疑惑事件〟と出て、カメラのフラッシュに包まれる政商、横尾研次郎に続いて国会議員の須田音美が記者たちに囲まれて議事堂内を歩く姿が映し出された。栃木のマッチポンプという仇名も解説者の口から聞こえた。ゴルフコースで二人がプレーに興じる姿もあらわれた。

「悪そうな面をしてやがるな、二人とも」

立石の声がした。

「立石さん、次の場面をよく見て下さい」

政商と議員がゴルフコースのクラブハウスの前の芝に置いた椅子に座って笑いながらドリンクを飲んでいた。

「あの須田の背後にいる若い男、あれは矢野勝美じゃありませんかね。ほら若い男が二人うしろで神妙にしてるでしょう。この事件が明るみに出た年と矢野が秘書をしていた時代はぴったり合っています。白いワンピースの女性は誰でしょうね」

すぐに映像は終わった。

「なかなか面白い映像だったよ。しかし当人が死んでいる今となっては何の意味も持たんだろう。参考になった」

立石の言い方は素っ気なかった。

「立石さん、一応、今日見た映像の何点かをここのデジタル室でプリントしてもらって帰りたいんですが」

　立石は好きにしろとぶっきら棒に言って、下で待っていると外に出た。

　夕刻、赤坂署に戻ると皆川からの伝言がデスクに残っていた。

　──少し話がある。今夜どこかで逢いたい　皆川
「草刈君、ニュース映画はどうだったね？」

　畑江が声をかけてきた。

「はい。モノクロの分だけ迫力がありました。主任、デジタル化したものからプリントアウトしてきました。ご覧になりますか」

「見せて下さい」

　草刈はプリントを畑江のデスクに持って行った。畑江は興味深そうに見ていた。

「こうして見ると稲本は大スターだったんだな」

「そうですね。凱旋パレードなんかは宇宙飛行士の帰還のようですね」

「ハッハハ、面白いたとえだな。捕鯨船の乗組員は半年、一年帰ることができないものな」

　畑江はプリントを捲《めく》っていた手を止めた。

「これは何だね？　横尾研次郎か。バリバリの現役の頃だな。この男には苦労させられたな。逮捕寸前で二度も逃げられたよ。たいした奴だった。しっ尾《ぽ》をつかんだと思ってもするりと逃げてしまう。おう一緒にいるのは須田音美か」

「そうなんです。このプリントの須田音美の背後にいるのが矢野勝美です」

「そうなのか。そう言えば目元が似ているな」

その時、捜査本部のドアが開いて、一人の大柄な男が顔をのぞかせ、畑江を見て白い歯を見せた。

「やあ、手嶋《てしま》さん。そちらは終わりましたか」

畑江の言葉に手嶋と呼ばれた男がうなずいた。

「どうぞ入って下さい。少し散らかっていますが……」

畑江が言っても手嶋は入口に立ったままだった。

「どうぞ遠慮なく」

畑江に催促されて手嶋はようやく部屋の中に入って来た。部屋には数人の捜査員が残っているだけだった。

「じゃ、自分は……」

草刈がプリントを片付けようとすると畑江が言った。

「草刈君、それをもう少し見たいんで置いておいてくれ」

「わかりました」

草刈がデスクに戻ろうとすると畑江が呼んだ。

「草刈君、紹介しておこう。赤坂署の手嶋房一《ふさいち》刑事だ。手嶋さん、捜査一課《う　ち》のホープの草刈です」

手嶋は口元に笑みを浮かべて草刈を見た。

「初めまして、警視庁捜査一課の草刈大毅です。よろしくお願いします」

「赤坂署の手嶋です。よろしく」

近づいて来た男の身体は圧倒されそうなほど大きくて屈強に見えた。

「こっちも丁度終わったところです。すぐに支度をしましょう」

「〝S王飯店〟を予約しておいた」

「それはひさしぶりに美味い紹興酒が飲めますね」

「ゆっくり片付けてくれ」

「ああそうだ。手嶋さん、今さっき面白いものを見ました。きっと懐かしがると思います。これを見て下さい」

畑江が、先刻のプリント写真を手嶋に差し出した。

「おう、こいつは横尾研次郎じゃないか。よくこんなものがあったな」

「古いニュース映画からプリントしたようです。苦労させられた相手でしたが、こうして見ると懐かしい気もします」

「たしかにそうだな。これは例の国有地払い下げの頃だな。おや須田のうしろにいる若いのは津島啓介《けいすけ》か。芸者の置屋の息子だが、当時は栃木のマッチポンプの秘書だったんだろう。昔は赤坂で〝津島〟と言えば料亭まで出して、そりゃ大変な勢いだった。こいつの母親の津島サク江《え》というのがともかくやり手だった」

「その津島サク江という女性は今も赤坂にいるんですか」

「亡くなった話を聞かないから生きてるんだろう。さあ手嶋さん、行きましょう。草刈君、あとは大丈夫だな」

「草刈君と言ったたな。この赤坂という街には、奥の奥に、またもうひとつ奥がある。そこを覗いた男はいない」

「はあ……」

畑江が草刈の顔を見て外に出て行った。


皆川満津夫と待ち合わせた。

新橋のガード下の居酒屋に草刈が駆けつけると、皆川はカウンターの隅で飲んでいた。

「悪い、悪い。報告書に時間がかかってしまって……。おや、一人なのか」

「そう今夜は皆川満津夫、一人です」

その口調で皆川がかなり酔っているのがわかった。

「富永さんと一緒かと思ってたよ。このところ仲がいいからな。見ていて感じがいい」

「おっ。さすが捜査一課のホープ。草刈、俺と富永さんはお似合いと思わんか？」

「ああ、お似合いだ」

「そうか、ではおまえだけに話しておこう」

店の女性がオーダーを取りに来た。

すみません、食事がラストオーダーなんですが……、と草刈に訊いた。

「ぐずぐず言うな。あるもの皆持ってこい」

「おい少しは職分を考えて酔えよ」

「職分、俺は警視庁……」

草刈があわてて皆川の口を手で塞《ふさ》いだ。その手を皆川が嚙んだ。

「痛い、何をするんだ。おまえ今夜、どれだけ飲んだんだ。指が千切れるかと……」

「草刈君、痛かった？」

「いや、大丈夫だ」

「そう、気持ちよかった？」

「何を変態みたいなことを言ってるんだ、おまえ。もうそれ以上飲むな」

皆川の目の焦点は合わず、すでにうつろになっている。

するといきなり皆川が草刈の顔を両手でつつむようにして顔を近づけ言った。

「草刈、景子さんが嚙むんだよ」

「何を言ってるんだ。手を離せ。そんな話を外でしていたら富永先輩に叱られるぞ」

ヘッヘヘへ、と皆川が笑った。

「叱られません。草刈、俺は彼女をゲットした」

その瞬間の皆川の目はうつろではなくなった。

草刈は目を丸くして皆川を見返した。

──富永先輩と本当にか？

草刈が皆川を見返すと、皆川が嬉しそうに二度、三度うなずいた。

「俺は彼女と一緒になる。これは運命だな」

「えっ、そこまで話が進んでいるのか」

「いや、まだ彼女には伝えていない。景子さんはいい女だぞ。どうだ羨ましいだろう？」

「うん、羨ましいな。しかし思わぬ展開だな……」

二人は居酒屋を出た。

「もう一杯行こう。今日は祝杯だ」

「それ以上は飲んでも同じだ。少し身体を冷やした方がいい。その辺りを歩こう」

「おう、そうだな」

二人は新橋から内幸町方面にむかって歩き出した。

草刈の肩につかまった皆川が、景子さんはいい女だぞ、少し気は強いがな、と独り言を言っている。

よほど嬉しいのだろう。草刈は皆川に肩を貸して歩きながら、こんなふうに皆川が女性のことで楽しそうにしているのを見るのは久しぶりのことだと思い、嬉しくなった。

日比谷公園に入って二人はベンチに腰を下ろした。

皆川はそのままベンチの上に上半身だけを倒して鼾《いびき》を掻きはじめた。

上空で何か気配がして、草刈は夜空を見上げた。

冬の星座がきらめいていた。

二日後、事件はあらたな展開を見せた。

器物損壊及び傷害未遂事件が宇都宮で起こり、その容疑者の所持品の中に〝赤坂不動尊前殺人事件〟と関わりを持つかもしれないものが発見されたと赤坂署の捜査本部に連絡が入った。

被害者は矢野勝美の妻の文江だった。

一月十四日の夕刻、宇都宮市上大曾町の矢野方に一人の男が訪ねてきて、死亡した矢野勝美に金を貸していたのでそれを返金するようにと迫ったという。

男は借用証を文江に見せ、二千万円の返済をするように言った。

文江はその男と顔見知りであったが、この二十年近く疎遠になっており、そんな借用証を見せられても死んだ矢野がこの家にはほとんど戻って来ないので、夫婦は戸籍だけのことだと取り合わなかった。

しかし男は執拗に返済を迫った。やがて文江の息子が帰宅し、男にそれ以上おかしな言いがかりをつけると警察を呼ぶぞと言った。

その言葉に逆上した男は、車のトランクに積んでいたゴルフバッグからアイアンクラブを抜き、施錠した玄関の扉やガラスを破損しはじめた。

すぐに警察に通報が入り、パトカーが駆けつけて男を連行した。

器物損壊及び傷害未遂の凶器として使われたゴルフクラブを押収した折、念のためゴルフバッグの中を確認するとバッグのサイドの物入れから現金五百万円が出てきた。男はその現金は自分のものだと説明したが、問題はその五百万円を入れた紙袋に太地町漁業協同組合の文字があり、中の現金にも和歌山の地方銀行の帯封がしてあることだった。

その器物損壊及び傷害未遂事件をどうして赤坂署が知るところになったかと言うと、容疑者の男が自分の身元引受人の希望の一人として赤坂署の署長の名前を出したからだった。

津島啓介、五十四歳。現住所は赤坂四丁目×番。職業は不動産会社を経営。この男もまた以前、須田音美の秘書をしていた。

「立石君」

畑江が立石を呼んだ。

「君らは宇都宮に行っていたな。すぐそっちに行ってくれ」

「わかりました」

立石と草刈は東京駅にむかった。

「思わぬ所から金が出てきたな。ところでこの津島って男は何者なんだ。須田音美の元秘書なら矢野と面識があってもおかしくはないが」

電車に二人が乗り込むと立石の携帯が鳴った。畑江からだった。

「えっ、午後にも保釈するんですか？　報告を見たらきちんとした傷害未遂事件じゃないですか。えっ、上の方が……。畑江さん、太地町の漁協の紙袋に入った現金を持っていたんでしょう？　稲本を殺害した犯人かもしれないじゃないですか」

立石が舌打ちした。電話が切れたようだった。

「ともかく急げとよ。弁護士と身元引受人が宇都宮にむかっているんだと。何を考えてんだ、畑江さんは」

立石は席に座ると苛立ったように貧乏ゆすりをはじめた。

「まあ身元はわかってるんだ。いつでもしょっぴける」

草刈は宇都宮と聞いてマサの人なつっこい顔を思い出した。マサは稲本和夫の第一発見者だった。


路地を猛スピードで抜け、いくつかの信号を無視し、激しいブレーキ音を立ててワゴン車が宇都宮中央警察署の前に停車した後、立石は車にむかって駆け寄った署前の警備警察官に、警視庁捜査一課の立石だ、緊急で駆けつけたので、この運転手は大目に見てやって下さい、と大声で言い、そのまま署の中に飛び込んだ。

「津島、この金はおまえの金だと言ったらしいが、この金が何の金かおまえ知っているのか。いいか、よく聞けよ。この金は去年の十二月二十五日に永田町のビルの屋上で死体で発見された稲本和夫が和歌山から持ってきた金なんだよ。ここに太地町漁業協同組合と印刷してあるだろう。さあ、この金をどうやって手に入れたかを説明してもらおうか。いいか罪状は殺人だぞ。わかってるのか。黙ってないで説明しろ」

立石の威勢に相手は圧倒され、

「知、知らないよ。こ、この金は貸してた金をダチから返してもらっただけなんだよ」

「ほうっ、そうなのか。じゃ、その金を返してくれたダチってのは誰なんだ」

立石が訊くと、津島は口ごもった。立石が机を叩いた。

パーンッ、と乾いた音が取調室に響いた。

「津島、おまえはこの取調べを何か誤解しているようだな。さっきも言ったようにおまえにかかっている嫌疑は殺人罪なんだぞ。あの金はどこの誰がおまえに渡したんだ。言えないってことは誰かから返してもらった金じゃないってことだろう。稲本和夫から奪ったってことなんだろうが。稲本を殺害して奪ったんだろう」

「俺、俺は、そのイナ何とかって奴は知らねえよ。逢ったこともねえよ」

「逢ったこともない相手が所持していた金をどうしておまえが持ってんだ。それもどういう理由でゴルフバッグの中に隠しとかなきゃならないんだ。見つかっちゃ困る金だからあんな所に隠していたんだろうが。調べりゃいずれわかるんだ。今、吐いちまえ」

「違うって、あの金は俺が金を貸していた矢野勝美って男から返してもらったもんだ。借用証の写しだってあるし、返済に立ち会った者もいる」

津島の口から矢野勝美の名前が出て立石も草刈も思わず目を見張った。

「何、矢野？」

「そ、そうだ。矢野勝美だ」

「でたらめを言うんじゃない。矢野は去年の十二月に殺害されてんだ。それを知っててておまえは作り話をしてんだろう」

「違うって、刑事さん。本当にあの金は矢野から返してもらった金なんだ。立ち会った奴もいる。信じてくれ」

「この野郎……」

立石がシャツの腕をまくり上げた。

その時、取調室のドアが開いた。

大柄な男が一人立っていた。

「何の取調べをしてるんだ」

草刈は相手を見て思わず声を上げそうになった。

手嶋房一がそこにいた。

「誰だ、おまえは勝手に入って来て、ここが取調室だとわかってんのか」

立石が声を荒げた。

「そっちこそ誰だ？　俺はどういう権限で津島啓介さんを拘束してるんだと聞いてるんだ。津島さんは器物損壊及び傷害未遂容疑だが、被害の相手は示談で解決したと言っている」

「誰だ、こいつは。草刈、つまみ出せ」

「草刈君かね。警視庁捜査一課ともあろうものがこういう取調べをしてはいかんのじゃないか」

立石が草刈を見た。

「草刈、こいつを知っているのか」

「赤坂署の手嶋刑事です」

立石は訳がわからないようで、赤坂署、と声を上げ相手を睨んだ。

「津島さんはすでに保釈申請が認められて身元引受人が見えている」

「なぜ赤坂署の刑事がここまで出向いてるんだ。どういうことだ」

立石が再び声を荒げた。

「どういうことかを聞きたいのはこっちだ。何ならこの後、津島さんに君がどういう取調べをしたかを聞いて、もしそれが正規の手順を踏んでない不当な取調べなら、すぐに君の上司に報告してもいいんだぞ」

手嶋の言葉に立石が黙った。

「啓介」

背後で女性の声がした。

見ると和服姿の恰幅のいい女性が立っていた。

「あっ、おふくろ」

津島がバツが悪そうに女性を見た。

「何が、おふくろどすのん。ええ歳して何をしといでやすの。さあ、帰りまっせ」

　女は関西訛りの言葉で言った。

　津島が立ち上がった。

「ちょっと待て」

　立石が制した。

「津島、おまえはまだここにいろ。そっちの二人はここを出て行ってもらおうか。ここは署内だ。保釈の迎えに来た身元引受人が待つのはここじゃないだろう。俺たちはこの所轄の署長の許可を得て、この男を取調べてるんだ。署長からの要請がない限り、ここは俺たちが仕切ってる。さあ出て行け」

　するとドアのむこうから署長があらわれた。彼は手嶋と女性を廊下に出すと、立石にむかって言った。

「立石さん、あくまで参考人として話を聴く、それも今回の宇都宮での件だけということでしたでしょう。約束が違いますよ。先程も警視庁の方からくれぐれも頼むと連絡があったんです。すぐに保釈させますから……」

　フン、と鼻声がした。

　見ると津島が不敵な顔をして笑っていた。

「黙ってりゃ、御託並べやがって、殺人罪だと？　上等じゃねぇか。やれるもんならやってみろ。その前に令状を見せてもらおうじゃねぇか」

先刻までの怯えたような顔とは打ってかわって津島が立石を睨みつけていた。

津島が拳で机を叩き、怒鳴り声を上げた。

「今日のことはこのままじゃ済まないからな。首を洗って……」

その瞬間、立石が津島の胸倉を鷲摑みにした。

「貴様、必ずしょっぴいてやる」

草刈はあわてて立石の腕を取り、立石さん、やめて下さい。立石さん、と二人を引き離した。

津島が真赤な顔をして首元をおさえてゴホッ、ゴホッとむせた。

署長が声を荒げた。

「あなた何をしてんですか。訴えられたらどうするんですか」

草刈は立石の前に立ちはだかったが立石の怒りは尋常ではなかった。

「さあ、君は引き揚げて下さい」

「署長、待って下さい。あと少し聞きたいことがあります」

立石が言った。

「この署内で私の許可なしに勝手なことは許しません」

津島は宇都宮の署員に連れられて部屋を出た。立石が、クソッ、と声を上げ、机を拳で殴りつけた。

「草刈、さっきの赤坂署の奴は何者だ？」

「先日、主任を訪ねて捜査本部に来られた時に主任から紹介されました。主任の古くからの知り合いのようです。何でも身体を悪くして長く休んでおられたとか」

「どうして事件の捜査本部を置いてある赤坂署の者が捜査の邪魔をするんだよ」

「自分にはわかりません」

「主任に連絡してくれ」

「わかりました」

携帯が畑江正夫につながると立石は廊下に出てしばらく話をしていた。

草刈は、先刻の津島啓介の不敵な笑顔を思い出していた。

『殺人罪だと？　上等じゃねぇか。やれるもんならやってみろ……』

草刈は腹の底から怒りがこみあげてきた。

電話を切った立石が二階から階下を見て、草刈、と名前を呼んで走り出した。草刈もあとに続いた。

署の正面玄関に迎えのタクシーが着き、三人が乗り込むところだった。

「待て、津島。おまえが持っていた金は事件の証拠品として預かっている。いいか、あの金の出処と、おまえと二人の被害者の関係はきっちり調べ上げてやるからな」

乗りかけていた女性がタクシーを降りて立石の前に立った。

「赤坂の〝津島〟の津島サク江です。立石さん言わはったね。あんたどこの家の息子《ぼん》を殺人者呼ばわりしてはんのどす。警視庁の刑事はんがそないな悪戯《あくぎ》なことをしてはんのどすか。こういうやり方を続けはんのどしたら、私もあんたはんと徹底的に戦わしてもらいまっせ。よう腹をすえときなはれ」

立石を睨みつけた津島サク江の眼光には、その場にいた男たちを圧する威勢があった。

立石は津島サク江から目を離さず言った。

「警視庁捜査一課の立石豊樹だ。あんたがどこの何者かは知らないが、あんたのうしろにいる男は、去年の暮れ、赤坂で起こったふたつの殺人事件に関わっている。俺たちの捜査を邪魔する者はどこの誰であっても戦う。いずれあんたにも話を聞く日が来るだろう」

「警視庁の一兵卒はんが私の所まで届くもんならやっておみやす。私は身内を守るためなら鬼にかてなりまっさかい」

津島サク江は言って踵《きびす》を返してタクシーに乗り込んだ。

タクシーが署の門を出て行くと、草刈は思わず吐息を洩らした。立石はタクシーが見えなくなるまで車影を見ていた。

津島は任意の事情聴取に応じようとしなかった。

それどころか弁護士を通じて、押収したゴルフバッグの中にあった現金の返却を求めてきさえした。

畑江は赤坂署の上層部と話し合いを進めていた。

草刈は金の入った漁協の紙袋を太地町に確認し、帯封された五百万円の一万円札の通し番号の照合をし、その金が稲本和夫が十二月に上京する直前に引き出した現金に間違いないとの確認をとった。

捜査本部に戻ると、畑江が草刈にむかって、

「事情聴取に行く」

と言った。

「わ、わかりました。あ、あの、立石さんは？」

他の捜査員が上目遣いに草刈を見た。

立石のデスクを見ると姿がなかった。

「早くしろ」

畑江の声が響いた。

車の助手席に乗り込もうとすると、うしろに座りなさい、と畑江が言った。

「どこで事情聴取を？」

「津島啓介の母親が経営する料亭だ。相手がそこでなら応じると言ってきた」

「わかりました」

車は赤坂の狭い道を走っている。

「主任。あの……立石先輩なんですが」

「立石を外したわけじゃない。相手の要望で今回の事情聴取だけ立石は関わらんことに

した」

「今回だけですよね」

と念を押した。

「当たり前だ」

草刈は胸を撫で下ろした。

「聴取は君がやりなさい」

「は、はい。わかりました」

やがて前方に黒塗りの塀が見え、料亭〝津島〟と表札があった。

一人の男が表に立っていた。

手嶋房一だった。

「入るのは裏手からだ。裏に駐車場と通用門がある」

手嶋は運転している署員に告げ、畑江の顔を見てうなずいた。

「主任」

草刈は小声で言った。

「………」

畑江は何も言わない。

「あの手嶋さんなんですが……」

「君、そっちじゃなくて、その路地を入ればいいはずだ」

畑江は運転する署員に道順を指示した。その態度で草刈は手嶋の話を今ここでは聞かないという畑江の意志を読んだ。

通用門に袢纏《はんてん》を着た白髪頭の男が立っていた。

「警視庁捜査一課の……」

畑江が言うと、男はすぐに、こちらです、とちいさな門を開けて案内した。

庭伝いに男を先頭に歩いて建物にむかった。手嶋刑事が立っていた。

「まだ津島啓介が来ていない。奥の部屋で少し待とう」

「本人には伝えてあるんですか」

手嶋はうなずいた。

三人は廊下から奥の一室にむかった。

どこからか三味線と笛の音がしていた。

「もう宴会をしてるんですか」

草刈が訊くと、こんな昼間からはやらんよ、と手嶋がぶっきら棒に言った。

通された部屋は正面にバーのカウンターがあり、隅のソファーに三人は腰を下ろした。

「俺は女将の相手をしている」

手嶋が立ち上がって部屋を出た。

手帳を開いて、草刈は津島啓介への聴取の準備をした。

ドアが開いて、先刻の男がやってきて、寒くはありませんか、と訊いた。

たしかに部屋の中は暖房が入っておらず寒かった。

「大丈夫です。おかまいなく」

畑江は言って立ち上がると部屋の左手の小窓に寄って外を眺めた。

草刈は聴取の内容を再確認し、手帳をポケットに仕舞うと外を眺めている畑江の隣りに立った。

「草刈君、今日たぶん、あの金を津島が受け取った時に立ち会った人物が同席するが、その男に関しては聴取はしない」

「どうしてですか?」

「どうしてもだ」

草刈が黙っていると畑江は草刈の顔を見て、

「立石君があとで聴き洩らしたなと怒らないようにしてくれ」

と笑った。

三味線と笛の音がずっと流れていた。

事情聴取をする二階の大広間に入ると、そこで数人の女性たちが舞いの稽古をしていた。芸妓たちだった。

彼女たちは畑江たちの姿を見ると、あわてて舞いを止め、片付けをはじめた。

「そんなん急がんでよろしい。すぐに終わっさかい、〝楓の間〟で続けとき」

「はい。おかあさん、ありがとうございます」

芸妓たちが丁寧に手を床につけ女将に頭を下げた。

芸妓たちが出て行くと、やがて津島啓介があらわれた。手嶋も一緒に広間に入ってきた。

「啓介さん、何をしておいでやすの。四十分も遅れてますがな。お母さん、どれだけ忙しいかわかっておいでか」

女将の言葉に津島はぺこりと頭を下げた。

「警視庁捜査一課の畑江です。今日はご足労願ってありがとうございます」

畑江が挨拶すると津島は、

「金は持ってきただろうな」

と訊いた。

「いいえ、あのお金に関してはまだ調べていることがありますので」

「どうしてだよ。約束が違うじゃねぇか」

津島が声を荒げた。

草刈が言った。

「あのお金は私たちが捜査中の殺人事件の被害者が上京する折、彼の郷里の和歌山で引き出したものです。地元の漁協に通し番号の記録も照会しました」

「俺はその事件に関係ないって言ってるだろう」

「ですから、そのお金をどうしてあなたが持っているのか今日うかがいに来たんです」

大きな机をはさんで津島と草刈はむかい合った。

「これが津島さんが矢野勝美と取り交わした借用証の写しだ。こっちがもう二件の借用証でこれは未返済だ」

手嶋が借用証の写しと二枚の借用証を机の上に置いた。

「すみません、手嶋さん、聴取は自分がやりますので」

草刈が手嶋の顔を見た。

手嶋が不愉快そうな顔をして畑江を見た。畑江は二度、三度うなずいていた。

「まずお聞きしたいのですが、現住所の確認をさせて下さい」

「おいおい何だよ、それは」

「津島君、聴取を受けると決めたんだ。答えてあげなさい。あらぬ疑いをかけられているより、今日で終わりにしたいだろう」

手嶋が言った。

「港区赤坂×××」

「あなたが小峰俊男さんの紹介で須田音美議員の私設秘書に採用された昭和……」

津島は自分の経歴について草刈が丹念に調べていることに少し驚き、自分が置かれている立場をさとりはじめたように見えた。

「この写真は稲本和夫さんとおっしゃって和歌山の太地町で捕鯨の砲手をしていた方です。この方をご存知でしょうか」

「だからまるっきり知らない男だって言ってるだろう」

「どこかでこの方とお逢いになった記憶はありませんか」

「ないってよ。逢うはずがないじゃないか」

「あなたが須田音美議員の秘書をしていらした時、須田議員は農林大臣を一時やってらっしゃいましたね。稲本さんはその当時、〝伝説の砲手〟と呼ばれて日本で一番の人でした。その折、農林省は稲本さんを表彰しています。須田議員は表彰式で稲本さんに表彰のトロフィーと感謝状を渡していらっしゃいます。あなたは秘書でしたから、当然、そばにいらしたでしょう」

「そ、そんな表彰式やパーティーは一日に何度もあったさ。鯨だけじゃない。サケ、マスだって、米だってそうだ。いちいち覚えてるわけないじゃないか」

「この表彰の後、あなたは赤坂のホテルで行われたパーティーに出席されてますよ。須田議員の執務記録にもあります」

「あのな、俺も、ましてや先生もそんなことを覚えているはずがないだろう」

聴取が一時間経過したところで、手嶋が手を叩いた。

先刻の男があらわれた。

「女将に言ってお茶ぐらい持って来い。畑江さん、そろそろ切り上げてもらわないと」

「もう少し時間を下さい」

草刈が言うと、手嶋は草刈にむかって言った。

「気に入らんな。さっきから聞いていると君の質問は君たちが捜査中の事件と津島君を無理に結びつけようとしているとしか聞こえん。津島君は善意で今日の聴取に応じているんだ。彼としては矢野勝美から返済してもらった金のことを証明したいだけだ」

「それは承知していますが……」

障子戸のむこうから女の声がした。

手嶋が返答すると障子戸が開き一人の若い女が盆に載せた茶を置き一礼した。

おう、と手嶋が言い、畑江たちを指でさししめした。

女は畑江と草刈に茶を出した。

草刈は女の顔を一瞬見た。思わず息を飲むほど美しい瞳をしていた。化粧もしないでこれだけの美貌の女性に草刈は初めて逢った気がした。

「それでは矢野勝美さんにお逢いになったのはその返済の日と、それ以降には……」

障子戸が開いて津島サク江があらわれた。

「まだしてはんのどすか。啓介は身体が弱い子やよってもう仕舞いにしとくれやす。手嶋はん、もう店の準備をしなあかん時間です」

「もうじき終わります。すみません」

草刈は頭を下げ、顔をゆっくりと上げた時、茶を持ってきた女性がむかいの津島に何か話しかけているように見えた。女性の唇がかすかに動き、それを津島が目配せして応えたように思えた。

津島は聴取が終わると、金の返還がいつになるのかを訊いて不満そうに部屋を出て行った。

気がつくと手嶋の姿はなかった。

署に戻り、草刈は真っ先に立石豊樹のデスクに報告に行った。自分なりに懸命に聴取したつもりだが、抜け落ちたところがあれば津島を引っ張った時に立石に補ってもらえばいい。

「立石さん、今、戻りました」

「そうか……」

立石はぞんざいな返答をした。

草刈はかまわず話を切り出した。

「津島はやはりかなり怪しいですね」

「そうか……」

「そうか、って立石さん、まず十二月二十一日の夜の津島のアリバイなんですが……」

草刈は聴取のメモをした手帳を捲《めく》りながら立石の方に身を乗り出した。

「あいつは二十一日の夜十時から翌二十二日の朝七時まで……」

「七丁目の雀荘で麻雀を打ってたって言うんだろう」

立石が言った。

「えっ」

草刈は立石の顔を見た。

立石は椅子に足を組み、上半身をのけぞるようにしてデスクの上の数枚の用紙を右手の指先に摘んで、その紙を探した。

「雀荘の主人や、津島と麻雀を打っていたメンバーの証言もある」

草刈は立石がデスクに放った用紙を取って読んだ。

「あの手嶋って刑事があらかじめ津島から事情を聴き、俺たちの捜査に関わる点についてはすべて自分で調べてご丁寧に雀荘の従業員から喫茶店の従業員までの証言を署名入りで提出して下さってるよ。それによると矢野殺害時の津島のアリバイは完璧、矢野から受け取った返済金の明細まで記してある」

草刈はその報告書を読みながら、

「あいつ……」

と手嶋刑事の姿を思い浮かべた。

「こんなのでたらめに決まってますよ。立石さんすぐに津島の話の裏を取りに行きましょう。第一、手嶋さんは部外者じゃないですか。そんな奴の取調べを鵜呑みにするんですか」

両手を立石のデスクに置きいきり立つ草刈に、立石は組んでいた足を戻し、草刈の鼻先まで顔を近づけると小声で言った。

「矢野殺しの犯人は稲本。その稲本は自殺した。被疑者死亡として書類送検することで事件を片付けることに決定したそうだ」

「そ、そんなバカな。稲本が太地から持ってきた金を津島は持っていたんですよ」

　草刈の声に本部にいた捜査員が一斉に二人を見た。

「殺害現場にあった靴跡は稲本和夫の健康シューズのものとほぼ一致した。テレビ局に送りつけられたヤッケの血痕も矢野のDNAと合致した。何より犯行に使用された凶器は太地の稲本の自宅で俺たちが確認した図面と一致している。殺害の動機はまだ判明しないが、二人になにかしら繋がりがあって、稲本は金を矢野に渡した……。殺害の被疑者も被害者ももうこの世にいないんだ。上の方からはそれだけ証拠が揃っていて何をもたもたしてんだとお叱りがあったらしい。例の料亭のボンボンからも上層部にご注進があったかもしれん……」

　立石が冷めた目で言った。

「そ、そんな単純な事件のはずがないじゃありませんか。立石さんも太地まで聞き込みに行って稲本という男のことをわかってらっしゃるじゃありませんか」

　草刈はさらに声を大きくした。

「草刈」

　立石が野太い声を上げた。

「おまえ稲本の何が俺たちにわかったって言うんだ。はっきり言うが俺にはあの男はただの時代遅れの鯨撃ちにしか思えなかったよ。いいから顔でも洗って頭を冷やしてくるんだな」

立石がデスクを叩いた。

草刈は本部を出て畑江のもとへむかった。

草刈が津島の聴取内容の裏取り捜査を申し出たら、畑江は表情ひとつ変えずに言った。

「津島啓介の捜査は、これ以上やらなくていい」

「どうしてですか。げんに稲本が太地から持って来た金を津島は隠していたんですよ」

「その金は、矢野が稲本から奪ったか、何らかの理由で受け取ったかしたものだ。金のその後の流れが証明されていればそれでいい。津島の名前を本件の捜査書類に明記する必要はない」

「それはおかしいでしょう、主任」

草刈がくいさがると、追いかけてきた立石が言った。

「草刈、これは捜査方針だ。おまえがとやかく意見を言うことじゃない」

「意見？　立石先輩、自分は意見を言ってるんじゃありません。事件の中の事実を捜査するべきだと言ってるんです」

「草刈、いい加減にしないか。津島は矢野が殺害された時にきちんとしたアリバイがあるし、矢野から受け取った金については借用書と受領書が揃っている。これ以上どうやって津島が本件と関わるというんだ」

「せめて津島の聴取の裏だけは取らせて下さい。あの報告書は本部の捜査員が調べたものでも作成したものでもありませんから」

草刈の言葉に立石が畑江の方を見た。

畑江は首を横に振った。

二人の仕草を見て、草刈は奥歯を嚙みしめデスクを拳で叩いた……。


雨に煙る赤坂の通りを歩きながら草刈は昼間の捜査本部でのことを思い出していた。

表通りから少し入った場所にそのビルはあった。

見上げると〝四喜《スーシー》〟と看板が雨に濡れて淡く光っていた。〝フリー雀荘〟とちいさく記してある。

店は三階にある。カーテンが閉じられている。この手のフリー雀荘は決められた営業時間外も客がいる間は営業をする。だから店内の灯りが外に洩れないようにする。勿論、違法営業であるが、目に余るやり方をしなければ所轄署も大目に見ている。

二階は、〝ロンド〟と看板が出ている。

草刈はエレベーターを三階で降り、〝四喜〟と記したドアを半開きに開けた。店員が訝《いぶか》しそうな目で草刈を見た。草刈は手にしていた警察手帳を見せた。営業中だから店内には入らない。

マスター、と店員が大声で呼んだ。

すぐに色白の小太りの男が店員のいたレジの所に行き、耳打ちされて草刈の方を見た。草刈は軽く会釈した。男が外に出て来た。

「警視庁捜査一課の者です。津島啓介さんのことでおうかがいしたいことがあるんですが」

「えっ、津島の啓ちゃんの件はもう片付いたって言われましたが、まだ何か？」

「それは赤坂署の手嶋刑事の調べでしょう。こっちは警視庁ですから」

「はあ、そうなんですか」

相手があきらかに迷惑そうな表情を見せた。

草刈はドアを開け店内を覗いた。四卓がうまっていた。草刈はそれを確認し、外に出てから相手に言った。

「営業規則はあと三十分だよな。その時刻になれば皆帰ってもらうんですか。所轄じゃなくて警視庁から直接指導にこさせてもかまいませんよ」

「冗、冗談を、刑事さん。あの、下で喫茶店もやってますからそちらで話してもいいですか」

「かまいません」

喫茶店には数組の客がいた。

中国語で会話する女性の声が聞こえた。奥にカウンターがあり、そこで一杯やっている客もいたから喫茶店とは名ばかりでラウンジ風の経営になっているようだった。

草刈は店に入ってすぐ隣りにある個室に通された。相手はすぐにやって来た。

「ご挨拶が遅れました、藤原《ふじわら》です」

男は名刺を差し出した。

「警視庁捜査一課の草刈です。お忙しいところを恐縮です」

草刈も名刺を出した。

「いや。警視庁捜査一課の刑事さんは名刺もちゃんとしてるわ」

「こんな部屋があるんですね」

「商談用ですね。人に聞かれちゃまずい話もありますからね」

「津島啓介さんとは長いんですか」

「そりゃ子供の時から知ってます。私の方が三つ歳下で、学校もこの裏手の△△小学校です」

「それは長いですね」

「啓ちゃんはお坊ちゃんで、私なんかとは違います。なにしろ〝津島〟の一人息子さんだから、何人もの総理大臣の膝の上で遊んだって話ですよ」

「それはたいしたもんですね」

「私なんかにはよく見えない世界です。あそこはなにしろ女将さんがスゴイ人だから」

「そうらしいですね」

「逢われましたか？」

「ええ二度ばかり」

「そこら辺りの男よりも迫力があるでしょう。啓ちゃんが一度上級生にからかわれた時、今で言うイジメですか。女将さんが学校に怒鳴り込んで、校長、教頭以下先生たちが震え上がってました。町内の祭りの時の寄附だって半端じゃありませんもの。いろいろ噂のある人ですが赤坂にとっては有難い人です」

「いろいろ噂と言いますと」

「それは刑事さんの方がご存知でしょう。ハッハハ」

藤原は笑いながら細い煙草を銀製のケースから出してくゆらせた。

「刑事さん、矢野さんのことで啓ちゃんが疑われてるんですか」

「それは何とも申し上げられませんが、矢野さんをご存知で？」

「はい。以前は雀荘の方にも見えてましたから」

「そうですか。どのくらい前のことですか」

「えーと矢野さんが塀の中に入ってしまう年の前ですから」

「八年前？」

「そうでしたかね。ああ、そんなもんでしょうね」

「矢野さんと津島さんが一緒に見えたこともあるんですか？」

「はい。矢野さんを店に連れて来たのは啓ちゃんですから。ほら元は同じ須田先生の秘書でしたから、その頃は仲は良かったんですよ」

「そんなに仲が良かったんですか、二人は」

「はい。よくつるんで遊んでいましたもの。コレの取り合いまで笑ってしてました」

藤原が小指を立てて笑った。

「そんな二人がどうして疎遠になったんでしょうか」

「やはりあの事件でしょう」

「詐欺と傷害の事件ですか」

「あの後、矢野さんは逆上して血眼で啓ちゃんを探してました。結局、最後は女将さんがまとめたみたいですね。矢野さんは遊び場所を六本木に変えたようです。ここは元々啓ちゃんの生まれ育ったところですからね」

「なるほど」

草刈は最後に当日津島と麻雀を打っていた〝メンバー〟と呼ばれる従業員と〝ロンド〟にいた女性従業員から話を聞くことにした。

「じゃ仕事が空くまで待って下さい。刑事さんコーヒーでも召し上がりますか」

「いや勤務中なんで。トイレをお借りしたいのですが」

「あっトイレならここを出て左の奥にありますから」

草刈は個室を出て左の奥にむかった。

店内の客は少し減って手前に二組、右手奥のカウンターの隅に男が一人半コートを着たまま酒を飲んでいた。帽子を目深に被った男だった。灰皿に置いた煙草の煙が男を包んでいた。

――一人でこんな店で酒を飲む男もいるんだな……。

草刈は男の背後をぐるりと見渡すようにして奥のトイレに入った。

トイレに入り、なぜかその男が気になって、用を済ませて手を洗いながら鏡に映った自分の顔を見た途端、草刈はトイレを飛び出した。

草刈はトイレのドアの前で男の背中を見た。男が外の雨を眺めるように横をむいた。

草刈は思わず声を上げた。

「南部さん……」

その横顔はまぎれもなく太地で逢った南部善郎だった。

草刈の声に南部は振りむき、草刈を睨みつけたまますぐに顔を前にむけた。

「何かご用事で上京されたんですか」

「……」

南部は何も答えなかった。

様子がおかしかった。何か思いつめたような表情に見えた。

――南部さんは稲本を殺した犯人を探しに上京してきたんだ。

草刈は南部をこのままここに置いておくわけにはいかないと思った。

「南部さん、少しお話があるんですが、このあとお時間ありますか」

「……」

南部は返答しないかわりにちいさくうなずいた。

草刈は南部と外に出てタクシーを拾った。

「宿泊先はどちらですか？」

草刈は南部の宿泊先の近くで話を聞こうと思った。

「まだ少し酒を飲みたい」

南部がぶっきら棒に言った。

草刈は普段一人で酒を飲むことはなかったが、以前別の捜査で聞き込みをした芝の大門にある居酒屋を思い出した。

宵の口から降り続けていた雨が雪にかわっていた。

草刈は南部を連れて大門にある居酒屋チェーンの店に入った。すでに夜の十一時を過ぎていたので客はまばらで二人は奥の間仕切りのあるテーブルに座った。

冷や酒を一杯くれ、と南部はやってきた店員に告げた。草刈がお茶を注文すると南部は、少し酒を付き合ったらどうなんだ、と野太い声で言った。草刈は南部の顔を見て店員に同じものを持ってくるように言った。

酒が運ばれて二人はグラスを上げた。

「ご無沙汰しています」

草刈の言葉に南部はただうなずいただけでグラスの酒を一気に半分飲み干した。

やはり様子がおかしかった。それでも草刈はつとめて明るい声で言った。

「東京には何かご用事で来られたんですか」

草刈が笑いかけると南部はじっと草刈の目を見据えた。

「仕事はとうにやめてるんだ。何の用があって東京までのこのこやって来てると思ってるんだ」

「おっしゃってる意味がよくわかりませんが……」

「とぼけるな」

南部はテーブルを叩いた。その目が異様な光を放っていた。

「草刈君と言ったな」

「は、はい。草刈大毅です。名前を覚えていて下さって光栄です」

「そんな挨拶はせんでいい。ここに俺を連れ出したのは何の話があってだ」

「そ、それは……」

草刈が口ごもると南部はグラスを握った右の手を離し、人さし指を草刈の鼻先にむけて言った。

「和夫《かずお》を殺《や》った犯人が見つかったんだろう」

「……」

草刈は黙って南部を見返した。

「黙っているところを見ると捜査は進んじゃいないってことか」

「いや、そんなことはありません。ただ捜査のことを外部の人に話すことはできませんので……」

「おまえさんは太地を出る前に俺に言ったよな。真犯人は必ず見つけ出しますってな。あの言葉に偽りはないんだろうな」

「それは今も変わりません」

「じゃ、どうしてそんな浮かぬ顔をしているんだ。逢った時から塩をかけられたナメクジみたいな面をしてるぞ」

「そ、そんなことは……」

「まさかおまえたちは和夫を犯人にして事件を終わらせようとしてるんじゃないだろうな」

「そんなことはありません」

草刈はそう言ってから下唇を嚙んだ。

草刈が沈黙すると南部もそれっきり言葉を発しなくなった。

長い沈黙の後に南部がテーブルから身を乗り出すようにして草刈に顔を近づけて言った。

「殺された男はたしか栃木のマッチポンプの秘書をしていた男だったよな。マッチポンプがうしろで糸を引いてるんじゃないのか」

「南部さんは須田音美議員をご存知なんですか」

草刈は目を丸くして南部を見返した。

6

翌朝、草刈はひどい頭痛で目を覚ました。

こんなに頭が痛いのは初めてである。昔、剣道部の納会でいやというほど先輩から酒を飲まされたことがあった。

――あの時よりもひどい痛みだ……。

草刈は頭を左右に振りながらベッドサイドの置時計を見た。時計の針の長針と短針の区別がつかなかった。彼はベッドサイドの時計をつかんで目の前に引き寄せた。短針が差しているのは八時と九時の間だった。

「イカン、寝過ごした」

草刈は飛び起きてバスルームに駆け込んだ。水のシャワーを頭から浴びた。たちまち寒気が体中に走ったがかまわず頭を指で掻き、顔を何度も洗い、バスルームを出ると洋服を着た。

警察手帳、携帯電話、時計、財布……と冷蔵庫から取り出したジュースを飲みながら確認し部屋を飛び出した。

草刈は駅にむかって全速力で走った。

――よりによって今朝は捜査会議じゃないか。

草刈はこの四年半、一度たりとも遅刻したことはないし、欠勤は皆無だった。

車窓に映る街の風景がやけにまぶしかった。昨夜半から降った雪が東京を白銀に覆っていた。空は雪雲が失せ、抜けるような景色がひろがっている。

――まいったな……。


草刈が本部に入った時、捜査官全員が彼を見た。

「す、すみません」

立石は眉間にシワを寄せ、何をやってるんだ、という顔で見返した。

畑江は草刈をちらりと見て発言している捜査官の方にむき直した。

「稲本和夫の遺書と、放送局に送られてきた段ボールの中にあった告白文のふたつの筆跡鑑定は一致しています。鑑識では△△大学の□□教授に筆跡鑑定をしてもらい……」

「矢野勝美のポーチバッグについていた指紋も稲本のものだったんだな」

「そうです。このポーチバッグにはもうひとつ判明しがたい指紋が残されていましたが、その指紋については現在鑑識が分析中です……」

草刈は昨日の津島啓介の事情聴取に関して報告をしなくてはいけないので手帳を胸のポケットから取り出して、記したメモの整理を素早くやろうとした。

メモが一枚失せていた。

警察手帳にはさんでいた記憶があったのだが、そのメモがない。

――どこにやったんだ。

草刈は上着のポケットをまさぐった。

もう一度、警察手帳を捲《めく》った。すると中の一頁が乱暴に破ってあった。こんなことを草刈はこれまでしたことがない。かたわらに置いたコートのポケットを調べた。

隣りから立石刑事のささやく声がした。

「おまえ酒臭いな。飲み過ぎて遅れたのか」

草刈は目を丸くして立石を見返し、あわてて口元をおさえた。さっきから胸がむかついていた。署に着くまでは必死で急いでいたのでそうでもなかったが部屋に入り、暖房のきいた本部の椅子に座ると胃のあたりが絞り込むように痛んだ。草刈は口元をおさえながらメモを探した。

別の捜査員が立ち上がって話し出した。

「では次に矢野勝美が殺害された前日に赤坂の路上で稲本和夫らしき人物と口論をしていたという目撃者の話ですが。日時は十二月二十日の夜、十一時過ぎで場所は赤坂三丁目の路上で……」

草刈は驚いてその捜査員の顔を見直した。

「わずかな時間ですが摑みあいもしたようで……」

「これは何の話ですか、立石さん」

草刈は立石に訊いた。

「所轄の刑事が聞き込みで取ってきた情報だ。二人はどうやら諍《いさか》っていたらしい」

「何人かの目撃者はいますが、諍いを止めに入った者は今東京にいません。昨年末より長野に帰省していて電話で話をしました」

「どうしてその喧嘩の仲裁に入った男は、矢野の口論の相手が稲本和夫とわかったんだ」

　畑江が訊いた。

「実は稲本の馴染《なじ》みの店の店主なんです。稲本は一緒に上京した椎木尾と、翌日、その仲裁した男の店に食事に行ってます。店の名前は〝佐久〟、店主は上原龍一。電話で聞いたところでは、以前から陳情で上京した折に水産会社の人間に連れられて時々来ていたそうです。翌日来店した時はすっかり落ち着いていて、諍いの原因は聞いていないとのことでしたが」

「その上原さん以外にも目撃者はいるのかね」

「数人いますが誰も稲本だと確認できる人はいませんでした。さらに聞き込みを続けています」

「探せば何人かいるかもしれんな。近頃、路上で喧嘩をする猛者《もさ》がほとんどいなくなったからな」

　古株の平尾《ひらお》という刑事が笑いながら言った。他の捜査員も笑ってうなずいた。

「派出所への通報はなかったのか」

「ありません」

「ではその目撃者と仲裁の人物の証言を固めていくことだな。ではもうひと踏ん張りだ。週明けには何とかしましょう……」

畑江が捜査会議の終わりを告げようとした。

「すみません。遅れてきて申し訳なかったのですが、少し発言していいでしょうか」

草刈が手を上げた。

「何に関しての発言だね、草刈君」

「稲本和夫さんは自殺するような人じゃありません。太地町でそう確信しました」

「おいおい、よく言ってくれるじゃないか。会議にのこのこと遅れてやってきた新米が、確信しただと……」

先刻の平尾だった。

平尾の言葉に彼の周囲の捜査員がうなずいた。

「新米だろうが何だろうが捜査は捜査でしょう」

草刈は平尾を睨みつけた。

平尾が身を乗り出すようにして草刈を見返した。

「自殺じゃないことを示す証拠はあるのか。遅刻して詫びも入れずに平然と席についた上に、君は新たな手がかりひとつ、持ってきていないのかね」

「それはすみません。このとおり謝ります。しかし……」

「いい加減にしろ。おまえに発言する資格はない」

すぐ脇から大声がした。

立石だった。

会議が終わって草刈は畑江に呼ばれた。

言葉は少なかったが畑江はあきらかに不機嫌だった。

「遅刻の理由は訊かないが、まず冷たい水で顔を洗ってから、一ツ木通りの薬局で二日酔いを止める薬を飲んできなさい。もういいから行きなさい」

畑江が回転椅子を動かし背をむけた。

草刈は顔を下げて畑江の前を離れた。

立石の隣りに行こうとして草刈はあわてて口元をおさえた。

グウェッと胃から何かが押し上げてきた。

草刈は部屋を飛び出し廊下に出るとトイレに駆け込んだ。

立ち話をしていた捜査員を避けるようにして、すみません、とドアを開けしゃがみこむと便器をかかえるようにして嘔吐《おうと》した。何度も吐いた。草刈は指を喉の奥に突っ込み、さらに吐こうとしたがそれ以上は残っていないようだった。口元から涎《よだれ》が零れ、目から涙が出ていた。

草刈は自分が泣き出している気がした。情けなかった。平尾と周りの捜査員の嘲笑する顔が浮かんだ。その顔が消えると南部善郎の日焼けした顔がよみがえった。

「それでその男はどこにいるんだ?」

南部が草刈に訊いている。

——その男とは誰のことだ？

草刈はあらわれた南部の顔を見ながら、昨夜のことを思い出そうとした。どこでどう南部と逢い、いつ別れたのかも思い出せない。

記憶が欠落していた。そんなことは今まで一度もなかった。

「まかせておけ、俺に」

耳の奥で声がした。南部の声である。

——何をまかせておけというんだ？

懸命に思い出そうとしたが何も浮かんでこない。また胃が絞り込むように動いた。

翌朝、捜査本部の畑江の所に手嶋房一がやってきた。

手嶋は立石と草刈の方を見ながら畑江に何かを話していた。立石が畑江に呼ばれた。畑江の話を聞いた立石が表情を変え草刈を振りむいた。

「草刈、ちょっと来てくれるか」

立石が草刈を呼んで二人は別室に入った。

「おまえ、昨日の夜はどうしてた？」

「昨日は先輩にも言われたとおり早めにアパートに帰って熱い風呂に何度も入ってアルコールを抜いていましたが……」

「津島啓介が、昨夜自宅マンションで誰かに襲われた」

「えっ、津島が？」

「今、山王病院に入院している。たいした怪我じゃないらしいが」

「それがどうして自分と？　あいつに恨みを持ってる奴はたくさんいますよ」

「津島が相手がおまえに似てたと言っているらしい」

「どうしてそんなことをしなきゃならないんですか。先輩、自分を疑ってるんですか」

「まあ一応聞いてみろということだったんでな。気を悪くするな。深夜に帰宅した同じマンションの住人が見つけて通報した。部屋の鍵を開けようとして後頭部を一撃されて、気絶したらしい。そのまま部屋の中に引きずり込まれたようだ。部屋の中は物色された跡があるが、金目のものは盗まれていない。待ち伏せていたんだろう。どうした、草刈」

立石が草刈の顔を覗き込んだ。

草刈はうつむいたまま考え込んでいた。

「大丈夫か？　もしかして今朝も二日酔いか」

「そ、そんな……」

草刈は笑おうとしたがその顔はぎこちなく歪んだだけだった。

「誰もお前がやったなんて思っちゃいない。それにしてもあの手嶋って野郎は気に入らねえな」

立石が去った後、草刈はテーブルの上に置いた手の指先が震え出しているのに気付いた。草刈は震える指先を見つめながらつぶやいた。

「南部さんだ」

昨日の夜もずっと南部善郎に逢って何を話したのかを考えていた。

断片的にしか思い出せない記憶はそれを繋ぎ合わせてみると警官にあるまじきことを口にしていた。

もし津島のマンションで待ち伏せていた人物が南部なら、その住所を教えたのは自分かもしれない。

——いや自分が教えたんだ。

7

一月二十四日の夕刻から関東地方に降りはじめた雪は、夜半いったんやんだものの夜明け前から激しい北風とともに東京都心に粉雪を吹きつけた。

東京の下町一帯も冷たい風の中に晒《さら》され、隅田川沿いの家々の窓にも雪片が当たった。

藤井《ふじい》セツ子はその川沿いの、墨堤《ぼくてい》通りを走っていた。夫の東京転勤を機会に、自分を変えてみるわ、と太りはじめた四十過ぎの身体に鞭打つかのようにジョギングをはじめたのだ。

言問《こととい》橋の下を潜り抜けた場所で犬が吠え続けていた。セツ子を見ると挨拶をするゴールデン・レトリーバーのバーグだった。飼い主は必死でロープをおさえてなだめている。

「バーグ、どうしたの？　何か見つけたの」

セツ子はバーグを抱くようにした。その腕から飛び出す勢いで吠える。

セツ子は遊歩道の塀越しに川面を覗いた。

「私、ちょっと下の方を見てきます。バーグ、静かにしていてよ」

セツ子は言問橋の側から階段を下り、テラスに出た。

——何もないわね……。

セツ子は上流の堤防や水際を見返した。枯木が数本柵のはざまにひっかかり、杭のように斜めに突き出ていた。真ん中の枯木に黒いビニール袋のようなものが絡みついていた。

その時、黒い物が、一瞬浮き上がったように映った。

セツ子はテラスから水面に続く階段を用心深く降りて、その黒いかたまりを凝視した。そこから突き出た枯木を見直した。先端が丸かった。妙なかたちだ。枝は水に入っておらず、そこに丸い帽子のようなものが見えた。

エンジン音がして上流から一艘《いっそう》の貨物船が近づいてきた。スピードを上げている。船が通り過ぎると川面に波状のうねりが起きて岸に押し寄せてきた。

セツ子は目を瞠《みは》った。

——今、たしかに帽子に似たものが浮き上がって……人の顔があらわれた。

「キャーッ」

周囲に木霊《こだま》するほどの甲高いセツ子の声がした。

半コートを着て毛糸の帽子を被った男が柵と堤防のわずかな隙間にあおむけになって浮いていた。

草刈は赤坂見附の歩道橋に立ち止まり、もう一度南部善郎の携帯電話の番号にコール
してみた。

お客様のおかけになった番号は電源が入っていないか、電波の届かない場所に……と、
もう何十回と聞いた女性の声が返ってきた。

草刈は今しがた南部が宿泊しているホテルに立ち寄ってきた。

南部は昨夜も、一昨夜もホテルに帰っていなかった。

草刈は携帯を閉じてポケットに仕舞うと、交差点の先にある赤坂警察署の建物を見た。

昨夕からの雪はやんでいたがまだ低く垂れ込めた濃灰色の雪が所轄署の建物を不気味
に見せていた。

時間が経つと断片的にあの夜の記憶がよみがえってきた。してはならないことを自分
はしたのではないかと思うようになり、そして何をしたかを確信するようになった。

「そいつが犯人なのか」

「いや犯人とは断定できませんが、稲本さんが太地の漁協から引き出した金の一部をゴ

ルフバッグの中に隠していたんです」

「ならそいつが犯人じゃないか」

「いや、それがアリバイがあるんです」

「アリバイなんかどうだっていい。そいつはどこにいるんだ。名前を教えろ。俺が吐かして警察に突き出してやるから」

「それはできません」

押し問答が続き、店を出た直後、南部が草刈の首元を絞め上げたことまでは記憶していた。

もう一軒別の店に入った。そこでまた酒につき合った気がする。

――津島の名前と住所を話してしまっている……。

大門の店の脇で南部が自分の首根っ子を絞め上げようとした腕力は尋常ではなかった。津島を襲ったのは南部なのか。いや南部ならその場で津島を絞め上げて犯行を自供させようとしたはずである。


捜査本部に入ると、数人の捜査員がデスクを片付けていた。

草刈は捜査員たちを見ながらロッカー室にコートを掛けに行った。

警視庁から来ている二人の捜査員がいて、それぞれのロッカーを片付けていた。

「どうしたんですか」

先輩の捜査員に訊くと、捜査は終わりだ、と素っ気なく言った。

「被疑者死亡で、書類送検するらしい」

「主任がそうおっしゃったんですか」

「主任の上もそう言ってる。決定したんだろう。事件は決着したんだ。有難いことだ。おまえも早いとこ片付けて引き揚げる準備をしろ」

「……」

草刈はコートを手にしたまま立ちつくしていた。

「午後には記者発表ってことだ。いつまでも所轄でうろうろせんほうがいい」

そう言って捜査員は外に出た。

立石がロッカー室に入ってきた。

「立石さん、捜査は……」

言いかけた草刈の話を聞かずに立石は眉間にシワを寄せたまま言った。

「捜査は終了するんだ。そのことはもう頭から離すんだ」

「先輩までがそんなことを」

立ち去る立石の背中を草刈は睨みつけた。

署の階段を上りながら草刈は携帯電話の着信履歴を確認した。南部から連絡はなかった。

草刈は捜査本部に戻り、デスクに座って津島の事情聴取の裏を取った報告書をパソコンで打ちはじめた。

畑江のデスクの電話が鳴った。

「いやどうも葛西さん、ご無沙汰しています……」

そこまで言った畑江の顔が相手の話を聞きながら少しずつ赤くなった。

「それはたしかですか、葛西さん」

畑江は唇を噛んでいた。

「それで今、状況は……。本所署が扱ってるんですね。場所の確認はこちらから所轄に入れます。はい、わかりました。はい……」

電話を切ろうとして、畑江は、葛西さん、と名前を呼び、丁寧な言葉使いで言った。

「報せて下さって有難うございました」

電話を切ると、畑江は大声で、立石、△△、××と三人の刑事の名前を呼び、

「隅田川に遺体《ホトケ》が揚がった。胸部刺殺だ。使用された凶器がこっちの事件《ヤマ》と関連性があると鑑識から連絡があった。すぐに現場へ飛ぶんだ」

名前を呼ばれて立ち上がった三人は畑江の言葉にお互いの顔を見合わせた。

「何をやってる。所轄は本所署。現場にすぐ直行するんだ」

畑江の声が捜査本部に響いた。

「はい」

刑事たちがあわただしく動き出した。

「あ、あの主任、自分は？」

「草刈君もすぐに現場へ行くんだ」

「は、はい」


被害者は南部善郎だった。

南部善郎の刺殺死体は、隅田川の向島岸の川縁に新しく設けられた柵と堤防との間にはさまれるようにして浮いているところを発見された。発見者は藤井セツ子という近所に住む主婦で毎朝日課のジョギングの途中、知人の犬が発見場所周辺でしきりに吠えるので訝《いぶか》しく思って川岸に降りてみると柵と堤防の間に浮かぶ南部善郎を発見したという。

発見時刻は午前七時二十分。すぐに近くにいた知人の斉藤雄三が所持していた携帯電話で一一〇番通報した。本所警察署の捜査員、警視庁の捜査員と鑑識課員が現場に急行した。

立石と草刈が現場に到着した時、南部の遺体は移送されようとしているところだった。

「ちょっと待ってくれ」

立石が声を上げた。

一人の刑事が立石が近づいてくるのを待っていた。

「よう水島《みずしま》ひさしぶりだな」

立石の同期で本所署にいる水島徹《とおる》だった。

「何を言ってる。去年、結婚式で逢っただろう。おまえが言うから死体《ホトケ》の移送をギリギリまで延ばしていたんだぞ。死体《ホトケ》を知っているのか？」

「ああ、たぶん」

立石は死体の方に歩み寄った。草刈もあとに続いた。

「こいつはさっき電話で話した草刈だ。水島刑事だ」

立石が水島に草刈を紹介した。

「初めまして捜査一課の草刈大毅です。先程は失礼しました」

「ああ、水島だ。よろしく」

草刈は水島に一礼して死体の方に急いだ。

立石がすでに覗き込んでいた。その背後から死体を見ようとすると、立石が身体をずらして草刈にも見えるようにした。

草刈は目の前の死体を見た。口の中から唾があふれ出し生唾を飲み込んだ。

顔に数ヶ所何かで刺された傷はあったが、死体はまぎれもなく南部善郎だった。

「ああ、和歌山太地町《ヤマ》の元捕鯨船の乗組員で南部善郎だ。この正月に逢ったばかりだ」

「そっちの事件と関わり合いがありそうなのか」

「無関係ということはまずないだろうな」

立石と水島は並んで歩いている。そのあとを草刈は続いて歩いた。

「畑江さんは元気か」

「ああ相変わらずだ。しかし今朝見つかって良かったよ。今日の午後うちの事件《ヤマ》の捜査を終了し、被疑者死亡で書類送検すると記者発表する予定だった」

「それは危ないところだったな」

葛西が立石と草刈を見て待ち受けるように正面をむいた。

ご苦労さんです、と立石が頭を下げると、ご苦労さま、と葛西がおだやかな声で応えた。

「葛西さん、状況をご説明願えますか」

立石の言葉に葛西はゆっくりと話し出した。

「では今わかっていることだけお話しします」

被害者はこの近辺で刺され、まだ息があるうちに墨堤通りから突き落とされた可能性が高いこと。顔に数ヶ所、半コートの右腕と左脇の部分にも刺されて布地が裂けている所があり、もみ合った様子がある。致命傷になったのは左胸部の刺傷と思われること。被害者が墨堤通りから突き落とされたと思われるのは堤防の草に被害者のものと思われる血痕が附着しているからであること。被害者の靴が片方どこかで脱げたのか紛失していることを説明した。

「それで凶器なんですが、どうぞこちらへ」

葛西が鑑識課の車輛へ案内した。

葛西はワゴン車のドアを開けた。葛西に続いて立石、水島、草刈がワゴン車に入った。奥にあったジュラルミン製のボックスを葛西が開けた。ビニール袋で二重に包んだ凶器があらわれた。

あっ、と草刈が声を上げた。立石も同じように唸り声を出した。

「同じものですか」

立石が葛西に訊いた。

「今ははっきりしたことは申し上げられませんが、この状態で見た限りは稲本和夫、矢野勝美を殺害したものとほぼ同じものに思えます」

「私にもそう見えます」

立石は応えて、目の前の凶器をじっと見つめていた。草刈もその凶器をまじまじと見た。

——銛はたしか三本あったと言っていたのは南部善郎だった。その最後の銛で南部が刺殺されたというのは、いったいどういうことなんだ?

「永い間、この仕事をしていますが、こういうふうに同じような凶器があらわれる事件は初めてのことです」

葛西が静かに言った。

その夜、草刈は大井町のアパートに戻るとベッドに横になり身じろぎもせずにいた。

草刈は昼間見た南部の遺体の状況を思い返した。

顔に数ヶ所の傷。着ていた半コートの右腕と左脇に刺されたものと思われる布地の裂けた跡。あきらかに犯人と揉み合った様子がある。

遺体発見からまもなく近所の公園の繁みから靴の片方が発見された。また、堤防の草に南部の血痕が附着していた事実は、致命傷を受けた直後に堤防から川に落とされたことを示唆していた。

——稲本は自殺ではない。これは同一犯による連続殺人だ。

草刈は大きくタメ息をついた。

その耳に畑江の声が響いた。

「なぜそんな大事なことを報告しなかったんだ。事件の関係者と逢って個人的に話をするということが刑事としての職務を危険に晒すとは考えなかったのかね」

「挨拶をしただけです。すぐに南部善郎とは別れました」

「ともかくこの捜査からは外れてもらう。次の連絡があるまで自宅謹慎だ。わかったね」

「わかりました」

ロッカーの荷物とデスクを片付け、草刈が捜査本部を出ようとしたとき、畑江が言った。

「父上の墓参りにでも行って来なさい。それ以外は自宅謹慎だからな」

「はい」

身体が妙に熱かった。草刈は帰宅してまだ服を着換えていないことに気付いた。起き上がって部屋の灯りを点けた。コートが床に脱ぎっ放しにしてある。

——もっとよく考えるんだ。

草刈は頭を何度も左右に振った。

南部は殺された。そのきっかけを作ったのはおそらく自分の不用意な発言だ。自分はあの夜、南部に何を言ったのか。なぜ南部は浅草で殺されたのか。草刈は拳を振り上げて机に叩きつけた。

「しっかりしろ。何をやってるんだ」

ドン、ドン、ドンと机を叩く音だけが部屋に響いた。

身体が火照《ほて》ったように熱かった。草刈は衣服を脱ぎバスルームに行った。

頭からシャワーを浴びた。シャワーを浴びると少し気分が落ち着いてきた。バスルームを出て着換えると散らばった衣服を片付けた。

その時、携帯が鳴った。メールである。

見ると皆川満津夫からだった。

——しょげるなよ。とける日があるから謹慎と言うんだ。冷静になれ。逆上はおまえには似合わんぜ　皆川

携帯がまた鳴った。

発信元を見ると立石豊樹である。時刻を見ると十二時を過ぎていた。

「はい。草刈です」

「どこにいる？」

「アパートです」

「本当か」

「謹慎の身ですから」

「そうおまえが言っても電話ではおまえのアパートは見えないからな」

「……何でしょうか、立石さん。自分の行動確認ですか」

「それもあるが、おまえ南部善郎の携帯番号を知ってるだろう。教えてくれ」

草刈は返答しなかった。

「何を黙ってるんだ。おまえが南部の携帯番号を知らないはずがないだろう。急いでるんだ。早く言え」

「……条件があります」

「条件だと。草刈、おまえ自分の今の立場をわかってるのか」

「その条件を聞いてもらえるなら教えます」

「そんなことを俺が聞く男だと思ってるのか」

「お願いです。その条件を聞いてもらえれば……」

「言ってみろ、条件を」

「南部が殺された日の津島啓介のアリバイを教えて下さい」

「そ、そんなことが話せるか」

立石が電話のむこうで黙った。

「立石さん、お願いします」

「そんなことをおまえが聞いてどうしようって……」

「お願いします」

「……奴はシロだ。母親と二人で昨日から京都に行っている」

「本当ですか。ウラは取れてるんですか」

「ああ取れてる。証人もきちんといる」

草刈はタメ息をついた。それからゆっくりと南部の携帯番号を立石に告げた。

「立石さん、南部さんの携帯は見つかってるんですか」

「そんなことは言えん」

そう言って立石は乱暴に電話を切った。

——津島にアリバイがある？　そんなはずはない。何かの間違いだ……。

草刈は部屋の中央に立ったまま歯ぎしりをした。

翌日、草刈は京浜東北線で上野にむかっていた。

平日の昼間こうして職務に関係なく電車に乗っていると妙な気分だった。電車も空《す》いていた。むかいの席では母子が楽しそうに話をしていた。

草刈は半コートのポケットから数枚の束ねた冊子を取り出した。

今朝、父の墓参に行ってこようと決めた時、草刈は自分に言い聞かせるように、

「事件のことは今日一日忘れるんだ」

と声にした。

部屋の机の隅に読みかけたまま置きっ放しにしていたレポートに気づき、それを持ってきた。

草刈はレポートを開いた。

『ティーンエージャーの脳に関する最新研究』

それは去年の暮れ、皆川と富永の三人で、丸の内にあるコンベンション会場で聴講したときに配布されたアメリカ人ライターのレポートだった。ティーンエージャーの特異な行動に関する研究をまとめたものだ。

表紙の隅に〝ドーパミンの活性化〟と自分のメモが記してある。

——たしかこの講演を聴きに行っていた時、稲本和夫の死体が発見されて、すぐに現場へ直行しろと言われたんだったな……。

草刈はその日のことを思い出してから、

——イケナイ、イケナイ、事件のことは忘れるんだっただろう。

とレポートを読みはじめた。
レポートでは、思春期の若者が未知の状況に直面すると大人が想像もつかない柔軟性を示す例として、十七歳の若者と四十五歳の女性の事件について取り上げていた。

ルイジアナ州ニューオリンズ市郊外のケナーに住むデューク・コニックはハイスクールに通う十七歳の若者で父親が不動産会社に勤務する中流家庭のどこにでもいる多感な若者でした。彼は自分の趣味であるマウンテン・バイクの新車を購入する資金作りのため二〇〇九年の春からケナーにあるモールショップのスーパーマーケットの金庫管理部へアルバイトに通いはじめました。

ローラ・サイデルは同じマーケットのレジ係をしていた四十五歳の離婚歴が一度ある、一女を持つスパニッシュ系の女性でした。ローラは大きな瞳と豊満な肉体を持つセクシーな女性で言い寄る男性も多かった。しかし彼女は娘のリサのために男性との交際を拒絶していました。

デュークとローラの出逢いはローラに貧血症の持病があり、勤務中にその症状が出て、店の裏手でうずくまっていた時でした。デュークは彼女の容体が悪いのに気付き、水を持ってきて飲ませたり、丁度切れていた薬をドラッグストアーに買いに行ってあげたりしたことから交際がはじまりました。ローラはデュークを家に招き、娘のリサと三人で食事をしたり、ローラの好きなクラシック音楽を家で聴いたりしました。デュークは何度か彼女の家を訪れるうちに彼女に恋をしました。或る夜、ローラの家に酒に酔った男が侵入し、男を撃退したデュークは怪我をします。その治療をした夜、二人は肉体関係を持ちます。女盛りのローラとのセックスにデュークは夢中になります。デュークは恋愛感情と同時に母子を自分が守るという父性本能を抱くようになります。十七歳の若者が父性すなわち夫であり父である立場に自分がなるという感情をいとも簡単に抱くのは世間の常識では考えられませんが、三年後に自分の父親を殺して州刑務所に拘束されたデュークの精神鑑定をしたピッツバーグ大学の研究班のレポートによると、デュークの体内のドーパミンの活性量は……

草刈は読みながら、自分が十七歳の時、カナコに対して抱いた感情が、デュークの感情と似ていたことを思い出し、デュークが自分の父親まで殺害した気持ちが分かる気がした。事件の経緯だけを見ると狂気の行動に見えるが、そう断定できないものを感じた。レポートは研究班の質問に刑務所の中で答えるデュークの興味深い発言に入った。

その時、電車が上野に着いたので草刈はレポートを閉じてポケットに仕舞い込んだ。むかいの席にいた母子はいつの間にか下車していた。

花束と手桶を手に谷中《やなか》の墓地を歩きながら草刈は、父の墓参に来るのが一年振りなのに気付き、日々の勤務が多忙であったことをあらためて思った。

草刈家の墓が見えて来た。これだけの数の墓があり、しかも区画が入りくんでいる谷中の墓地で彼が墓所をすぐに見つけられるのは墓の手前に樫《かし》の木が一本あるからだった。少年の時、その木を見つけて「あったよ」と叫んで父と母の手を解《ほど》いて走り出したのを覚えている。

あの頃に比べると樫の木はずいぶんと大きくなっている。樫の木を潜って草刈は立ち止まった。冬の陽差しに黄色の花が光っていた。

草刈は手にした花束のゴムを解き、墓の花差しに入れた。花の香りが鼻を突いた。草刈は墓に水を掛け、雑布で汚れを拭った。盆会《ぼんえ》の時は父と母が墓の周りの夏草を除《と》っていた。忘れていたことが鮮明によみがえるのが不思議だった。

彼は線香の束に火を点け、墓前に置き、ポケットの中から父の好物だった饅頭《まんじゅう》をみっつ置いた。そうして墓前にしゃがみ込むと両手を合わせて目を閉じた。父へ語りかける言葉が思いつかなかった。それでもじっとしていると少しずつ気持ちが落ち着いてきた。

「父さん、ボクは刑事失格だよね。こんな時に自宅謹慎なんて、父さんの期待を裏切ってるよね」

その時、父の声がしたように思えた。

草刈が警察官になりたいと打ち明けたとき、自宅の縁側で父が語った言葉だった。

『いいか、手柄なんて立てようと思うんじゃないぞ。そんなものは一生なくていいんだ。大切なのは皆に信用される警察官になることだ。それが一番難しいんだ』

──あれから十二年が過ぎたのか……。

草刈は今の自分を情無く思った。

彼は花束の包装紙を畳んでポケットに仕舞い、もう一度墓を眺めてから歩き出した。

腹の虫が鳴いた。彼は墓参の後、国立新美術館に行き、印象派展を見るつもりでいた。

正月明け、皆川たちと見に行った時はカナコのことを思い出し、碌に絵画を鑑賞できなかった。

また腹の虫が鳴いた。恥ずかしいほど大きな音だった。

通りのむこうに蕎麦屋の暖簾が見えた。

蕎麦屋に入った。

昼時を過ぎていたので客は一組だけだった。奥から主人らしき男が草刈の顔を見た。

「ざるの大盛とカツ丼」

草刈が大声で言うと主人が白い歯を見せた。

先にざるが来た。一気に口に入れると美味かった。これは見っけもんだナ、と思った。

カツ丼が来た。

「こっちも少し大盛にしておきましたから」

主人が笑った。

「すみません、助かります」

「お墓参りですか。お若いのに感心だ。きっといいことがありますよ、お客さん。ちょっとテレビを点けさせてもらいます。ニュースを見たいもんですから」

主人はそう言って草刈の背後の上方にあるテレビに向かってリモコンを押した。

――どうして墓参りだとわかったんだろうか？

草刈は小首をかしげてから自分の半コートに線香の匂いが残っているのに気付いた。

背後でテレビのコマーシャルが終わり、ニュース番組のアナウンサーの声が聞こえた。

「昨日、隅田川で発見された遺体は、昨年末に発生したふたつの事件と関連があることが、捜査本部の発表でわかりました。昨日遺体で発見された南部善郎さんと去年十二月二十五日に赤坂のビルの屋上で発見され自殺とみられていた稲本和夫さんはともに和歌山県の太地町出身で、捕鯨船に長く乗船していた砲手と判明。また捜査本部は十二月二十九日に赤坂不動尊前の工事現場で発見された矢野勝美さんの殺害に使われたとみられる凶器が稲本さん、南部さんの現場で見つかった凶器と酷似していることから同一犯人による連続殺人の可能性も視野に入れて捜査を進めています」

草刈はテレビを見ていた。

「ひでえことをしやがる。砲手と言やあ、昔、日本人が皆お世話になった人じゃないか。なぜこんなことを犯人はしたんでしょうね。殺された方の家族が可哀相ですよね」

主人がいまいましげに言った。

草刈は上野の森にむかって歩きながら南部フジコのことを思った。

――今頃、身元確認が終わってフジコさんは事情聴取を受けているはずだ……。

「何てことだ。こんな時に……」

草刈は立ち止まって空を仰いで唇を噛んだ。つくづく自分が情無かった。絵画を見る気分になれなかった。

午後から風が出ていた。足下を枝葉が地面を走るように流れて行った。

ポケットの中で携帯電話のバイブレーターがふるえた。取り出して発信元の表示を見た。

南部フジコの携帯だった。

「もしもし草刈です。もしもし……」

「なしてあなたは捜査本部にいないの？　私たちを見捨てたの」

フジコの声が聞こえた。


南紀白浜空港にむかうＪＡＬ１３８３便は知多《ちた》半島沖を強い北風に機体を揺らしながら飛行していた。

「あのバアさんには手こずらされたよ。草刈、おまえはえらく気に入られたもんだな」

隣りのシートに座った立石が言った。

「そんなことはありません」

畑江と立石は自分が南部に捜査情報を流したことを薄々気付いている。それなのに、現場復帰させてくれたのは、何としても犯人を逮捕しろという無言の示唆だろう。

空港のロビーに出ると正月に二人を迎えてくれた新宮警察署の布居裕一が立っていた。

「ご苦労さんです」

二人は布居の運転する車に乗り込んだ。

真っ直ぐ南部フジコの所へ向かった。

「……………」

南部フジコは何を訊いても口を開かなかった。

「南部さん、もう一度お尋ねします。ご主人から最後に連絡があったのは一月二十四日の何時でしたか？」

草刈がフジコの顔を覗きながら訊いた。

「……………」

フジコは仏壇の前の善郎の遺骨の入った箱をじっと見ていた。

「……ナ、ナ、デ、デ、ノ」

フジコが声を上げた。

「何でしょうか。よく聞こえませんでしたが」

草刈は身を乗り出してフジコに言った。

「……ナ、ナンデ、父さんが死ななきゃならんかったのよ」

フジコの言葉に草刈は姿勢を元に戻した。

「草刈」

立石が声を出した。草刈が立石の顔を見ると、今日はこのくらいにしておけ、という表情をしていた。

「南部さん、今夜はお疲れでしょうからまた明日話を聞かせてもらっていいでしょうか」

「……………」

フジコは返答をせず夫の遺骨をじっと見ていた。

二人が部屋を出ると手伝いに来た女性が言った。

「もう終わりましたか。フジコさん、今は疲れとるさかい。やさしゅうしてあげて下さい。お風呂が沸いとりますから食事の前にどうぞお入り下さいませ。それと食事の時の飲み物ですが」

「ビールと日本酒をもらおう」

立石が言った。

「わかりました。日本酒はお燗しましょうか」

「ああそうして下さい」

立石は夕食をビールと一緒にかきこむように食べると日本酒を一気に飲んで早々に部屋に引き揚げた。

夜半、草刈は海岸へ出た。人の悲鳴に似た音を立てて海風が吹き続けていた。その風の音が草刈にはフジコの泣き声に聞こえた。

草刈は南部の魂は骨とともに太地へ帰ってきたのだろうかと考えた。南部と稲本を殺害した犯人が逮捕されるまで二人の魂はさまよっている気がした。

「必ず、必ず犯人を逮捕してみせます」

草刈は海にむかって言った。

海岸から民宿の裏手に戻ると一階の部屋の灯りがまだ点いていた。

フジコの部屋だった。まだ休んでいないのだろうか。草刈はフジコの前で、自分のミスで南部が殺害されたことを詫びたいと思った。草刈は裏庭にじっと立って部屋の灯りを見ていた。

草刈がフジコにそれを伝えなかったのは昨夕、立石から口止めされたからだった。

「いいか、南部の女房に決して謝るなよ。おまえが言ったところで生き残っているものには恨みにしかならないんだ。何度も言うように南部の死はおまえのせいじゃない。南部はおまえに唆《そそのか》されて命を落とすようなヤワな男じゃないんだ。俺にはわかる。もう一度言っておく。おまえがつまらない、感傷的な話をすれば、あの女房は真実を話さなくなる。わかったたな」

〝真実を話さなくなる〟と言われて草刈はフジコに詫びるのをやめることにした。

翌日も風は鳴り止まなかった。

フジコも何も話そうとしなかった。

午後、椎木尾に逢った。椎木尾は南部の死にショックを受けていたが、目新しい話はなかった。

その後、二人は太地町の漁協に行き、正月に逢った事務所の男に南部の上京前に何か変わったことはなかったかを訊いた。

「上京前ですか。いや何もありませんでしたよ。南部さんがあんなことになるとは信じられません。あの人は山の中でイノシシが出てきても逆に打ち倒すくらいに元気な人でしたから」

「上京前に南部さんがここにこられたそうですね」

「は、はい」

「何のためにこられたんですか」

「そ、それは世間話ですよ」

「よく世間話をしに南部さんはここにこられるんですか」

「いや、あまり……」

二人は漁協を出て、歩いて〝桐屋〟にむかった。

「あの男、何か知ってるな」

立石が言うと、草刈も、自分もそう感じました、と返答した。

「何だろうな……」

「何でしょうね……。もしかすると稲本と同じで、金じゃないでしょうか」

立石が同調するようにうなずいた。

「新宮警察署に連絡して漁協と取引きのある銀行口座の照会をしてもらいましょう」

「そうしてくれ」

草刈は携帯電話で布居に連絡を入れた。

夕刻、フジコと話をしたが、同じだった。いや昨日よりひどくなっているように見えた。

二人は夕食を摂って早々に休んだ。

翌朝早く、草刈は新宮警察署に行った。

南部の銀行口座と漁協の貯金を照会するための手続きを依頼するためだった。

すでに捜査本部の方で南部の取引先銀行は調べてあった。ほどなく口座が特定され、すぐに布居と銀行にむかった。

串本町にある△△銀行の支店は和歌山県内では一、二の銀行だった。支店長が緊張した顔であらわれた。警視庁の刑事を見るのも初めてなら、事件に関わる口座照会も初めてのようだった。

「これが南部善郎さん名義の普通口座の原本で間違いないですね」

「は、はい」

「じゃ調べさせていただきます」

「は、はい」

南部の口座を見ると、この数年間、動いている金はほとんど同じだった。収入としてはふたつの年金と勝浦に保有している土地からの駐車場代。支出は車のローンと民宿を新装した時の工事費のローンがほとんどで、あとは細々としたものだった。

「口座はこれだけですか」

「はい。それだけです」

「あとで別の口座が発覚すると営業停止になりますよ」

「はい。それだけで間違いありません」

漁協の方も同じだった。

草刈は首をかしげた。昨日の男の顔を覗き込んだ。男は草刈と目が合うと、あわてて目を逸らした。

「裏帳簿はないでしょうね。もしあってそれを隠していたら、私のこの照会は裁判所の令状にもとづくものですから、あなたが逮捕されることもありますよ」

「そ、そんなものはございません」

「でもあなた南部さんの金の出入りに関してお詳しいように見えますが」

「ど、どうしてですか」

「私の勘です」

草刈は右手の人さし指で自分のコメカミを指さした。

「か、か、勘なんですか？　そんなこと知りませんよ」

相手はムキになって否定した。

草刈は礼を言って銀行を引き揚げた。

草刈は布居の車に乗ると言った。

「すみません。稲本さんの家に行ってもらえますか」

「わかりました」

車が稲本の自宅の前に着くと草刈は車から降りて家の正面に立った。

玄関先に立て札があった。玄関も奥のドアも×印に黄色のテープが張ってあった。

草刈はポケットから携帯電話を出して立石に連絡した。

「立石さん、わかりました。南部はおそらく稲本和夫の自宅を売却した金を持って上京しています。はい、今、稲本の家の前にいます。わかりました、待ってます」

「売っちゃったんだ、この家」

布居が驚いたような声で言った。

ほどなく、〝桐屋〟から立石がやってきた。

「なるほどそういうことか。南部の女房も知ってたってことだな。だから何も喋らないのか」

「おそらく売却の金は漁協に入ったんでしょう」

「調べたんじゃないのか」

「すみません。稲本の口座まで頭が回りませんでした」

「それじゃ仕事にならんぞ、草刈。じゃまた漁協に行ってみるか」

立石の取調べは五分もかからなかった。

「どうして稲本和夫の金を隠してたんだ」

「な、南部さんのことだけ聞かれたものですから、そ、それで」

机を叩くパーンと乾いた音が事務所中に響き、女子事務員が悲鳴を上げた。

「寝言を言ってんじゃねぇよ。これは殺人事件なんだぞ。おまえさん、殺人幇助《ほうじょ》でしょっぴかれたいのか。警視庁の捜査一課を何だと思ってるんだ。全部話すんだ」

「す、すみませんでした」

千二百万円の金が南部善郎の手に渡っていた。稲本は去年の十二月に上京する前に自宅の売却をふたつの周旋屋に依頼しており、漁協にも買い手がないかと頼んでいた。その売却の金を自分が受け取れないときは南部に預ってもらう旨の委任状まで書き置いて上京していた。


フジコへの事情聴取は立石が行った。

「家の売却のお金は和さんに頼まれたところに届けるだけだと父さんは言ってました。えっ？　その人の名前ですか。私は聞いていません。聞いても父さんは私には話す人じゃありません。だからそういうお金なんでしょう。男の人たちの世界の……」

フジコは金を渡した先は何ひとつ知らないと言い通した。

フジコの口振りからは、それが本当のことのようにも思えた。

「でもご主人は稲本和夫さんを殺害した犯人を探す目的で上京されたんでしょう。それならそのお金も当然、稲本さんが殺害されたことと関わりがあると考えるのが普通でしょう。奥さんはそう思われなかったんですか」

「ですから私は男の人たちがする世界のことは父さんにはいっさい聞かないんです。若い時にそれを尋ねて父さんからえらく叱られて、それ以来、そうしてきたんです」

「何か住所とか、名前とかもご主人は口にされませんでしたか。それともメモのようなものが残ってるんじゃありませんか」

「……………」

フジコはまた黙った。

しかし沈黙はその件に関してだけで、一月二十四日夜に最後の連絡があったことは話した。

「浅草に行ってくる、と言われたんですか」

「はい」

「浅草のどこへ？」

「それは言ってくれませんでした。あの時、妙な予感がしたんです。だから叱られても父さんを止めれば良かったんです」

そう言ってフジコは声を上げて泣き出した。

その日の聴取はそれで終わりにして、明日また話を訊くことにした。

翌日、フジコはまた黙り込んだ。

立石は苛立った。それでも執拗に同じ質問をくり返した。フジコは何も応えなかった。

その日から立石は三日粘ったがフジコはかわらなかった。

次の日、立石は新宮警察署に布居と出かけた。

「今日はいい天気ですね」

裏庭でストレッチをしていた草刈が洗濯物を干しに来たフジコに言った。

フジコも空を見上げた。

「すみませんね。同じことを何度も訊いて」

「あの人も仕事だから。悪い人じゃないことはわかるし」

あの人とは立石のことだった。

「ありがとうございます」

頭を下げてから顔を上げるとフジコは何か思い詰めたように足元を見ていた。

そうして洗濯物の入った籠《かご》を乱暴に足元に置くと、草刈さん、ちょっと待ってて、と言い残し家に入った。

そうしてすぐに出て来ると手に一枚の写真を持っていた。

「この写真の人が、あのお金と何か関係があるように思えるのだけど……」

草刈は茶褐色になった古い一葉の写真を見た。

どこかの海岸の岩の上に着物を着た若い女が日傘を差して立っていた。

「美しい人ですね。どなたですか」

「さあ……」

「あっ、この人は……」

草刈がいきなり大声を出した。

フジコが反応に驚き、草刈の顔を見た。

「どうしたの、刑事さん。この写真の人を知ってるの？」

「あっ、いや、人違いかもしれません。この写真はどうされたんですか」

「父さんの抽出しの中にあったの。書類なんかが仕舞ってあった抽出しなんだけど、こんな写真は今までなかったの、そこに一枚だけ置いてあったから……」

「どうしてこの写真があったんでしょうか」

「最近どこかから出して来たんじゃないかしら。たぶん東京に行く前に見たんじゃないかと思うの」

「上京する前にですか」

「ええ、おそらく前の晩だと思う。印鑑なんかも入れてあるから私もそこは開けるんだけど、昼間その抽出しを開けた時はなかったもの」

「と言うことは、この写真の人に逢いに行ったのでしょうか」

「さあ、それはわからないわ。前の晩も父さん、少しお酒を飲んでいたから」

草刈は写真を裏返した。

手がかりになることは何も記してなかった。

「奥さんはこの人に見覚えはないんですか」

　フジコは首を横に振った。

「この辺りの人じゃないもの」

「どうしてですか」

「そんないい着物を着てる女性は太地にはいないもの。それに着物の着方がこの辺りの人とは違ってる。普通の人はそんなふうに襟元は開けないもの」

「そうなんですか」

　草刈は写真に写った女性の白っぽい着物を見た。フジコが言う、着物の着方のことは草刈にはよくわからなかった。

　海を背景に立った女性は日傘を差して少しまぶしそうな表情でこちらを見ていた。背後には夏の雲が写っている。女の立った左手に松の木だろうか蛇のように曲がった枝がややピンぼけで入っていた。

「これはどこで撮ったもんでしょうかね」

　草刈が訊くと、フジコが写真を覗いた。

「どこだかわからないね」

「この写真、預からせてもらっていいでしょうか」

「ええ何かお役に立てればいいけど」

「ありがとうございます」

「それで今日も話をしなくてはいけないのかしら」

「何かご用事が？」

「父さんの姉がいる田辺《たなべ》の家に行きたいんだけど。身体が弱って動けない人だから」

「そうですか。じゃ上司に聞いてみます。たぶん大丈夫だと思います」

「すみません」

草刈は新宮に行っている立石に連絡をする振りをして自分の部屋に急いで戻った。

そうしてすぐに部屋の机の上のパソコンのスイッチを入れた。

フジコの前では冷静を装ったが、写真の女性はニュース映画で見た五人の中に一人だけ映っていた女性と瓜ふたつだった。

パソコンに入れておいた写真を開いた。やがて写真が画面全体にあらわれた。

ゴルフ場のクラブハウスのテラスに四人の男と一人の女性が笑って写っている。椅子に座ってゴルフのクラブを手にしているのは〝マッチポンプ〟と綽名《あだな》された須田音美議員。その隣りの椅子は北関東の政商と呼ばれた横尾研次郎。須田の背後にはまだ青年の名残りのある矢野勝美。横尾の背後にはこれも若い時の津島啓介が立っていた。そうして男たちの真ん中に白いワンピースを着て笑っている女性がいた。

草刈はフジコから預かった写真の女性の顔と白いワンピースの女性の顔とを見比べてみた。

——似ているというより同じ女性に違いない。

草刈の目には二葉の写真に写っている女性が同一人物に思えた。

上京する前夜、南部善郎がわざわざどこからこの古い写真を引っ張り出して見ていたということは、南部はこの女性に逢うために上京したということなのか。そうに違いない。

「つながった……」

草刈は興奮気味につぶやいた。

すぐに立石に電話を入れたが、立石の携帯電話からは電波状況が悪いというアナウンスが返って来た。二度ばかり電話を入れたが同じだった。至急連絡を取りたいとメールを送った。

携帯電話が鳴った。立石からだった。

「おう悪い、悪い。山の中を走ってたもんでな。何だ？」

「南部と稲本が、矢野勝美、津島啓介とつながる手がかりを見つけたかもしれません」

「何？　今何と言った」

「本当か、それは」

草刈はフジコから渡された古い写真の話を立石に説明した。

「はい。今その写真を手元に持っています。ニュース映画の写真と見比べてみました。立石さんにも確認していただこうと」

「こっちは今例の千二百万円の金の動きを捜査本部に調べてもらっているところだ。夕方までには戻る」

「立石さん、南部フジコが今日、田辺市にいる義姉に会いに行きたいと言ってきました」

「それはダメだ。その写真の女のことをフジコは隠している可能性がある。重要な写真をおまえに見せたのだからフジコの身柄は確保しておけ」

「わかりました」

　たしかに立石の言うとおりだった。草刈は自分の甘さに顔をしかめた。


　立石がフジコを呼んで来るように言った。

　フジコは裏庭で洗濯物を取り込んでいた。肩先が震えていた。泣いているようだった。草刈が近づくとフジコは独り言をつぶやいていた。

「……ああ情無いことだ。義姉さんにたった一人の弟が亡くなったことも報せに行けないなんて。私は悪い嫁だ。義姉さんに謝りにも行けないいなんて悪い嫁だ。父さんを死なせてしまって……。なしてこんなことになったんだ。太地の者が二人も亡くなってしまって。何の祟《たた》りなんだよ。和さんも父さんも一生懸命鯨を獲ってきたのによ。何ひとつ悪いことしてないのによ。勇魚《いさな》の神様が怒るようなことしたのかよ」

「南部さん」

　フジコには草刈の声が聞こえないようだった。

「いっそ死んでしまって、父さんに逢って謝りたいわ、私……」

「南部さん、フジコさん」

　フジコが振りむいた。

　涙で両頬が濡れていた。フジコはあふれる涙を拭おうともせず、うらめしそうな目で草刈を見つめた。

「南部さん、少し話を聞かせていただきたいんですが……」

「刑事さん、私にはもう何も話すことはありません」

「午前中に預からせていただいた写真のことで話をうかがいたいのです」

「朝、刑事さんに話したとおり、私はあの写真の人がどこの誰だか知りません」

「はい。それはうかがいましたが」

「刑事さん、あなたはこの土地がどういうところかわかっているの？」

「……」

　草刈は戸惑いながらフジコを見た。

「この町はね、日本が戦争に負けてまだ食べ物がない時に、南氷洋まで行ってお腹を空かした子供たちの食べ物を命懸けで獲ってきた男たちの町なのよ。零下四十度の荒れ狂う海で必死に鯨を獲って来た人たちが住んでいる町なのよ。私たちは何百年も前から鯨を獲る度に供養して、盆も正月も皆して祈りに行ってきたんだよ。皆が鯨に感謝してきたんだ。それが何なのよ。シー・シェパードか何か知らないけど、他の国から来て、鯨が可哀相だから獲るなって。太地の者は誰一人だって鯨を殺すなんて思ってないのよ。

父さんたちの中の一人だってそんな気持ちで漁をしてなかったのよ。海の幸だもの。太地の人がどんな気持ちで船を降りたかわからないでしょう。何度も陳情に行ったのよ。皆がないお金を出し合って先生の所に持って行ったのよ。勇魚を獲ることは太地の人の誇りだったのよ。立派な仕事だったの。昔からあった人間の立派な仕事だったのよ。それを知らない人たちが勝手にここに入ってきて大声で鯨を殺すなって毎日言うのよ。私たちがどんな気持ちでそれを聞いてたか。父さんや和さんがどんな気持ちで聞いてたかわかるの……」

フジコは興奮していた。

草刈はフジコの話したことには真実があると思った。

「南部さん、ボクも同じ考えです。日本人には日本人のやり方があっていいと思います」

草刈の声を聞いてフジコは夢から覚めたように草刈の顔を見た。

「ごめんなさいね、刑事さん。話を聞きたいって言ってたわね」

「今日が無理でしたら明日でもかまいませんが」

「いいえ、話します。父さんをあんな目に遭わせた犯人を捕えるためですものね」

フジコを連れて立石の待つ部屋へ行くと立石は、遅かったな、何をしてたんだ、という顔をしていた。

フジコは立石の質問にほとんど応えなかった。

「ご主人はこの写真をどこから出されたと思いますか」

「……」

フジコは返答しない。

「お宅にアルバムか何かあったら見せていただけませんか」

「……そんなものどこにあるのか忘れてしまいました」

「探してみてもらえませんか」

「……我が家《うち》のアルバムにそういう女の人が写ってる写真はありません」

「あなたは草刈刑事に、この女性が素人じゃないって言われたそうですね。もしかしてこの女性はご主人の遊び友達だったんじゃないですか」

目を伏せていたフジコが顔を上げた。

「父さんはそういう人じゃありません。刑事さん、あなたは私の夫を侮辱なさるんですか？」

フジコの目が光った。

「ですから仮の話として申し上げたんです」

「これ以上話したくありません。もういいですか」

フジコは言って立ち上がった。

夕食の後、草刈は立石の部屋で打ち合わせをした。

すでに捜査本部は写真を元に女性の身元を割出す捜査をはじめている。だが浅草で南部善郎が立ち寄った場所はまだ確認できていなかった。死体の発見現場の近くの公園から見つかった凶器は、鑑識の鑑定で稲本和夫、矢野勝美を殺害した凶器と同じ者の手で作られたものと断定された。

「なぜだ?」

「立石さん、売家になっていた稲本和夫の家をもう一度調べてみませんか」

「あの写真、稲本が所持してたものじゃないですかね」

「どうしてそう思うんだ」

「南部フジコは写真の女性を本当に知らない気がするんです」

「俺はそう思わない」

「どうしてですか」

「まったく知らない女だったら、わざわざおまえにあの写真を見せると思うか。知らない女の写真なら放っとくだろう」

「ああ、そうですね」

「少しは考えろ」

「す、すみません。じゃ、どうして隠すんでしょう」

「隠さなきゃならない理由があるからだろう」

草刈は立石の顔を見返した。

「それにしてもずいぶんと嫌われたもんだぜ。あのバア……」

そこまで言って立石は言葉を止めた。

「バアさんは何かを隠している。そうでなければ大金を持って南部がわざわざ上京するはずがない」

「千二百万円のことをフジコが知らないということもあり得ます」

「いや知らないわけはない。ともかく明日は田辺までおまえがついて行くんだ。バアさんから目を離すんじゃないぞ」

「わかりました」

草刈は部屋に戻ると、今日のフジコの聴取内容をパソコンに入力した。

作業を終えると草刈は畳の上にあおむけになり、天井を眺めた。

机の上に女性の写った写真があった。

あらためて写真の女性を見直した。

「あれっ……」

草刈は小首をかしげた。似たような女性とどこかで逢った気がした。

――どこで逢ったのだっけ……。

黒い瞳に覚えがあるように思えた。

しばらく考えたが思い出せなかった。

女性の顔から目を逸らし、写真の背景を見つめた。盛り上がった雲は夏の雲に思えた。

左後方から松の枝だろうか、湾曲して伸びた木の枝が写っていた。

――この写真、どこで撮影したんだろうか。

翌早朝、草刈とフジコはバスに乗って田辺市にむかった。

フジコの膝の上には南部善郎の分骨した遺骨が白い布の上から風呂敷に包んで置いてあった。

フジコは黙って座っている。何か物思いに耽《ふけ》っているようにも見える。

昨夜、田辺まで同行する旨を伝えるとフジコは言った。

「刑事さん、あなた今日の夕方、私が庭で言った言葉を真に受けてるの？」

「何をですか」

「私がもう死にたい、と言ったことよ。和さんほどじゃないけど、父さんだって太地では知られた男よ。私は南部善郎の妻だもの、そんな弱虫じゃない。太地は昔から漁に出て何人も主人を亡くした女がいる町よ。それでも皆助け合ってきたのだもの」

そう言ってフジコは口元をゆるめた。

ひさしぶりにフジコの白い歯を見て草刈も笑い返した。

バスは海岸線を右に左に車体を揺らしながら走って行く。

海は荒れていた。和歌山の太平洋側沿岸と聞けば、南国のイメージを抱く人が多いが、南紀の冬は厳しい寒さが続く。海岸沿いの地形は海のギリギリまで紀伊山地が迫ってそのまま崖地となり、ほとんど平地がない。耕地がないのだ。男たちが荒れ狂う海に出て生きる糧《かて》を求めたのは自然なことだった。

やがて前方に大島が見えて来た。

隣りに座るフジコの方から何かを叩く音が聞こえた。見るとフジコは歌を口ずさんで、手で膝の上の箱を叩いていた。

〝串本節〟である。草刈は少し驚いた。

もしかしてまだフジコは動揺しているのかもしれない。

「刑事さん、それはもう昔は全国から押すな押すなの人がやってきてここから巡航船に乗り込んで島へ渡ったの。夏なんか宿が取れずに草っ原で寝てた人もいたもの」

「そんなに賑やかだったんですか」

「ええ、毎日お祭りみたいで。太地が〝宝の海〟で、串本が〝宝の湯〟って言ってたもの」

草刈は島影を見ながら、前回聞き込みに行った色川誠子のことを思い出していた。

「そう言えば古座の色川先生から手紙をもらいました。いい人ですね」

「ああそうかね。……じゃ帰りに挨拶に寄ってみようかね」

「いいですね」

草刈が笑うとフジコは顔を見返して言った。

「刑事さん、あなたはいい人だね」

草刈が頭を掻くと、フジコは海を見たまま、

「大変でしょうが、頑張って下さいね。どうしても犯人を捕えてもらわないと……父さんが浮かばれないから。ねぇ、父さん」

　と遺骨に話しかけるように言った。

「頑張ります」

　草刈は下唇を噛んでちいさくうなずいた。

　草刈はタイミングを見計らって訊いた。

「ところであの女性が写った写真ですが、どこで撮影したもんですかね」

「さあねぇ……。その写真、今持っているの？」

「少し画像が見づらいですが、コピーしたものでしたら持っています」

　草刈は上着の内ポケットから写真のコピーを出した。

「あれまあ、もうこんなふうにしてるの」

　フジコは言いながら、そのコピーをじっと見ていた。フジコの表情が何か感慨深げに見える。

「この女性、歳は何歳くらいでしょうね」

　フジコは何も言わない。しばらくして、

「さあどうだろうね。若い頃の写真だわね。どこで撮ったかもわからないね」

　そう言ってフジコは無表情な顔でコピーを返した。

南部善郎の姉は田辺市の嫁ぎ先の家でほとんど寝たきりになっていた。

それでもフジコが弟の遺骨を見せると赤児のような奇声を上げ泣き出した。

草刈は彼女の介護をしている長子に挨拶だけして隣りの部屋に控えていた。

「義姉さん、ごめんなさい。私がいけなかったんです。善郎さんを東京に行かせなかったらこんなことにはならなかったんです。本当に申し訳ありませんでした」

フジコのくぐもった声がした。

時折、二人が洩らす泣き声を聞いていて草刈は切なかった。

田辺市を出て古座の町に着いた時は午後の四時を過ぎていた。

草刈が前もって連絡をしておいたので色川誠子は助産院の前に立って二人を待っていた。

誠子の姿を見た途端、フジコはその手を握って誠子の胸に顔を埋めるようにして嗚咽した。

誠子は黙ってフジコを抱いていた。誠子は草刈に会釈し、フジコを抱いたまま玄関のドアを開けた。

フジコはしばらく涙を拭っていたが、ひとしきり泣き終えると誠子と昔話をはじめた。

草刈はトイレに立った。トイレを出て廊下を歩いているとフジコと誠子の笑い声が聞こえてきた。草刈は廊下からガラス越しに診察室で談笑する二人の姿を覗いた。

——良かった。

色川誠子の所に立ち寄って良かったと思った。

草刈はガラス越しに診察室の壁を見た。誠子が取り上げた少年がお礼に描いて贈ったという絵が額縁に入って掛けてあった。潮岬燈台を描いたものだった。絵の隅に〝ありがとう〟と書いてある。少年が描いた絵だから決して上手いものではなかったが、拙《つたな》い文字と合わせてどこかぬくもりがあるものだった。

草刈の目に少年の絵の右隅に描かれた奇妙なかたちのものが飛び込んできた。

草刈は目を見開いて、その奇妙な蛇にも似たものを見た。さらにガラス窓に鼻をつけるようにして見直した。そうして上着の内ポケットから、女性の写っている写真を出し、背後に写っている木の枝と見比べた。

――そっくりだ……。

草刈は走って診察室に入った。絵の前に立って、コピーの紙と二度、三度見比べた。

それは岩から出た松の木だった。

「色川先生」

草刈の声がうわずっていた。

「どうしました。草刈さん、急に……」

「こ、この絵の中に描いてある、この木なんですが、実際にこんな松があるんですか」

「何ですか、そんな大声を出して」

誠子がゆっくりと草刈に歩み寄った。

草刈が絵の中の木の枝のことを訊いた。

「ああ、それはね。〝さみしんぼうの松〟と呼ばれた松でね。潮岬燈台の近くにあった大岩の間から伸びてきた松が強い海風に晒されて、そんなふうに曲がってしまったのよ。崖の中にその松だけが一本生えていたので、皆が〝さみしんぼうの松〟と呼ぶようになったの」

「こ、この松は今でもここにあるんですか」

「今はもうないわ。もう三十年前かしら、△△台風が紀伊半島を直撃して大きな被害が出て大変なことがあったの。その時に倒れてしまったわ」

「ああ△△台風ね。太地でも停泊した船が丘の上まで揚がってきて町の家はほとんどが浸水したわね。怖かったわ……」

「その△△台風が襲ってくるまではこの松の木はあったんですね」

「はい、ありましたよ。それがどうかしたの、草刈さん」

「この辺りに、いやこの海岸一帯でこれに似た松は他にあったんでしょうか」

「さあ聞いたことなかったわ。ほら蛇みたいに一度下に垂れてからまた上がってるでしょう。それに大岩の間からあんなふうに一本で踏ん張ってた松の木はこの辺りにはなかったと思うわ」

「すみません、この写真の左隅に覗いている木の枝なんですが」

草刈が写真のコピーを見せると誠子はそれを覗いた。

「そうね。これは〝さみしんぼうの松〟よ。間違いないわ。あら綺麗な女の人ね。どなたの写真？　もしかしてフジコさんの若い頃のもの？」

誠子がフジコを振りむいた。

フジコは急に不機嫌な表情になり、

「私はそんなに色気はないもの」

と低い声で言った。


赤坂署の四階にある〝赤坂・墨田連続殺人事件〟特別捜査本部のデスクに座り、畑江正夫は一人でホワイトボードに貼られた三人の被害者の写真をぼんやりと見つめていた。

耳の奥で声がした。

三日前に警視庁に呼ばれた時の刑事部長の声だった。

「とんだ大失態になるところでしたね。畑江君らしくない捜査指揮だったんで正直驚いていますよ」

「申し訳ありません」

謝ったのは刑事部長の隣に座った捜査一課長だった。

畑江も頭を下げた。

何を言われても仕方がない状況だった。

あのまま捜査を被疑者死亡として終わらせていたら、畑江は管理官として不適任のレッテルを貼られ、今頃は捜査一課の外に追いやられていたに違いない。

「畑江君、運が良かったね。君にはまだツキがあるということです。一課長の要望で警視庁《うち》からの応援の員数を増やしましたから。この事件《ヤマ》は発端から遺書がマスコミに抜かれるという不手際ではじまっています。その上、殺人の証拠品がテレビ局に送りつけられ、番組で発表されるという失態もおかしている。よくよく慎重に捜査を進めて行かないと警察の威信に関わることになりかねません。管内でこれだけの事件はおそらく二十年、いや三十年はなかったと思います。頼みましたよ。君にはまだツキがありますから……」

畑江は刑事部長の声を耳の奥で聞きながら、部長が二度も繰り返した、〝君にはまだツキがある〟という言葉の〝まだ〟というひと言が妙に頭の片隅に残った。

――まだ、か……。

畑江は胸の中でつぶやいた。

今回の事件では、捜査の先にある〝光の気配〟のようなものがまだぼんやりしていてどこにも見えなかった。今までいろんな事件を捜査してきた畑江にとって、こんな状況は珍しかった。この事件は少し性質が違っている気がした。どこがどう違うのか適切に言えないのだが、殺人事件というものについてまわる〝闇〟がいつもよりひろがってしまっている。人間が人間を殺《あや》めるという行為には原始的な、本能的なものがある。慈愛とか、理性とか、道徳的なものとは対極にあるところで人間は平然と殺人を犯す。それでもそこに人間は見えてくる。どんな事件にでも人間の業《ごう》が必ず顔を出す。無慈悲、無節操に見える事件でも、そこに犯人の表情はあらわれるのだが……。

畑江はデスクの上に置いた捜査資料を整理しはじめた。

そこに太地から送ってきた一枚の写真のコピーがあるのに目が留まった。

着物姿の若い女が日傘を差して写っていた。

「日傘か……。ずいぶん古い時代の写真だな」

その時、捜査本部のドアが開く気配がした。捜査員が戻ってきたのだろう。見ると手嶋房一が笑って顔をのぞかせた。

「大丈夫か？」

「はい、今は私一人です」

手嶋がデスクに歩み寄った。

畑江は咄嗟《とっさ》に写真のコピーを裏返した。

「この部屋はやけに夕陽が入り込むだろう。捜査本部を置くにはまぶし過ぎると署長に言ってるんだがな」

畑江も窓の外を見た。朱色にかがやく冬の陽が沈もうとしていた。

目前に沈もうとする冬の陽に熊野灘が黄金色にかがやいていた。

汐の音が生きものの声のように鳴り続けている。

少し沖合いに水面が波立っているのがはっきりと見える。〝汐の目〟である。太平洋を北上する潮流と南下してきた潮流が潮岬のこの沖合いでぶつかるのだ。

右手に、今は燈台守もいなくなった潮岬燈台がゆっくりと反射燈を回している。

潮岬燈台のそばの見晴らし台に寄ってみたいとフジコを誘ったのは草刈だった。

「南部さん、ご主人と稲本さんを殺害した犯人は必ず逮捕します。亡くなったお二人の捕鯨船員としての誇りのために稲本さんを殺人犯扱いはさせません。話してくれませんか、あの女性は誰なんですか。あなたはご存知のはずだ」

「……………」

フジコは返答しない。

草刈がフジコを見た。

フジコは〝汐の目〟を見ながらぼそりと口を開いた。

「私たちは皆家族同様に生きてきたんだ。和さんも、和さんの奥さんの正子さんも家族と思って生きてきたの。その気持ちは今もかわらないし、ずっとそう思ってる……」

そこまで言ってフジコは下唇を噛んだ。

「何でしょうか？」

「……男の人は外に出て女の人と懇《ねんご》ろになる時があるのは知ってる。でも家族は大切にしてくれるのが太地の男です。あの写真を撮ったのは和さんだ。和さんとあの女の人がどんな関係だったかは知らない。でも和さんは太地の掟を破って、あの女の人をこの海に連れてきたんだ。私もそれを知っていたのに……。そして父さんがその手引きをしてたのも私は知ってるの」

フジコの目から大粒の涙がこぼれていた。

涙の粒が夕陽に染まって血が流れ出しているようだった。

「なして人はこんなに哀しい目に遭わねばならないの」

「名前を教えて下さい」

「東京の赤坂で芸者をしていて、名前はたしか……キクミです。写真を入れた封筒に、名前を印刷した千社札が貼ってありました」

「あなたはそのキクミさんと逢われたんですか」

フジコは首を横に振った。

「串本の町で噂になってたんです。初めはうちの父さんの連れだって噂になってましたから。太地にしても、勝浦、串本にしても狭い町だもの。他所から来た人は目立つのよ」

8

二月中旬、捜査本部で本所署からの応援を加えた合同会議が行われた。

この十日間、南部善郎が殺害される当夜に立ち寄ったと考えられる浅草一帯に大がかりな聞き込み捜査が続けられていた。三班十六名の捜査員が地下鉄の駅、バス、タクシー、食堂、居酒屋、映画館、寄席、パチンコ店、バー、キャバレー、仲見世の土産品店、コンビニエンスストアー、露天商、浅草寺をはじめとして花やしき、公園……とあらゆる場所で顔写真を見せて聞き込みに回っていたが依然として目撃者はあらわれなかった。

南部善郎が上京したのは一月十九日で、夕刻すぐにZ町村会館にチェックインしていた。

ホテルのフロントマンの話では南部はほとんど外出しており、戻ってくるのは夜遅くなってからだった。一月二十二日の外出が特別遅い帰りで、正確には翌二十三日の未明に戻ってきた。この時、南部は酩酊していたという。殺害されたと思われる一月二十四日も早朝からホテルを出ていた。南部フジコに、浅草へ行ってくると電話をしてきたのがこの日の午後八時だった。

続いて葛西から稲本和夫、矢野勝美、南部善郎の殺害に使用された凶器は九九パーセント同じ製法で同じ人物がこしらえたものであるということが報告された。三本の凶器が並べられた写真のコピーを見て誰かがタメ息を洩らした。

やがて会議の焦点は、太地町の稲本、南部と、赤坂の矢野勝美とを繋ぐ存在として浮上した〝キクミ〟という女性に絞られた。

草刈と立石がキクミという芸者を調べたが、それらしき芸者の存在はつかめなかった。キクミという女性の正体がわからない理由には花柳界の閉鎖性があった。今、現在、赤坂で現役でお座敷に出ている芸者は二十数名であったが、大半の芸者はキクミを知らなかったし、ベテランの芸者も知らぬと、見せられた写真に首を横に振った。

草刈は中央自動車道を八王子方面にむかって走っていた。

「地図で見るとこの住所は手前でインターを降りた方が近いようですから……」

立石がうなずいた。

「この立川の〝ムツミ苑〟って介護施設ですか」

「たぶんな」

「誰を訪ねに行くんですか」

「常本春海《つねもとはるみ》という元ヤクザだ。常本は赤坂をシマにしていた橋本会の代貸《だいがし》で、先代の片腕と言われた男だ。だが先代の橋本亮一《はしもとりょういち》が死んだ後、組を継いだ息子がからっきしダメな奴で、常本からとやかく言われるのを煙たがったんだろう。酒浸りになり、とうとうクラブで飲んでいる時にぶっ倒れた。倒れてしまえばヤクザは終わりだ。橋本会はサカワ興業に吸収されちまったってわけだ。常本なら、キクミのことを知っているはずだ」

「立石さん、常本の居場所をどうやって突き止めたんですか」

「情報源はいい。余計なことを訊くな」

「すみません」

立石の言い方で、その情報が裏社会からのものだとわかった。

草刈はナビの指示に従って住所の場所に車を停車させた。

「立石さん、それらしい建物はありませんよ」

二人は車を降りた。

住所の場所はちいさな公園になっていた。

子供を連れた母親たちがいた。

「立石さん、もしかしてあれですか」

草刈が公園のむこうにある二階建ての古いアパートのような建物を指さした。

「そうですね。看板が出てますよ」

「ひでえとこだな」

立石は言って公園の中に入って行った。立石と草刈は公園からその建物を見た。

モルタル造りの二階建の建物はあちこちの壁が剝がれ落ちて屋根の一部もめくれていた。

「本当に介護施設なんですかね」

「まあいい。入ってみりゃわかる」

二人は〝ムツミ苑〟と斜めになった看板のある建物にむかって歩き出した。

介護施設の建物の玄関とはとても呼べないちいさな入口の脇に老婆が一人椅子に座っていた。

「すみません。介護施設の〝ムツミ苑〟はここですよね。玄関はこちらでいいんですか」

草刈が老婆に尋ねた。

老婆は口を半開きにしたまま宙を見つめていた。その手に赤ん坊が持つ玩具のガラガラが握られていた。

「すみません」

草刈がもう一度声をかけると、老婆はその玩具を振りはじめた。カラカラと乾いた音がすると老婆が笑い出した。

「草刈、放っておくんだ」

立石が言い、建物の中を覗き込もうとすると、建物の左手から首にタオルを巻きスコップとバケツを手にした男があらわれ、どちらさん？　と無愛想に訊いた。

立石が警察手帳を見せた。

男は立石の渡した名刺を見直して、

「警視庁の捜査一課……何の用だ」

と怒ったように立石を見返した。

「ここに常本春海さんがいらっしゃると聞いたものですから」

立石の言葉に男は顔色ひとつかえずに、

「常本春海ならいるが、あれがどうかしたのかね。まともに話をできるかどうか」

「失礼ですが、おたくは？」

立石が男に訊いた。

「ここの園長だ」

男が建物の中にむかって大声で人を呼んだ。エプロンをした女が一人建物から出てきておどおどした顔で男を見た。

「こっちの二人が常本に面会だ。案内してやれ」

「は、はい」

女が立石と草刈に会釈した。

女に言われて草刈は面会者名簿に名前を書いた。前の面会者は去年の日付だった。

案内されて二人は二階に上がった。階段の軋む音を聞きながら前を行く立石は壁のところどころ剝げ落ちた様子を眺めていた。

一番奥の部屋に女は行き、開け放たれたドアを軽く叩いて、常本さん、と声を上げた。

六畳くらいの部屋にみっつのベッドが置いてあり、色褪せたカーテンで仕切られていた。

常本は奥の隅のベッドの上に胡坐《あぐら》をかいて座っていた。立石と草刈を睨みつける眼光の鋭さは尋常ではなかった。その目は睨むというより相手を見据えるような威圧感があった。

「常本さん、ご無沙汰しています。警視庁捜査一課の立石です」

常本ははっきりとうなずいた。

「実は今日おうかがいしたいことがありまして……」

常本は立石を見ていたが、すぐに視線を正面に向けた。はだけた胸元から刺青が見えていた。

「橋本会長が亡くなられたのは残念でした。先代はたしか青森でしたかね」

しばらく間があって、常本はようやく口を開いた。

「ああオヤジは青森の出身だ。一度オヤジに連れられて行ったが綺麗な海だった。ずっと吹雪いていて、そりゃたいしたものだった。さすがにあのオヤジの身体を鍛えただけの海だ」

「常本さん、会長は赤坂の花柳界のお世話もなさってきましたよね。この写真を見てもらえませんか」

立石がキクミの写真を取り出し常本の前に差し出した。しかし彼はその写真を見ようとしなかった。

「立石と言ったたな。俺はオヤジさんがなさったことを他所《よそ》の者に話すつもりはない。俺は橋本会の代貸をまかされていたんだ。一度でも世話になった人に迷惑がかかることを口にすることは道に外れる。さあ帰ってくれ」

草刈は我慢し切れずに割って入った。

「常本さん。その芸者さんが唯一の手がかりなんです。どこの誰かを、そうでなければせめてご存知かどうか写真を確認していただけませんか。私たちは三人の人間が殺害された事件を捜査しているんです。被害者の二人は四十年以上、極寒の南氷洋で鯨を獲ってきた真面目な人です。最初の被害者の稲本さんは、鯨の砲手でした。捕鯨の最中その稲本さんに命を助けられた南部さんは、自分の命の半分はその人のものだとカタキを討ちに和歌山から上京して殺されたんです。あなたたちの世界にも道や掟があるように、捕鯨の乗組員にも道や掟がありますす」

常本が草刈の顔を見た。

「……命の半分と言ったのか」

「はい」

常本が立石の手から写真を取り、じっと見つめていた。

「中央のこの女性です。洋服を着ていますが、芸者という話です」

立石が言った。

「ずいぶんと昔の写真だな。須田さんも横尾さんも若い。これは〝津島〟の倅《せがれ》だな……」

それだけを言って常本はまた黙り込んだ。

「ご存知ですよね。この女性を。芸者に出ていた時の名前と置屋を教えてもらえませんか」

「置屋も芸者さんも俺たちのお客さんだったが名前は知らない。浅草の福寿院という寺の裏手に〝みんまや〟という名前の待合がある。そこを訪ねてみろ。言えるのはそれだけだ」

「〝みんまや〟ですか」

「そうだ。みっつの厩《うまや》と書くが、たしか看板はひらがなのはずだ。どこか青森の村の名前だったように思うがな」

「わかりました。ありがとうございます」

「ありがとうございました」

草刈が頭を下げて立ち去ろうとすると常本が草刈の背中にむかって言った。

「ヤクザにはな、半分はないんだ。命そのまんま全部をオヤジに預けるんだ」

立石は振りむいて、ありがとうございました、ともう一度頭を下げた。

表に出てみると冬の陽はすでに沈み周囲はとっぷりと昏《く》れていた。

草刈は車のドアにキーを差し込むと公園のむこうにチカチカと震えるように光る二階の窓灯りを見直した。

――東京にもまだこんな闇のような場所があるんだ……。

すでに夜の八時を過ぎていた。

赤坂署の駐車場に車を停めて署内に入ろうとすると、大きな影がドアを開けて出て来た。立石がぶつかった。

「あっどうも」

立石が頭を下げて中に入ろうとした。

「おいおい。先輩にぶつかって、あっ、どうもはないだろう」

赤坂署の手嶋房一刑事だった。

「それはすみません」

「それだけか」

立石が立ちどまって手嶋を振り返った。

「ぶつかったのはお互いさまでしょうが。それとも何ですか。ここで土下座でもしろって言うんですか」

立石が声を荒げた。

「立石さん」

草刈がとめようとしたが、立石は一気にまくしたてた。

「この際だから言わせてもらうが、こっちは殺人事件《コロシのヤマ》を捜査してるんだ。宇都宮中央署でのあんたのやり方はどういうことですか。一課《うち》の若い刑事が〝津島〟に聴取に行った時も、どうしてあんたが参考人を守る立場に立つんだ」

「どちらも何か出てきたのか」

「……」

立石が口ごもった。

「俺はおまえさんたちの捜査にいらぬ圧力がかからないように配慮しただけだ。そんなこともわからんのか。それより立石君、今日、常本に会ったそうだな。サカワ興業を触るなら、俺に一言断りを入れるのが礼儀だろう」

「常本は古い知り合いでね」

「何の用で行ったんだ」

「ですから挨拶だけですよ。橋本会、今はサカワ興業ですか。あんな落ち目の組を何年も前にやめた老人を見舞ったからって、いちいち報告の必要もないでしょう。今は西からの連中がしっかりこの街をおさめてるんでしょう」

「赤坂は特別な街だ。勝手な動きをしてるとそっちの足元がおかしくなるぞ。俺にそう言われたと畑江に言っておくんだな」

「手嶋さん」

立石がさらに低い声を出して手嶋を睨んだ。

「何だ」

「一課はそんなヤワじゃありませんよ」

立石の目を見て、手嶋がクックと鼻で笑った。


待合〝みんまや〟は浅草、観音裏から少し離れたふたつの寺院の塀の間を進んだどん突きにひっそりと建っていた。

左手の寺院の塀が途切れると土地が少し開けた。右手の寺院の塀はそのまま築山のように高くなり、その家屋を囲むように建っていた。二階建の和様の家屋はそれなりに風情があった。

「こんなところにあるんじゃ、聞き込みをしていた班の連中が見つけられなかったはずだ」

　立石豊樹が驚いたように言った。

　その立石の言葉に応えるように所轄の若い警察官が申し訳なさそうに話した。

「いや、赤坂署から聞かれた時は、私もこの店の存在を知らなかったんですよ。古株の先輩に聞きましたら、この手の待合は五十年近く前に雨後の竹の子のごとくできて、ずいぶんと潜りの待合というか、売春のための隠れ宿として使われたと説明されました。退職した先輩に連絡を取ってようやく存在がわかったんです」

　草刈は目の前の家屋を見て、人目を避けるように佇んでいる瀟洒《しょうしゃ》な建物が生きもののように映った。

「それで経営者とは連絡は取れたんですか？」

「それが、ここの営業許可を去年いっぱいで返上すると三業《さんぎょう》組合に提出しておりまして。経営者は数年前から体調を崩しており、病院の入退院をくり返しているようなんです」

「じゃ今日は当人に逢えないのかね」

　立石の口調が少し強くなった。

「はあ、申し訳ありません」

「何という名前だね」

「坂本トミコという名前で登録してあります。組合長の話では青森出身の女性で気立ての良い、おとなしい女性だそうです」

「青森か。彼女の住いはわかってるのかね」

「元々はここに住んでいたらしいんですが、今はちょっと……。さっき申し上げましたように病院を出たり入ったりしていて」

「その病院はわかるのかね」

「それもちょっと……」

口ごもる若い警察官の言葉を眉間にシワを寄せて聞いていた立石の目が草刈を見た。立石が一瞬、目配せをしたのを草刈は見逃さなかった。

草刈はすぐに所轄の警察官に歩み寄った。

「すみません。三業組合の事務所の連絡先を教えていただけますか」

相手は手帳を出し、草刈に説明をはじめた。

「あっ、すみません。今日は中に入らないで下さい」

玄関の木戸を開けようとした立石にむかって警察官が言った。

「大丈夫だ。庭先を少し見るだけだ」

「ダメです。敷地の中に入られては困るんです」

立石が手を止めて格子戸から中を覗き込んでいた。

立石を心配そうに見る警察官に、草刈はもう一度声を掛けた。

「別に建物の中に入るわけじゃありません。あの人はルールはきちんと守る人ですから……」

「警視庁の捜査一課の方ですものね」

警察官が姿勢を正した。

「あの、ここへの入口ですが、さっきの塀の間を通って来るしかないんですか」

「は、はい。地図ではそうなってますが……」

草刈は家屋の左奥の方を首を伸ばして見た。

「あっちに通りが見えますね」

「あっ、本当ですね。もしかしてあそこに建っていた建物が失くなったのかもしれませんね。私が先輩に聞いた話では、この塀の間を通って行く待合だと教えてもらいましたが」

「すみません。その地図を見せてもらえますか」

草刈は警察官が脇にかかえていた地図を受け取ると、それを手に通りが見渡せる家屋の裏手に警察官を誘うように歩き出した。

「あそこの空地が、この地図では建物が建っていることになりますね。ほら、隣りが工場の塀になってますから」

草刈が地図を警察官に見せながら前方を指さして歩き出した。警察官が続いた。彼は一度、立石の方を振りむいたが、生垣の外から中を覗いているのを確認すると草刈についてきた。

「ここなら簡単に車を入れられますね。ほらここから出ればすぐですものね」

「ああ、そうですね。こっちから車を入れれば良かったですね」

「じゃ二人で移動させましょうか」

「でもそろそろ引き揚げられるのではないですか」

その時、物が壊れるような音が待合の建物の方から聞こえた。

警察官が音がした方を振りむき、草刈を見た。

「今、何か音がしました」

「そうでしたか」

草刈は立石が何をしているかわかっていた。

また物音がした。あきらかに待合の建物の裏手から聞こえていた。

警察官が走り出した。草刈も続いた。木戸門は開けっ放しだった。

警察官は門を潜り抜けると正面の玄関が閉じているのを見て、すぐに裏手に回った。

裏木戸の下半分のジュラルミンが蹴られたように凹んだまま開いていた。

すぐに警察官は家の中に入った。台所になっていた。薄暗い台所には立石の姿はなかった。

奥で物音がした。

「すぐに出て下さい。不法侵入になりますよ……」

そう叫びながら警察官が靴を脱いで台所に上がった。

草刈は上がり框《がまち》に立石の靴がないのを見て、靴のまま警察官のあとに続いた。

立石が持った懐中電灯の灯りが細い廊下の壁を照らすように光っていた。

「そこで何をしてるんですか。これは法律違反ですよ」

警察官が声を上げた。

「草刈」

立石の目が光っていた。

電灯の光が差す壁を草刈は見た。

「草刈、見ろ、ここで殺害している」

「えっ？」

警察官が奇声を上げた。

草刈は身体をかがめて壁を見た。

血痕が残っていた。そこに鋭利なもので突いた穴と掻き上げたような傷跡があった。

「南部善郎の刺傷はたしか心臓を外れて脇の方から銛が抜けていたよな。その銛の先が壁まで届いたのだろう。ほら見てみろ、南部の身体を引きずった跡の血痕が拭き切れずに残っている」

立石が差した電灯の光がゆっくりと動き出し台所の方へむかった。

立石は台所から表に出て周囲を見回した。

「おそらく車を、あの空地に駐車させておいたんじゃないでしょうか」

草刈が空地を指さして説明した。

「そんな所があるのか。入口はあの塀の間だけかと思ったが」

「はい。さっき彼と確認しましたから」

「お二人とも、今すぐ本官は上司に連絡しますので……」

警察官は真っ赤な顔をして携帯電話を片手に立石と草刈を睨みつけていた。

立石が警察官を見て歩み寄り、開いた彼の携帯電話を手で閉じて言った。

「ありがとう。君のお蔭で連続殺人事件の捜査が大きく前進した。君が居てくれたお蔭だ。感謝しているよ。このとおりだ。ありがとう」

立石は警察官の右手を両手で包むように握って大きく上下に振った。

「こ、これは違法捜査です。本官は見過ごすわけにはいきません」

「わかってるよ。これはたしかに悪質な違法捜査だ。私としては君の指示に従うつもりだ。君が退職した元警察官に問い合わせてくれたお蔭で殺人現場に辿り着くことができた」

「そ、そんな……」

警察官は躊躇するような表情で目をしばたたかせた。

「君に頼んで私たちは好運だった」

「い、いや本官は、依頼された件を調べて案内しただけですから」

「そういうことが難しいんだ。頼まれついでにもうひとつ頼みを聞いて欲しいんだが
……」

「頼、頼みですか……何でしょうか」

「私たちは今日の午前中、君に案内されてこの待合にやって来た」

警察官がうなずいた。

「敷地の外から覗くと不審なことに気付いた。裏木戸が何者かによって壊されているのと……」

戸惑うような目をして若い警察官が立石の顔を見返していた。

鑑識課の葛西が皆川たちと現場に到着したのは、畑江とほぼ同時刻の一時間半後であった。

廊下に数人の鑑識課員が床にへばりつくようにして遺留物の調べを進めていた。

畑江と立石が話をしていた。

草刈はすぐに立石に呼ばれた。

「坂本トミコの居場所がわかった。すぐにそこへ行く」

「わかりました」

行き先は吉原の病院だった。

車に乗り込むと立石が言った。

「おまえ、今朝のこと何か主任に話したか？」

「いいえ、何も。ただ所轄の若い担当者とあそこに着いたら、不審者が侵入した気配があったと……」

　立石が苦笑した。

「何か問題でも？」

「俺はこの秋、警部補の試験を受けるんだが、主任に、おまえを俺のあとを追うような警察官にさせないようにと釘をさされたよ」

「おっしゃっている意味がよくわかりません」

「草刈、おまえ、俺をからかってるのか？」

　フロントガラスに病院の建物が映った。

　立石は病院の建物を見上げていた。

　あらかじめ病院の院長に連絡は入れておいたが二人が想像していた状況とまるで違う
坂本トミコがベッドに横たわっていた。

　坂本トミコはＩＣＵのベッドにいた。

「昏睡状態になってもう三日目です」

　担当医が言った。副院長がそばに立っていた。

「以前から病状は悪かったのですか？」

「はい。この二年で膵炎が悪化して膵臓癌になりました。容態が悪くなったのは一ヶ月前から急にですね」

　それを聞いて立石は草刈を見た。南部が殺害された前後である。

「誰か身内の方はお見えになりましたか」

「いいえ。一度、若い娘さん、たぶんお孫さんが遠方からお見えになったことがありますが、今回の入院はお一人で来られたご様子でした」

「じゃ身内の方にはご連絡も？」

「はい。坂本さんはこれで五度目の入院でして、治療費等もきちんと準備されていますんで」

草刈は立石と副院長の話を聞いていて何か嫌な予感がした。

二人は集中治療室を出た。

「俺は浅草で坂本トミコのことをあたってみる。おまえはここにいろ。その孫娘が来るかもしれん。院長と話してこっちが残っていることが洩れないようにさせる」

「自分も行きます。応援を呼びましょう」

「いやおまえがいた方がいい。万が一、坂本トミコが目覚めた時、何を訊けばいいかは俺とおまえしかわからない」

「わかりました」

「何かあったら連絡しろ」

立ち去ろうとする立石に草刈は声をかけた。

「立石さん、稲本はあの待合に行ってると思います」

草刈の言葉に立石がニヤリと笑った。

五日後、坂本トミコは病院で息を引き取った。

捜査本部は故郷の青森にいるトミコの縁者に連絡を取ろうとしたが、五十年近く前に親戚は四散しており、誰一人葬儀に来る者はなかったという。

重要参考人と目されたトミコが亡くなったことで犯人へ繋がる糸が断ち切れたかと思われたが、待合〝みんまや〟の家宅捜索と坂本トミコの調べによって少しずつ捜査は進展しはじめた。

〝みんまや〟に残っていた血痕は鑑識の結果、南部善郎の血液と一致した。殺人現場はこの待合と断定された。

〝みんまや〟の家屋は一階が十畳、六畳の部屋と風呂、台所に、去年までトミコが起居していた四畳半の部屋が奥にあり、二階は八畳と四畳半の間取りになっていた。裏に小庭と隅に焼却炉があった。

トミコの部屋はほとんどの荷物が整理してあり、まるで自分の死を予期していたかのように片付けてあった。遺留品の中からトミコがどんな暮らしをしていたかを思い描けるものは何ひとつなかった。

去年一杯で営業をやめたという所轄からの報告とトミコが入退院をくり返していたことからも〝みんまや〟は空き家同然になっていたものと思われた。

所轄の警察官が立石たちを案内したように、〝みんまや〟に入るには塀沿いの細い道を抜けるしかなかった。その路地の入口さえふたつの寺院の間であったから人目につくことがなかった。

また敷地の裏手はちいさな崖になっており、その上に寺院の塀があり、塀のむこうは墓所になっていたので寺院の者でさえ〃みんまや〃の存在を知らぬものがいた。左方は鋳造工場のこれも高い塀と工場の壁が続いていた。

ただ去年の夏、鋳造工場に隣接する製靴工場が取り壊され、そこが空地になった。取り壊しの時、塀も壊したらしくそこから表通りが見渡せるようになっていた。

〃みんまや〃が殺人現場と断定されたことで、最近この家に人が出入りしていたか否かが捜査の重要なポイントになった。

南部善郎の妻のフジコの証言では、一月二十四日夜に彼女の携帯電話に連絡が入り、これから浅草へ行く、と告げていた。

もう一点、稲本和夫も昨年十二月二十一日の夜、一緒に上京した椎木尾功と赤坂で食事をした折に、浅草も変わった、と洩らしていた。

無二の親友である稲本と南部が二人して浅草へ用があって出かけたとしたら、二人が訪ねた場所が同じところであったことは十分に考えられた。

その場所が〃みんまや〃だとしたら、坂本トミコは二人に共通した知人だった可能性が高い。

坂本トミコは南部が殺されたとみられる一月二十五日未明は吉原のS病院に入院して

おり、当直の看護師の日誌からも彼女が病院のベッドにいたことが判明した。

捜査の焦点は、南部善郎の殺害前後、〃みんまや〃に出入りした人物と、隣接する空地に停車してあったと思われる車の目撃者を探すことに当てられた。

南部は〃みんまや〃で刺された後、車で墨堤通りまで運ばれたと考えられていた。事件後ずっと車の割出しは進められていたがいまだ車種を特定するにいたっていなかった。


「先輩、あの店がそうですから……」

と草刈は立石に料理屋の看板が出ている店を指し示した。

「……………」

立石は何も応えなかった。

この数日、立石は機嫌が良くなかった。

気乗りのしない立石と料理屋に入った。

若い女性が出てきた。

「すみません。こちらは仕出しもなさっていると聞いたものですから……」

「はい……」

丁度、昼時だったので、昼の定食も出しているらしく店はサラリーマンであふれていた。

奥から年老いた女性があらわれた。

立石が目配せした。立石は若い女性に話しかけていた。

草刈は老女将らしき女性に話しかけた。

「今日は、〝みんまや〟さんのことで少し伺いたくて……」

「はい、はい。〝みんまや〟さんは昔からお世話になっていますよ。何のお話で？」

と老女将が甲高い声を出した時、奥から主人らしき男があらわれた。立石が立ち上がって、主人の方にむかった。

待合はその店自体が料理をこしらえるわけではない。料亭、芸者置屋、待合で三業と呼ばれる貸席業である。男と女が待ち合わせる時も、待合に料理を求めることはない。逢瀬ではなく、国会議員、大手企業の社長などが打ち合わせに使う場合は芸者を呼ぶことがあった。戦後ほどなく待合政治と批判された。

若い主人も立石と草刈の態度に気付いて警戒の表情をした。

二人は名刺を出した。

「いいのよ。オカミの人たちでしょう。わかっているわ」

老女将が言った。

「〝みんまや〟さんは昔からのお得意さまだから、あたしも悪いことは返答できませんからね。ここは浅草ですよ。三代将軍、家光さまから守られている土地ですから」

草刈は徳川家光の名前が出て驚いた。

「奥で話しましょうか」

老女将が言った。

老女将は真正直の人だった。

「あなた、昔は待合で私たちはずいぶんと仕事をさせていただいたものですよ。それはもう立派な人が待合においでなさったもんです。議員の先生から大会社の社長さんまで、その人たちが、どこそこの料理を持ってよこせとおっしゃってね……、〝みんまや〟さんはそれは上得意のお客さんがいらして……、私どもはずいぶんとお世話になったものです。あそこは特別な土地にございましたでしょう」

草刈は老女将の言葉を聞きながら、つい昨日まで、この国がまったく違った街を作っていたのだと思った。

「それで、ここ最近〝みんまや〟から仕出しの注文はありましたか」

「いいえ。組合の方から聞いた話では去年一杯で営業をおやめになったということでしたよ」

「では最後に注文があったのはいつでしょうか」

「最後に？　ちょっとお待ち下さいましょ。帳簿を見てみますから、たしかあれは……」

老女将は奥へ消えすぐに戻って来た。

「はい、はい、ございました。十二月の二十一日のお昼に注文をいただいています。料理が三人分になっていますね」

「十二月二十一日の昼に三人分ですか」

草刈は立石を振りむき、老女将の手にした帳簿を覗き込んだ。たしかに帳簿に料理の数と時刻が記してあった。

「こういう注文は当日にあるものなのですか」

「はい。当日の場合もありますが、昼間の注文はたいがい前日ですね」

「この日、料理を届けに行かれたのはどなたですか」

「息子です」

「今、お話できますか」

「今はちょっと立て込んでますので、あと一時間もすれば手がすくと思います」

「わかりました。その十二月二十一日前後に〝みんまや〟からの注文はありますか？」

老女将は帳簿をめくった。

「ないようですね」

「去年、ほかに〝みんまや〟から注文は？」

「それは今すぐは……」

草刈と立石はいったん店を出た。

二人は蕎麦屋で昼飯を食べると、先刻の店に戻った。

若主人があらわれた。

「警視庁の捜査一課ですか。俺のポン友が桜田門に何人かいるんだ」

身体のがっしりした男だった。

「そうですか。ところで十二月二十一日に〝みんまや〟に料理を届けられたそうですね」

「ああ、届けたよ。あそこは料理を運ぶのが大変でね。車がそばまで行けないからね」

「料理は勝手口から入れるんですか」

「そうだよ。三人前だったから二度運んだはずだ」

「その時、どなたが受け取られましたか」

「賄《まかな》いの婆さんだよ。いつもの人だ。ずいぶんと歳を取ってるのに元気な人」

「坂本トミコさんですよね」

「そりゃ女将だ」

「じゃお手伝いの人がいつもいらっしゃるんですか」

「そりゃ、そうだよ」

「芸者さんは入っていましたか」

「いや、それはわからないが、この頃は昼間の宴会に芸者衆が入ることは少なくなったからね。たぶん昼食会かなんかだろう」

「料理を届けた時、奥の方でもうお客さんが入っている気配は？」

「あんたね。お得意さんの家の中の様子をべらべら喋っていいわけないでしょうが」

　立石が身を乗り出して若主人を睨んで言った。

「さっき警視庁の捜査一課かと訊いたろう？　こりゃ重要な事件の捜査なんだ。あんたたちの仕事の都合を聞きに来てるんじゃないんだ。何なら署まで来てもらうぞ」

「何を？　そっちは物を訊きに来てるんじゃねえのか、忙しい時にのこのこ入って来やがって」

「まあまあ落ち着いて下さい。すみません、こちらも重大な事件で気が立ってまして……」

草刈が立石を見て頭を下げた。

〝みんまや〟の奥の様子はわからないということだった。

「ありがとうございます。ところで帳簿ですが、古いものもとってあるんでしょうか」

「帳簿？」

若主人は彼の母である老女将の下に行き小声で言葉を交わした。

老女将はうなずいて草刈と立石の方にやって来た。

「古い台帳は奥に仕舞ってありますが、今すぐには出せません。店が終わったら見てみますから明日にでもお見え下さいますか」

「では夜にでもご連絡いただけると参りますが」

草刈が言うと老女将は目を丸くした。

「そんなにお急ぎなんですか」

「ええ、できれば……」

草刈は夜の九時半を過ぎて、その店を訪ねた。

暖簾は仕舞われていたが、店の中は灯りが点っていた。木戸を開けると奥で片付けをしていた老女将が草刈を見て、そこに置いてありますから、今、説明しますから待っていて、と声をかけた。見ると店の隅のテーブルに台帳らしきものが山のように積んであった。

——こんなにあるのか……。

手拭いで手を拭いながら老女将が近寄ってきた。

「こんなに用意していただいてありがとうございます」

草刈が頭を下げると老女将が言った。

「すごい量でしょう。三十年分よ」

「三十年分！」

草刈が素頓狂《すっとんきょう》な声を上げた。

「これを見てつくづく思ったわ。お金は残らなかったけど、これが自分たちのやってきたことなんだって。そう思うとやってきたことも満更じゃなく思えたわ」

「本当にそうですね」

「それでね、〝みんまや〟さんの所だけを抜いて出すことはできないから、待合さんへの仕出しの料理の注文はゴム印で〝待〟と押してあるから。ほらたとえば……」

と、老女将が台帳の中の一冊を抜いて草刈に見せた。台帳の注文の上に〝待〟とゴム印が押してある。たいした分量の〝待〟があった。〝亭〟の文字は料亭だろう。

「〝屋〟は芸者の置屋さんだから、あとは個人のものね」

「じゃ拝見させていただきます。どうぞ勝手にやりますからお休み下さい」

「どのくらいかかるかしら」

「そうですね。二時間もあれば……」

「じゃ悪いけど十一時迄にして残りは次にしてくれるかしら」

「わかりました」

「何かわからないことがあれば呼んで頂戴な。奥にいるから」

草刈は台帳を繰りながらパソコンのデータに写し替える作業に集中した。たしかに三十年前の台帳では毎夜多くの仕出しの注文がきていた。待合の数もたいした軒数だった。料理の注文数も多かった。

そこには草刈の知らない昭和の日本の夜の世界があった。

途中、見かけない書き込みがあった。〝船〟という字がある。

――何だろう。

草刈は老女将を呼ぼうとしたが時計で時刻を見るともう二十分で十一時だった。

「どうしたい?」

声がして草刈はそちらを見た。若主人が立っていた。

「台帳にある〝船〟というのはどういう意味でしょうか」

「そりゃ屋形船だ。料亭なり待合の客が屋形船で遊ぶ時、屋形船の方へ料理をおさめるんだ」

「あの隅田川に夏に浮かんでいる船ですか」

「そうだ。別に夏だけじゃない。誰にも聞いてもらっちゃ困る話の時は、船に乗る客も多かったと聞いたな」

「わかりました。ありがとうございます。もう時間なんで、今夜はここまでにします。この半分はチェックしましたから仕舞うのを手伝います」

「明日の朝、俺がやる。今やるとオフクロが目を覚ます。オフクロは身体が良くないんだ」

「すみません」

「よく謝る刑事《デカ》だな」

若主人が笑った。

「迷惑をかけついでにもうひとつお願いがあるんですが」

「何だ？」

「その〝みんまや〟を手伝っていたお婆さんの名前と住所をご存知ありませんか」

「組合からの派遣だろうから組合で聞けばいいだろう」

「それが彼女は組合からの派遣じゃないんです」

「調べるのがおまえたちの仕事だろう。生憎《あいにく》だな。俺は婆さんの名前も知らんよ」

翌日、草刈は仕出し屋を昨夜と同じ時刻に訪ねた。

老女将があらわれて、昨夜、疲れて休んでしまったことを詫びた。若主人は出かけていた。

老女将が奥に消えて草刈はふたたびパソコンに台帳のデータを入れる作業に集中した。

ようやく打ち込みが終わり、草刈はパソコンのデータを確認した。

老女将がお茶を入れて戻ってきた。

「それで〝みんまや〟さんのこと何かわかりましたの」

「いや、まだ何も」

「あそこの女将さん、亡くなったんですってね。おとなしくていい方だったのにね」

「〝みんまや〟の坂本さんをご存知なんですか」

「詳しいことは知りませんよ。けど倅が戻ってくる前は、私も仕出しを運んでましたから、よく挨拶はしていたわ」

ふと思いついて、草刈は日傘を差したキクミの写真を老女将に見せた。

「この着物の女性、若い頃の坂本トミコさんではありませんか？」

老女将はしばらく写真を見て、ちいさく首を振った。

「似た系統の面立ちだけど、違うわね。それにこの着物の着方は芸者さんよ」

「坂本さんは元芸者さんではなかった？」

「そんな感じには見えなかったわね」

「〝みんまや〟にも芸者さんはよく出入りしていましたか」

「そうね。あそこは上客が多かった待合だから」

「上客と言いますと、どんなお客さんが多かったんですか」

「大きな会社の社長さんとか政治家の先生が多かったわ。でもあそこの女将さんはそれを鼻にかけるところはちっともなかった。いい人だったわ」

「じゃ、あそこに長く働いていた女性もご存知ですか」

「はい。少し小柄の色の白い方ね」

「たしか去年、最後に仕出しを届けられた時もその女性がいらしたと若主人がおっしゃってました」

「そうなの？　それは知らないけど。あそこで働いている人は皆おとなしい人だったから。たぶん皆同じ田舎の出身だって話だったわ」

「えっ、同じ出身ですか」

「そう。ほら、〝みんまや〟って東北の方の村の名前なんでしょう」

草刈は自分の迂闊《うかつ》に気付いて愕然とした。

坂本トミコの葬儀の時、故郷の村からは誰も参列者がなかったという話を聞いていた。

「坂本さんは三厩村《みんまやむら》のご出身なんですね。そしてお手伝いの女性も」

「そうじゃないの。私も妙な屋号だな、と思ってあの店の人に聞いたことがあるわよ」

草刈は老女将に礼を言って店を出た。

いつの間にか雨が降り出していた。傘を持っていなかった。草刈は半コートの襟を立てて駅にむかって走り出した。

「何、目撃者がいた？」

デスクの隣りで受話器を持った立石が声を上げた。

「……あの空地に一月二十四日にグレーのワゴン車が停車していたのはたしかなんだな。目撃した時間は？」

立石の目が光るのを草刈は横目で見ていた。

「若い女が二人？」

立石が素頓狂な声を出した。

草刈は立石の電話が終わるのを待った。

立石が電話を切った。

「目撃者があらわれたんですか」

「そうだ。まだ事件《ヤマ》との関わりはわからないが、夜の十二時頃らしい。女が二人で車から出てきて、〝みんまや〟の方へ行ったと言うんだ」

そう言って立石は畑江のデスクにむかい、その件を報告しはじめた。

草刈は南部善郎の妻のフジコに問い合わせ、この三十年で南部と稲本が上京した記録が、日誌か何かで残ってないかと訊いてみた。フジコの几帳面な性格と、一家の大黒柱が一年の大半を家を空けなくてはならない家庭では、夫の出発、帰国、帰国中の行動をきちんと記録しているのではないかと想像したからだった。

案の定フジコは四十年余りの善郎との人生の日々を日誌に書き留めていた。フジコは日誌から夫が上京した年月日を書き写したものを送ってくれた。宿泊先、滞在期間、上京目的がこと細かく記してあった。フジコのメモから稲本と南部が二人で行動していたことが多いこともわかった。上京目的の中に〝表彰式〟や〝祭典〟の文字があった。南氷洋、北氷洋の捕鯨が日本人の食糧提供の主力のひとつであった時代である。その捕鯨の花形であった砲手、乗務員たちのかがやかしい時代が想像できた。

草刈はフジコのメモと、仕出し屋の台帳から写した〝みんまや〟での料理の注文を一件一件照合していった。根気のいる作業だったが、草刈は捜査本部の仕事が終わって家に戻ると、その作業を続けた。

その結果、昭和四十×年に初めて表彰式で南部と稲本が上京して二年目以降、彼等が上京した期間には必ず〝みんまや〟で五、六人の宴会が催されていた。同時に花柳界が休みと思われる日でも稲本の上京中には二人分の料理が届けられていた。さらに照合すると、捕鯨船団が帰国し、次の出航の準備として各船が横須賀、横浜のドックに入っている期間にも同じように二人分の仕出しが届けられていた。

この符合に何かの裏付けがあるわけではなかった。しかし草刈は〝みんまや〟に稲本と南部が以前から出入りしていた確証を得たかった。唯一の手がかりが仕出し屋の料理の注文と日付、そして人数だった。

草刈の推理はこうだった。最初、漁業関係者や後援者に連れられて〝みんまや〟を利用した稲本、南部は、やがて個人的な打ち合わせでも使うようになり、ある時期から稲本は芸者キクミと密会するために〝みんまや〟を利用していたのではないか……。

草刈は上着のポケットから一枚の写真を取り出した。それは日傘を差して海辺の岩の上に立っている着物姿のキクミの写真だった。

――この女性が事件の鍵を握っているはずだ……。

草刈は写真を眺めていて、先刻、〝みんまや〟の側の空地に停車してあった車から出てきたのが二人の女だったという話を思い出した。

「ちょっといいでしょうか」

草刈が言うと二人が同時に草刈を見た。

「実は聞いていただきたい話がありまして……」

草刈はパソコンを開き、三十余年におよぶ南部、稲本の上京日程と、〝みんまや〟への仕出しデータを示しながら、この数日間をかけて調べたことを畑江と立石に報告した。

「これはあくまで仮想にすぎませんが、稲本と南部が以前から〝みんまや〟を訪れていたとすると、これだけの日付に合致するものがあるんです」

「おまえ、こんなことをしていたのか」

立石が呆《あ》きれたように言った。

畑江は黙ってパソコンの画面に出たデータを見ていた。

「それで？」

畑江が草刈に訊いた。

「いまだ私たちはキクミの正体をつかめていません。どの街で芸者をしていたのか。果たして本当に芸者だったのかさえ、わからないのです。しかし、もし仮に稲本が密かに交際していたキクミと〝みんまや〟で逢っていたとします。なぜ花柳界に明るいとも思えない稲本がキクミと出会い、〝みんまや〟で密会を重ねることができたのかを考えると、〝みんまや〟の女将の坂本トミコと、正体がつかめない芸者のキクミが同郷だからではないかと思うんです。そしてそのことを南部も知っていた……。こう考えると稲本、そして南部が今回の上京で浅草の待合を訪ねたことにも納得が行くように思えるんです」

畑江の右手の指が机の上をゆっくりと叩きはじめた。

「一度、青森の三厩村があった土地に行って調べさせてもらえませんか」

畑江は草刈の言葉にすぐ返答せず、じっと一点を見つめていた。

「現場へ行って下さい。それだけが事件《ヤマ》の表と裏にあるものを見る術《すべ》です」

畑江は言った。

「自分は見えないものに、いや自分だけではなく被害者も、何か得体の知れないものに踊らされているような気がするのです」

「草刈君、君のお父さんとも話したことがあるが、私たちは踊らされはしないよ。警視庁の捜査課は砦なんだから」

――砦？

その言葉を聞いた時、草刈はそれまでの自分の迷いがふっ切れた気がした。

9

三月に入ったというのに津軽海峡は吹雪《ふぶ》いていた。

草刈が想像していた以上に北の海は凍てついていた。

草刈と立石を乗せた外ヶ浜《そとがはま》署の車は吹雪の中を蟹田《かにた》から旧三厩村にむかっていた。

やがて車は速度を落とし、ちいさな三角屋根の建物の前で停車した。

「ここが三厩の駐在所です」

積もった雪から三角屋根が飛び出している姿はおとぎの国のようにも思えたが、車を出るとそんな思いは吹っ飛んだ。

二人は急いで駐在所の中に駆け込んだ。

中年の巡査長の正木《まさき》と若い巡査の杣谷《そまや》が草刈たちに敬礼した。

「遠路はるばるおこしいただき、まんずご苦労さまでございます」

二人とも緊張していた。先刻、車中で外ヶ浜署の警察官から東京の警視庁の、それも捜査一課の刑事が訪ねてくるのは初めてのことだと聞かされていた。

ストーブにあたりながら草刈はここが本州の最北端にある駐在所であることに気付いた。

「二日前に調査のご依頼のありました坂本トミコさんの件ですが、たしかに旧三厩村の出身です。昭和二十×年×月×日、東津軽郡三厩村檳榔《ひょうろう》に坂本平吉《へいきち》、トメの三女として生まれております。三厩を出ましたのが昭和四十×年、東京都台東区上野桜木×丁目へ転出しています。この上野桜木は当時、津軽郡の集団就職者の受け入れの事務所があった場所です。坂本トミコさんたちがほぼ最後の集団就職者ですな」

「それで三厩には坂本トミコさんの身内の方がどなたか現在、お住まいなのでしょうか？」

「いいえ、身内は三厩にはおりません。ご両親は昭和四十×年に坂本平吉さんが海難事故で亡くなり、平成×年にトメさんが亡くなっています。お子さんは五人いらしたのですが、長男の幹男《みきお》さんは平吉さんとともに海難事故で亡くなっています。あとの方は皆女のお子さんで、それぞれ嫁いだかして村を出ています。もう一件のご依頼のありましたキクミさんという女性ですが、あの写真を三厩の何人かの年寄りに見せたところ、写真の女性に見覚えのある者はおりませんでした。なにしろここに残っている者は皆高齢者ですし、いただいた写真の方も古いものですし……」

正木巡査長は申し訳なさそうに言った。

立石が草刈の顔を肩をすくめるようにして見た。

「何とか坂本トミコさんのことを話せる人がいないかと、この杣谷君がいろいろあたってくれまして、杣谷君、君から話して差し上げなさい」

「は、はい」

若い警察官はファイルケースを開きながら二人の前に立った。

「三厩村は平成十七年に蟹田町、平舘《たいらだて》村と合併して外ヶ浜町となり、旧三厩村は消滅しています。元村役場の倉庫に残っていた資料から、坂本トミコさんの妹の坂本カズエさんが、嫁いで池田カズエさんになっていますが、現在、嫁ぎ先の函館《はこだて》にいらっしゃることがわかりました」

伏し目がちになりそうだった草刈の目が若い警察官の顔を見つめてかがやきはじめた。

「その方と話をされたんですか」

「はい。昨日の午前中に、電話で話しました。電話の声を聞く限りはお元気に思えました。お姉さんの死亡をお伝えした時はさすがに電話のむこうで絶句されましたが、午後にまた連絡を入れた時は気を取り直していらして、トミコさんがなさっていた浅草の待合〝みんまや〟のこともご存知で二十数年前にご主人と訪ねられたそうです」

「そうですか。函館のどちらですか」

草刈が手帳を出して住所を訊こうとすると、

「明日か明後日にはこちらに見えるそうです。東京からお姉さんのことで見える方があると話しましたら、ご両親の墓参りを兼ねて三厩にこられるそうです」

「そうですか。ありがとうございます」

「今日この吹雪では何もできませんから、まず宿に入って冷えた身体を温めて下さい。電話でもお伝えした近くの民宿ですが、部屋は取ってありますので、どうぞ、ご案内しますから」

　立石と草刈は顔を見合わせうなずいた。

「杣谷君に送らせましょう」

　駐在所の裏手からあらわれたのは軽自動車のミニパトロールカーであった。

　車が走り出し、ライトを点けているのに前方の視界は十数メートルしかきかなかった。

「これをホワイトアウトと言うんですかね」

　草刈が言うと、そうですね、と杣谷は応えた。

「これよりもっとひどい時があります。こちらでは暴雪風と呼んでいますが……」

「どんな状態になるんですか」

「視界が喪失するというか、方向感覚がまったくわからなくなります。自分が立っていることさえもわからないというか……」

　杣谷巡査は何かを思い出したかのように黙りこんだ。

「経験があるんですか？」

「ええ一度だけ。着きました。ここです。女将さんは善い人で、料理も美味しいと思います」

「どうもいろいろありがとうございます。杣谷さん、少しお話しする時間はありますか」

「すぐ駐在所に戻らなくてはならないんです。こういう天候の日は事故が多いので、行方不明者が出ると巡査長と自分のどちらかが待機しておかなくてはならないんです」

「では話ができる目処《めど》がついたらご連絡いただけませんか。ここに私の携帯電話の番号が記してあります。宿に連絡されてもかまいません。何時まででも起きていますから」

「わかりました」

宿に入ると恰幅の良い女性があらわれた。

「よくまあこだら凍《しみ》る日に見えて。どうぞゆっくりしてけろ。身体がしゃっこくなってるだろ。風呂沸かしといたからゆっくり入ってけろ」

「お世話になります」

部屋に入ってから風呂へ行った。

脱衣するとさすがに身体が冷たくなっていた。

湯屋に入ると立石はすでに湯舟につかっていた。草刈も湯をかけて湯舟に入った。身体の芯が固くなっていた。少しずつ体温が上がっていくのがわかった。

「いや立石先輩、風呂がこれほどありがたいとは思いませんでした」

「そうだな。ところで草刈、どうしてこの村は三厩というんだ？」

「諸説あるようですが、よく言われているのは〝義経伝説〟から来ているという説ですね」

「ヨシツネというのは、あの義経か？」

「そうです。平泉《ひらいずみ》で追手に殺されたはずの義経が、実は生きて日本を脱出しモンゴルへ行ってチンギス・ハーンになったという、あの伝説です。この土地へ義経が着いた時、海が大荒れに荒れて、いつまで経っても時化《しけ》がおさまらないので義経が持っていた観音像を海の見える岩場に置いたところたちまち海は静かになり、天から三頭の馬が駆け降りてきて、義経たちは蝦夷《えみし》の地まで渡れたという言い伝えが残っているのです。その時三頭の馬が岩屋にいたので、それでみっつの厩《うまや》で、三厩と称されたというのです。太宰治の『津軽』にもそのことが書いてありました」

「相変わらず勉強家だな、おまえは」

「いやこちらに来る前に読んできただけですから」


池田カズエが函館から三厩へ来たのは二日後のことだった。

前日の午後に雪はやみ、雲間から陽が差すと風はおさまった。

草刈は民宿の窓から北国の星座を見上げた。冴えた星光が震えているように映るのは上空はかなり風が強いのだろう。

昨日、草刈は杣谷巡査に頼み事をしていた。それは坂本トミコの通った学校の卒業アルバムを入手できないかということだった。

「同級生の方か、当時、教鞭をとっていた先生がいらしたら調べて欲しいのですが」

「やってみます。でも坂本さんと同じ年頃の女性たちの多くがこの村から出て行きましたから」

「えっ、多くの女性が出て行ったとはどういうことでしょうか」

「海底トンネルですよ。あれは三厩村はじまって以来の大きな出来事でした。二十三年におよぶ工事の間に三厩村に全国から何千人という工事関係者が移り住んで、村の人口は一挙に何倍にもなったそうです。若い働き盛りの作業員が何年も暮らせば村の若い女性とも親しくなります。工事が終わると三厩の女性の半分近くがいなくなったそうです。お金を貯えた作業員に女性が嫁いで行ったのは自然なことだったのでしょう。明日見える池田カズエさんもそうだと聞きました」

「そんなことがあったんですか」

「三厩は切り立った崖ばかりで耕地はほとんどありません。帯島《おびしま》か風を避ける龍飛《たっぴ》の漁港とこの三厩湾から船を出して漁をするしかない土地でした。女たちも磯に出て若布《わかめ》や磯から捕れるもので家計を支えていました。そこへ日本最長の海底トンネル工事がはじまって三厩がその中心地になったのですから村の様相は一変したでしょう。賃金がいいというので三厩に全国から作業員が集まったと聞きました。というのは、最初の測量工事に十人の工夫を雇ったらしいのですが、それが冬の時期で、測量がはじまった二日目に半分の工夫が逃げ出していたんです」

「なぜ二日目に？」

「あまりにも過酷な寒さだったので怖くなって逃げたらしいんです。これでは工事がはじまらないと、他の鉄道現場の倍の賃金を出して人員を募集したそうです」

「なるほどな……」

かたわらで杣谷巡査の話を聞いていた立石が感心したように言った。

「では本官はこの件を正木巡査長に報告し、三厩小学校と中学校を訪ねてみます」


池田カズエは函館から津軽海峡線で海底トンネルを通り、蟹田で乗換え、三厩に到着した。彼女はそのまま父平吉と母トメの墓のある菩提寺へ行き墓参を済ませると、草刈たちと待ち合わせた三厩中学校にむかった。

草刈たちは杣谷と中学校の校庭にいた。

草刈は少し興奮していた。

午前中に杣谷が三厩中学校の卒業アルバムを手に入れて、宿を訪ねてくれたからだ。

彼は脇に二冊の古いアルバムをかかえていた。それは坂本トミコの卒業時のアルバムだった。

三十数名の卒業生の写真から坂本トミコの顔を確認し、順番に他の女生徒の写真を見ていった。草刈はその中の一人の女生徒の写真に目を奪われた。持参したキクミの写真を取り出し、そのアルバムに写っている女生徒の写真と見比べた。

――似ている……。

目元が似ていた。

耳の奥で鑑識課の葛西の声がした。

『目尻から鼻孔にかけての三角形のエリアは子供から成人しても大きく変わることがありません。このエリアの印象が顔の特徴で一番印象に残るものなんです』

潮岬の岩場で撮った着物姿の日傘を持った写真よりも、ゴルフ場で撮られた洋服姿の写真のほうがよく似ていた。

牧野菊子《まきのきくこ》。

草刈はアルバムをめくった。うしろのページに華道部の紹介があり、その生徒が坂本トミコと並んで写っていた。こちらは二人とも笑っていて、ゴルフ場の写真の顔によく似ていた。アルバムの笑顔から覗いているのは八重歯だろうか。草刈はゴルフ場の写真を見直した。八重歯だ。

――間違いない。アルバムの女生徒は、ゴルフ場で矢野たちと写っている女性であり、和歌山の潮岬の岩場で日傘を差して写っている女性とも同じだ。

草刈はもう一度、名前を確認した。牧野菊子、三年×組とある。

草刈は宿の一階に降りてきた立石を呼び止めた。

「キクミらしき女性が坂本トミコの卒業アルバムにいます」

草刈は卒業アルバムを立石に見せ、キクミの二枚の写真を差し出した。

立石は写真を見比べると少し首をかしげた。

「まあ似てると言えば似ているが……」

草刈はアルバムのうしろのページをめくって華道部の紹介写真を見せた。

「ああ、こちらは似てなくもないな」

「立石さん、そっくりですよ。ほら笑っている時に見える八重歯まで同じですよ。彼女の隣りで笑っているのが坂本トミコです。間違いないでしょう」

立石はもう一度、華道部の紹介写真を見ていた。

「似てなくもないがはっきりはわからんな。それにその女生徒の左隣りにいる子の方が似てるんじゃないか」

「えっ、どの子ですか」

「だから坂本トミコの逆隣りにいる子だよ。この二人よく似てるじゃないか」

立石に言われて草刈はあわてて左隣りの女生徒の写真を見直した。

たしかに似ていた。しかし髪型が違っていた。その女生徒の髪は短かった。

整列写真を見ると、その女生徒がいた。

牧野由美《ゆみ》。

「すみません。卒業生の住所はここに載っていますか」

草刈が杣谷に訊いた。

「はい。最後の方のページに載っていたと思います」

草刈は卒業生の住所を見た。

牧野菊子　東津軽郡三厩村檳榔××番地
牧野由美　東津軽郡三厩村釜野沢××番地
――姉妹ではなさそうだ。

「すみません。杣谷さん。このあたりは牧野姓の家は多いのですか」

「はい。牧野、三浦、正木姓も多いですよ。牧野は弘前の方から来た人に多いと聞いてます」

「草刈、その坂本トミコの妹が来れば、それもわかるだろう」

立石が言った。


冬の陽差しの中に小柄な女性が一人ゆっくりと草刈たちに近づいてきた。

杣谷の制服姿を目にして少し緊張しているようにも見えるが、

「遠い所ばわざに見えて下さってありがどごす」

と杣谷が津軽弁で笑って挨拶すると、カズエも白い歯を見せて、

「昨日まで風と雪さで大変だったたってねぇ」

と笑いながら応えた。

明るい笑顔に草刈は安堵した。

「あんら懐かしい写真だわ。牧野のキクちゃんとユミちゃんのこと？　そりゃトミコ姉

さんと大の仲良しだったんだもの。三人で三厩村を出て東京さ行ったのよ。トミコ姉さんは少し遅れたけれど。トミコ姉さんが浅草で仕事ができたのはキクちゃんとユミちゃんのお蔭だものね。え、二人の東京での仕事かい？　そりゃ二人とも赤坂ちゅう街でまずめんこい芸者さんになったんだもの……」

草刈も立石も顔色を変えた。

「それでこの菊子さんと由美さんが顔がよく似て見えるけど姉妹なのですか」

「いや二人は従姉妹同士。よく似てるでしょう。子供の時はもっと似ていて、先生に悪戯して二人が入れ替わって返事したりしてたもの。フッフフ」

カズエは昔を思い出したように笑った。

「赤坂に二人を訪ねて行かれたのですか」

「はい」

「それはいつくらいのことですか」

「もうずいぶんと昔だわ。皆若かったもの。キクちゃんは舞いがずいぶんと評判で、ユミちゃんは笛がとても上手かったの。二人とも人気者でめんこかったわ。あれは何年だったかしら……。この頃もの忘れがひどくて……。昭和何年になるのかしら」

カズエは不安そうな顔をして指先を折っていた。

「ゆっくり思い出して下さって結構ですから……。トミコさんが上京されたのはいつですか」

「キクちゃんとユミちゃんが上京した三年後の春です。兄がお父っさんと海さ漁に出て死んでしまって……まんま食べられなくなってしまったから姉さんが漁協辞めて……」

その時だけカズエは哀しい表情を浮かべたがすぐに唇を嚙んで白い歯を見せると、

「でも姉さんはキクちゃんとユミちゃんがいたからちゃんとしたところで働けたんだわ。私も姉さんもキクちゃんとユミちゃんにはずっと感謝しているもの」

「最後にお二人とお逢いになったのはいつですか」

「キクちゃんにはずいぶん逢ってないけど、ユミちゃんが富良野に旅行に来た時、函館に連絡をくれたのが、たしか平成になった年だった」

「菊子さんとは連絡は取ってなかったのですか」

「キクちゃんのことは姉さんが一番良く知ってたから。キクちゃんはいろいろ苦労もあったみたい。姉さんがそんなこと口に漏らしてたから。あの世界は、あの世界で辛いこともあるんでしょう。私は嫁に行ってからは姉さんとも年に一度、年賀状をやりとりするくらいだったから。刑事さん、キクちゃんに何かあったんですか……」

カズエは心配そうに二人を見た。

「いやたいしたことではないんです。菊子さんに連絡がつけばお訊きしたいことがあるものですから」

「私、キクちゃんのことはよく知りません。一番恩のあった人なんだけど。姉さんはとても仲が良かったから、浅草の姉さんのお店にもよく行ってたと聞きました。でもそれ以上は……。もう、姉さんは亡くなってしまったし」

　淋しげな顔をしているカズエに立石が訊いた。

「坂本トミコは一度も結婚してないが、女の手ひとつで浅草に待合ができるもんじゃない。坂本トミコの面倒をみていた者の名前くらいは知ってるだろう」

　カズエは立石の顔をじっと見た。

「刑事さん、それはどういう意味ですか」

「意味もへったくれもない。いくら同級生を頼って上京したと言っても、東京でいっとき名前の知れた待合を青森の田舎から出てきた女が持てるわけはないだろう。誰からしろ盾がいたはずだ」

「私は知りません。そういう言い方は津軽の人間を馬鹿にしているように聞こえます」

「そう聞こえたのなら悪かったが、俺たちも大きな事件《ヤマ》の捜査で来てるんだ。昔話を聞きに来てるわけじゃない。浅草の〝みんまや〟が誰の持ちものだったかを知りたいだけだ」

「そんなこと知りません。姉さんはきちんと生きていましたから。仕送りだって一度も届かなかった月はなかったんですもの……」

　カズエは口をつぐんでうつむいてしまった。

「立石さん、自分が訊きましょう」

　草刈が言うと立石は不機嫌そうにうしろをむいた。そうして、早いところ済ませろ、と言って校庭の隅にむかって歩き出した。

「すみませんでした。少し気が立っているものですから。善い先輩なんですけど」

「東京の人は何もわかってないから……」

カズエは腕時計を見た。

「もう少しで終わりますから……。函館に連絡があった由美さんのことですが、その方は今どこにいらっしゃるかご存知でしょうか」

「旦那さんと小料理屋をやっていたのを去年でやめて田舎に引き揚げるって姉さんから聞いたけど、私はずいぶんと逢ってないし」

「お店は東京で出していらしたんですか」

「はい。同じ赤坂の街で」

「何という名前の店ですか」

「えぇーと何だったかな。旦那さんの出身がたしか信州だったから」

草刈に閃《ひらめ》くものがあった。

「もしかして店の名前は信州から取って〝佐久〟ではありませんか」

「そうそう、その〝佐久〟だわ。ユミちゃんの旦那さんはとてもいい人だったもの」

「店には行かれましたか」

「いいえ、私は行ってません。姉さんの店で旦那さんにお逢いしただけです」

「〝みんまや〟で」

カズエがちいさくうなずいた。

「たしかご主人の名前は上原龍一さんですね」

「ああ、そんな名前だったわ」

〝佐久〟は稲本にとって単なる馴染みの店ではなく、キクミを通じて深い縁があったのかもしれない。出張から戻ったら、上原夫婦にきちんと話を聞いておくべきだと草刈は思った。

「さっき由美さんは笛の演奏がお上手だとおっしゃってましたよね」

「はい。ユミちゃんは子供の時から楽器が得意だったから。私も浅草で聞かせてもらったことがあるもの。それはたいしたものでした」

「その時は菊子さんもご一緒でしたか？」

「はい。〝みんまや〟には皆が集まっていましたから。あそこにいる時は仕事のことも忘れて三厩村の三人に戻れるって……」

「〝みんまや〟は三人の憩いの場所だったわけですね」

「そう。皆笑って楽しそうだったもの。皆を見ていて、私も東京に行きたくなったのをよく覚えています。けど私はこんな器量だったから」

「いいえ。カズエさんは今でもお美しいですよ」

「あら、お世辞が上手ね。ハッハハハ」

カズエが草刈の二の腕のあたりを叩いた。

草刈は驚いて目を丸くした。

先刻から緊張して聞いていた杣谷巡査がカズエの大きな笑い声に白い歯を見せた。

今がいい機会かもしれないと思った草刈は思い切って尋ねた。

「菊子さんは結婚というか、いわゆる旦那さんがいらしたのでしょうか」

カズエが草刈の顔を上目遣いに見た。

「今、自分たちが捜査している事件で、そのことはとても大事なことなんです。教えて下さい」

草刈は頭を下げた。

「……それはあれほどのめんこい人だったから、旦那さんはいたと思いますよ」

「旦那さんの名前をご存知ですか」

カズエは首を横に振った。

「お姉さんから、菊子さんの旦那さんはとても偉い人だと話を聞いたことはありませんか」

カズエは口をつぐむようにしてうつむいていた。

草刈は上着のポケットから写真を取り出して見せた。ゴルフ場で撮影された写真だった。

「この女性は菊子さんですよね」

カズエは大きくうなずいた。

「キクちゃんは本当にめんこいね」

菊子の写真をまじまじと見つめるカズエの手元を指でさして、

「この人が菊子さんの旦那さんだとお姉さんは言っていませんでしたか。国会議員の須田音美さんです」

草刈の質問にカズエはよけいに口をつぐんだ。

草刈はカズエの反応をじっと見ていた。

最後に草刈は和歌山の潮岬の海岸で撮影された日傘を差している写真をカズエに見せた。

「この写真も菊子さんですよね」

カズエはまた大きくうなずいた。


翌日の朝早く、草刈と立石は杣谷巡査に連れられて龍飛崎へ出かけた。

「今日は風は少し強いでしょうが、天気が良いので函館山も見えるかもしれません」

杣谷巡査が笑って言った。

草刈は車の窓から見える岬にむかう海岸の風景を見ていた。岬にむかう道は片側にすぐに崖が迫り、逆側は津軽海峡から押し寄せる波が白い飛沫を上げていた。

ここには人が生きる上で糧《かて》を獲《え》ることのできる平らな耕地はなかった。龍の背中がそのまま海へ突入していくかのようであった。下調べをした時、この土地の人は山に生えるわずかなヒバの木々を伐るか、磯に寄せる海の幸を捕獲するしか糧を獲る術はない、と説明してあったことが実感できた。

草刈は寒風の吹きすさぶ海岸通りを行きながら、以前、この土地に似た道を同じように車で走った気がした。

車窓を閉め切っていても風音は容赦なく響いて来た。風は絶えず吹き続けていたが、強い風とそうでない風が交互に襲ってくる。強風が当たると車が揺れるのがわかった。軽自動車とはいえ大人三人が乗っていても右に左に揺れる。

珍しく立石は前方の助手席に座っていた。

「おい、車が吹き飛ばされないように気を付けろよ」

「はい。大丈夫です。まだ吹き飛ばされたことはありませんから」

杣谷巡査が真顔で言った。

「ハッハハハ、こいつ面白いことを言いやがる」

笑っている立石の細くなった目が、昨夜の宿での真剣な目付きと重なった。

「そうか、〝みんまや〟はこの村の出身者の女たちの安息の場所だったたってことか」

「同郷者がいっとき安らぐ時間だったんでしょうね」

「その場所が殺人現場だったわけだから、目撃者が見たという二人の女が事件に関わりがあるのはまず間違いなさそうだな。草刈、おまえが太地町からずっとキクミという芸者にこだわっていたのは案外と正解だったのかもしれないな。さすがに一課のホープだけのことはある」

「からかわないで下さいよ」

目前に雪を被った北海道の大地が迫っていた。冬の一瞬の晴れ間が連らなる北の峰々をきらめかせている。大地そのものが光る石のように映る。まぶしいほどである。風が強いのだ。その風が視界に映る積雪をダイヤモンドのように放光させている。この季節特有の北西からの容赦ない烈風が地鳴りに似た不気味な音とともに海峡を抜けて行く。

「おう、これが、津軽海峡か……」

立石の声が風に千切れて言葉の余韻さえも掻き消していく。

——こんな風景を目にするのは初めてだ……。

草刈は風に攫《さら》われそうになる足を踏ん張り目前の大地を見つめていた。手を伸ばせば北海道に届きそうな錯覚がする。

——そうか、この距離感だから人々はトンネルを掘ろうとしたのか……。

「杣谷さん、あそこはどこになるんですか」

「松前《まつまえ》の町です。昔の松前藩があったところです」

「松前にはここからどのくらいの距離があるんですか」

「二十数キロメートルといったところでしょうか。海底トンネルは松前の町よりこちらから見て右手の白神岬にむかって掘られています。あの一帯の地質と津軽半島の地質が同じなんです。同じ地質であることがトンネルを掘る決めてのひとつになったと聞いています」

「しかしたいした風だな。この風が冬はいつも吹いているのか」

「はい。龍さえが風に飛ばされてしまうというので龍飛崎と名前がついたと言われています」

「ハッハハ、龍が飛んでしまうか。おい草刈、見てみろ。船が葉っぱみたいに揺れてるぞ」

　立石が眼下の海上を指さした。

見ると海峡のあちこちに船が出て、強風に船体を揺らしていた。

「マグロ捕りの漁船ですかね」

「そうです。大間《おおま》の港から出漁してきたんでしょう」

杣谷巡査が言った。

「大間はどこになるんですか」

「あっちです。あれが下北半島です。あの突端が大間町です」

杣谷巡査が指さした方角に下北半島が見えた。

「おい、あの三角の山は何だ？」

「函館山です。今日はついていてらっしゃいます。冬に函館山が見える日はめったにありません」

「そうか、ついてるか。そのツキを大事にしないといけないな、草刈」

「はい」

立石が上機嫌なのは捜査が新しい展開を見せる予感がしているからかもしれない、と思った。それは草刈も同じ気持ちだった。

「この海峡は鯨たちの通り道だったんです。今でも時々、鯨が迷い込むことがあります。昔は日本各地から捕鯨船がこの海峡に漁にやって来たと聞きました」

「じゃ、和歌山の太地の船も来たということか」

「ああ、捕鯨で有名な町ですね。おそらくそうでしょうね」

立石がちらりと草刈を見た。

龍飛崎を降りて、杣谷巡査は海岸の磯場に連れて行ってくれた。

冷たい風の吹きすさぶ磯場では女たちが岩場で長靴を履いて何かを獲っていた。

「あれが磯の漁です。昔から三厩の昆布は上質で全国で引っ張りだこだったそうです。今はお年寄りの女性たちが小遣い稼ぎに磯場に出ていますが、昔は家族総出で手伝ったそうですよ」

三厩の駐在所へ着くと外ヶ浜署の車が迎えに来ていた。

車に乗り込む前に草刈は杣谷巡査に歩み寄り礼を言い、自分の携帯電話の番号を書いた名刺をあらためて渡した。杣谷巡査も同じように携帯電話の番号を書いた紙片をくれた。

「杣谷巡査、今回は本当に助かりました。何かあったらまた連絡をしていいですか」

「はい。本官も勉強させていただきました」

車が発進すると、外ヶ浜署の警官が笑って合図を寄越した。

草刈が後部席を振りむくと立石はもう眠っていた。

電車に乗ってすぐに立石はまた目を閉じ、寝息を立てはじめた。

龍飛崎までの一本道に似た道を以前どこかで見たと思っていたのは、今年の年頭に立石刑事と出かけた和歌山の白浜から太地町までの海岸線の道であったのを草刈は思い出した。

——そうか、菊子と稲本は同じような環境で生まれ育っていたのか……。

10

草刈は翌朝、赤坂署にある捜査本部に出勤すると、昨晩、まとめておいた旧三厩村での捜査報告書を主任の畑江正夫に提出した。

畑江は報告書を読み終えると、電話を二本入れた後、草刈を呼んだ。

「報告書は読みました。ご苦労さんでした。長野県警の刑事企画課にいる私の同期の課長に、〝佐久〟の上原夫妻のことをすぐ調べるように頼んでおきました」

草刈は畑江からメモを受け取りながら言った。

「自分たちが直接行かなくて大丈夫でしょうか」

「心配いりません。優秀な人ですから、きちんと対応してくれます」

「はあ……」

草刈は畑江が三厩で草刈たちが聞き出した情報を軽んじているのではないかと思った。

「立石君は昼前には来ると言っていたよね」

「はい」

「じゃ彼が来たら報せてくれ。昼食の前に君たちに話しておきたいことがありますから」

「わかりました」

草刈はデスクに腰を下ろすと、畑江から渡されたメモを見た。

長野県警察　刑事部刑事企画課　課長　大羽保《おおばたもつ》
と丁寧な字で記してあった。


立石と草刈は畑江に呼ばれて別室に入った。

「二日前の午後四時だが、国会議員の須田音美が救急車で病院へ搬送された。重体だ」

「須田が緊急入院しなくてはならなかったのは病気か何かが原因なのですか」

草刈が訊いた。

「〝栃木のマッチポンプ〟は高齢だが、特別どこが悪いというところはなかったらしい」

「ではなぜ？」

今度は立石が訊いた。

「救急車が赤坂の料亭〝津島〟から須田を運び出した」

「えっ、〝津島〟ですか。では宴会か、食事中に?」

「そんな早くから宴会はしないだろう。女と一緒にいたらしい」

「真昼間から、あのバカが、ザマを見ろ」

立石が苦々しい声で言うと、畑江が、

「少し言葉を慎しみたまえ。警察、消防の上はこれを隠そうとしている。政治家だから入院の事実は隠しきれないだろうが、料亭から救急搬送された事実はひた隠しにするつもりだ。書類にも残さないかもしれない」

「主任はどうして須田音美が緊急入院したことを私たちに話されたのですか」

「私が興味あるのは〝津島〟で須田の相手をした女性です」

「はあ……」

二人とも生返事をした。

「その女性が誰なのかをあなたたちに調べて欲しいのです」

本部に戻った立石は言った。

「どうして主任はこんな面倒なことを俺とおまえに指示したと思う?」

「どうしてですか」

「〝津島〟におまえがのこのこ行って、あの女将がおまえに何かを教えると思うか」

草刈は女将の津島サク江のふてぶてしい顔を思い出した。

「教えるはずないだろう。逆に赤坂署のお偉いさんに告げ口されて説教されるのが関の山だ」

「じゃどうすればいいんですか」

「その説教を俺たちに伝えに来る小間遣いは誰だ？」

草刈は少し考えてから、一人の男の顔が浮かんだ。

手嶋房一の顔だった。

草刈がうなずくと、立石が言った。

「そう、そいつと交渉すればいいんだ。病院へも料亭へも行く必要はない。すでにそいつがすべての事情を把握しているはずだ」

「わかりました」

「ほう、わかりが早いな」

「まだ何かあるんでしょうか」

「おまえはそいつが易々と女の素性を話すと思っているのか」

「はい」

「なぜ、あいつが女の身元を話してくれると思うんだ」

「同じ警察官だからです」

立石は大きくタメ息をついた。

「何だと？　おまえはこの四年間で何を学んできたんだ。草刈」

立石が右手の人さし指を動かし、近くに来るように目配せした。

草刈は立石のデスクの前に立った。立石はなお指を曲げて、さらに近くに来るように示した。

頬が触れ合うほど近寄ると立石が小声でささやいた。

「バーターで交渉しろ。いいか手嶋は最初、そんな話は知らないとおまえの申し出をはねのけるはずだ。それでもしつこくおまえが頼み続ければ、なぜそんなことを知りたいのか、と訊いてくる。そうしたら主任の指示で理由は聞いていないと言い返せ。ただ一言、『今回の事件とは無関係だが』と主任が言っていたとさりげなく伝えるんだ。そうしたら手嶋は必ずこう持ちかけてくる。捜査状況を自分に教えたら話そう、とな」

「そりゃ無理です。捜査機密の漏洩になります」

「そこをおまえの裁量でどうにかするんだ。奴はこっちの情報が欲しくてしょうがない。本部の捜査員の何人かも奴の接待を受けている。そのことはすでに主任も知っている」

「なら余計じゃないですか」

「だからおまえの裁量でやるんだ」

「そんなことをしたら自分が職を失います。どこまで裁量すればいいんですか」

「そりゃ自分で考えろ」

「教えて下さい」

「俺はそんなことは教えられない。結婚したばかりだし、懲戒免職にでもなったら大変だ」

草刈は身を引いて立石から離れ、その顔をまじまじと見つめた。

「何だ。早く行って来い」

「先輩も一緒に来て下さい」

「俺がか？　俺はあいつを殴りたくてしょうがないんだ。殴っちまったら訊き出すものも訊くことができないだろう」

そう言って、今度は指先をはねのけるようにしてむこうへ行けと告げた。

翌日の午前中、草刈は赤坂署の屋上に一人立っていた。

雨の気配を感じさせる濃灰色の雲が東京湾から赤坂一帯に低く垂れ込めていた。

背後で鉄扉が開く鈍い音がして足音が近づいて来た。

「ひと雨来そうだな。昨日、伝言は聞いた」

草刈は振りむいて手嶋に深々と頭を下げた。

「すみません。こんな所にお呼び立てしまして」

「まったくそうだな。すぐに出かけなくてはならんので手早に用件を言ってくれ」

「△△大学病院ですか」

草刈が須田音美が入院している病院の名前を口にした。

手嶋の顔色が一瞬、かわった。

「何のことだ。その病院は」

「須田音美さんの容態が芳しくないそうですね」

手嶋は黙って草刈を見ていた。

「手嶋さん、料亭〝津島〟で須田音美の相手をした女性の身元を教えていただきたいんです」

「私には君が何の話をしているのかよくわからない」

草刈は須田音美が〝津島〟で倒れ、病院に搬送された話を丁寧にした。

「そんなことがあったのかね。知らなかったな。今、君から聞いて驚いてるよ」

「そうですか。自分は手嶋さんしか頼れる人がいないものですから、こうしてお願いしているんです。どうかお願いします」

草刈は深々と頭を下げた。

「オイオイ、警視庁捜査一課のホープにそんなふうにしてもらっては困るよ。ハッハハハ」

草刈は顔を伏したまま唇を嚙んだ。

手嶋の笑い声だけが周囲に響いていた。

「君、今夜は空いているのかね」

「は、はい。夜の八時以降なら」

「八時か。まあいいだろう。五丁目に〝結城《ゆうき》〟という小料理屋がある。そこで少し話でもするか。その国会議員の件はよくわからないが、こっちも少しその件をあたってみるよ」

「よろしくお願いします。赤坂五丁目の〝ユウキ〟ですね」

「紬《つむぎ》の〝結城〟だ。じゃ」

手嶋は草刈に背をむけて歩き出して数歩で止まって言った。

「このことは畑江には言わないように」

「はい」

草刈は手嶋の姿が屋上から消えると、鉄柵に近寄りもう一度赤坂の街を見下ろした。

低く垂れ込めた濃灰色の雲の下に街は静かにひろがっていた。


捜査本部に戻ると、立石が目配せした。

「佐久へ行かなくてよくなった。あの夫婦は今東京に来ているそうだ」

大羽課長から電話があり、上原夫婦が東京で滞在している場所は目白の高級ホテルとのことだった。すでに二人には連絡がついているという。

「えらく豪勢な旅行だな。店を売ってさぞやたんまり金が入ったんだろう」

立石が目白にむかう車の後部座席で言った。その表情には不機嫌そうなところが見えた。

フロントで宿泊客の上原と約束している草刈と名前を告げると、フロントマンがポーターを手招いて、上原のいる場所に案内するように言った。ポーターの後をついて歩き出すとロビーには外国人客の姿が多かった。

ポーターがエスカレーターで下に案内し、ドアを開いて表に出ようとした。

「外に出るのか」

立石が訊くとポーターは、桜の開花には早いですが、梅や桃の花が見頃です、と言った。

広い庭園だった。石の小径《こみち》を歩くと前方に緋毛氈《ひもうせん》を敷いたお茶席が設けられたコーナーがあり、その奥にいくつかのテーブルがあった。ポーターは女性係員に何事かを告げ、そこからは女性が案内した。

卒業アルバムの写真の面影を残す顔が奥のテーブルに見えた。隣に座る男が草刈たちをじっと見ていた。

「どうもおくつろぎ中にお邪魔しまして」

どうも、と立石も頭を下げた。

「いやこちらこそご苦労さまです」

草刈は上原の如才ない対応に妙な違和感を持った。上原のかたわらで会釈した妻の顔は夫の表情とは逆に強張っていた。

「せっかくご旅行でのお楽しみのところを申し訳ありません」

立石が愛想笑いをこしらえて言った。

「上原です。稲本さんの事件のことで女房に何か訊きたいことがあるとか……あっ紹介します。妻の由美です」

「……初めま……上原由美で……」

消え入りそうな声だった。

「おいおい何をそんなに緊張してるんだ。刑事さん、すみませんね。こいつ怖がりな性格なもんで刑事さんと聞いただけで、さっきから緊張しちゃって」

上原が笑って言うと由美はぎこちなさそうに笑った。

「ご心配いりません。実は三厩時代の奥さまの同級生で、上京してからもご一緒だった牧野菊子さんのことで二、三お聞きしに来ただけのことですから」

草刈が言うと由美は目をしばたたかせてちいさくうなずいた。

「奥さまは牧野菊子さんとはご親戚ですよね」

「はい従姉妹になります」

「では子供の頃から」

「はい。よく家と家を行き来してました。学校も同級でしたし」

「それは本当の幼な友達だったんですね。上京してからも赤坂でご一緒だったんですね」

由美が上原を見た。上原が言った。

「そうなんです。妻《うち》のやつと菊子さんは同じ赤坂でお座敷に上がってましたから」

「じゃ菊子さんのことは上原さんもよくご存知で？」

「はい。元々、私がこいつと知り合うようになったのもキクミちゃんの、あっ、キクミというのは菊子さんの芸者の時の名前です。私は初めはキクミちゃんに一目惚れしたんです」

「まだそんなこと言って……」

「ハッハハ、悪い、悪い。もう昔のことじゃないか」

「それで菊子さんですが、今はどちらに」

由美はハッとした顔を見せ、たちまち表情を消した。

上原が言う。

「刑事さんはご存知なかったですか。キクミちゃんはもうずいぶん前に亡くなりました」

「亡くなった？　それは本当ですか」

草刈は大きな声を出した。立石も驚いた顔をしている。事件の真相を知る重要人物がまた一人、手の届かないところへ行ってしまった。

「はい。可哀相なことをしました。初めは風邪を引いただけで少し寝込んだんですがね、一晩で、あっという間に熱が上がって、病院へ連れて行って数時間後です。急性肺炎というのがあんなにおそろしい病気だとは思いませんでした」

嗚咽《おえつ》がして、見ると由美が手で顔を覆って泣いていた。

妻の姿を見て上原が、姉妹みたいなものでしたからね、と声を落とした。

「では菊子さんは風邪が原因で、急性肺炎で亡くなられたのですね」

「はい。そう聞いてますが……」

「運ばれた病院はどちらですか」

「信濃町のK病院です」

「何年前のことでしょうか」

「ええ〜と、あれは……」

上原が思い出そうとしていると、そばで由美が、

「十九年前です。まだ四十になる手前でしたから」

とはっきりした声で言った。

「では平成×年ですね。何月かは覚えていらっしゃいますか」

草刈が由美にむかって言った。

「三月十四日です」

「ああ、もうすぐ命日ですね」

立石が言った。

由美は黙ってうなずいた。

「菊子さんはご結婚は？」

由美が首を横に振った。

上原が惜しそうな表情で言った。

「縁がなかったのかな。なにしろキクミちゃんは赤坂では一、二を争うほど人気がありましたから毎日が忙しくて、そんな余裕もなかったのかもしれないな」

由美がまた泣き出した。

「刑事さん、このくらいにしてやってくれませんか。私らもせっかく旅行に来てるんで」

「あと少しだけです。浅草にある待合〝みんまや〟はご存知ですよね」

由美がうなずいた。

「そこの女将をやっていた坂本トミコさんも三厩の学校で同級生でしたよね」

「は、はい。トミコさんも同級です」

「三人は上京なさってからもたびたび逢っていらっしゃる」

由美がまた上原を見た。

「はい。私が〝みんまや〟にこいつを送って行ったこともあります」

「そうですか。では上原さんも〝みんまや〟はよくご存知なんですね」

「あそこは津軽の同窓会みたいなところでした。あそこへ行って戻って来ると妻《うち》のも機嫌が良かったですから」

「それはいつ頃まで続いたんですか」

「なんか自然に集まらなくなったよな」

上原が由美に言った。

「……やっぱり、キク……が」

「そうか、そうだな。キクミちゃんが亡くなってから、そうなったかもしれないな……」

上原の言葉に由美がうなずいた。

「最後に〝みんまや〟に行かれたのはいつ頃か覚えていらっしゃいますか」

由美が首をかしげた。

「こいつも芸者をやめて私の所に嫁いで来てからは店のことで精一杯になりましたからね。こっちは赤坂、むこうは浅草。同じような仕事に見えるかもしれませんが、むこうは知る人ぞ知る待合、こっちは夫婦二人で切り盛りする小料理屋。顔を合わせる機会も少なくなります」

「芸者さん時代は、由美さんが笛、菊子さんが踊りの名手だったとか」

「……名手だなんて。菊子さんの踊りはうっとりするほどきれいだったわ」

「最後に浅草の〝みんまや〟に行かれた日のことは覚えてらっしゃらない？」

「申し訳ありません」

「ではもうひとつ……」

「刑事さん、そのくらいにしてくれませんか。こいつも動揺しちゃってるし」

「奥さん、最後にひとつだけ教えてください。和歌山県の太地町に住む捕鯨船の砲手だった稲本和夫さんをご存知ですよね」

由美の顔が見る見る青ざめてうつむいた。そうして消え入りそうな声で、

「知りません」

と応えた。

すかさず草刈が言った。

「そんなことはないでしょう。去年の十二月二十一日に稲本和夫は〝佐久〟を訪ねて食事をしています」

上原が代わって応えた。

「時々見えるお客さんですからね、顔くらいは知っていますが。あんな亡くなり方をして残念なことでした」

「稲本さんは菊子さんとおつきあいされていたのでは？」

「おい」

上原がいきなり立ち上がり野太い声で言った。

「いい加減にしろ。そんな話は聞いたこともない」

「私は奥さんに訊いているんです。稲本さんは地元の和歌山に菊子さんを連れてきていたという話があるんです。潮岬で撮られた写真もある。由美さんがご存知ないはずはないんです。今回の事件の根っこは稲本さんと菊子さんの交際にあるのではありませんか」

「何だ、その言い草は、こっちは任意で話をしてるんだ。おまえの言い方を聞いてりゃ、まるで妻《うち》のやつが何か隠しているみたいに聞こえるじゃないか」

上原の様相ががらりと変わって草刈を睨みつけていた。

「いや、そう聞こえたのなら謝ります。私はただ稲本和夫という人物について知りたかっただけなんです」

「妻《うち》のやつが知らないいって言うんだから、それで済む話だろう。これだから手前らの話には協力できないんだよ。とっとと帰りな」

「上原」

それまで黙って話を聞いていた立石が声を上げた。

上原が立石を睨みつけた。立石は目を逸らさずに上原を見上げて言った。

「上原、おまえはどうなんだ？　おまえも稲本和夫をよく知ってるはずだ」

「おい、俺に何かを訊きたけりゃ、逮捕状を持って来い」

「これは殺人事件《コロシのヤマ》なんだぞ。三人の人間が殺されてんだ。殺されたのは稲本和夫、矢野勝美、南部善郎だ。赤坂で不動産屋をやっていた矢野はおまえの店にも何度か顔を出してるはずだ。現におまえは矢野と稲本のトラブルを目撃したと……」

立石の言葉を遮るように上原が怒鳴った。

「ぐだぐだうるせえんだよ。俺に話を聞きたきゃ、逮捕状を持って来い」

「あなた……」

由美が上原の腕に触れた。

上原はその手を払いのけて続けた。

「いいか、俺たちはまっとうに生きて来たんだ。それを手前らにいちいち揺さ振りをかけられて、はいそうですかってかしこまるとでも思ってるのか」

周囲にいた庭見物の客たちが草刈たちのテーブルを見ていた。

「立石さん……」

草刈が立石の名前を呼んだ。

「上原、任意だの逮捕状だの、やけにこっちの話に詳しいな。おまえ、いっとき橋本会の鞄《かばん》持ちをしていたろう。今さらしけた前科《マエ》の話はしないが、おまえは店の立ち去きの件で元橋本会の常本に世話になったんじゃないのか……」

上原の顔色が変わっていた。

――立石さんはいったい何の話をしてるんだ？

「おまえの出方次第で、令状《フダ》を持って佐久まで行ってもかまわんよ。こっちはおまえが知ってることを話してくれりゃ、それ以上のことはしない。今日はここで引き揚げるが……」

立石は上着の内ポケットから名刺を出し上原の方へ見せると、

「……ややこしいことになる前にここに連絡くれ。おまえがまっとうになろうと店を出したことはわかってる」

そう言って立石は立ち上がると由美にむかって言った。

「奥さん、私はあなたたちが犯人だなんて、これっぽっちも思ってないから。強い旦那を持ってよかったたな」

上原は唇を噛んで立石を見ていた。

五丁目のちいさな路地のどん突きの手前に〝結城〟の看板がひっそりと点っていた。

草刈が中に入るとカウンターの隅で手嶋は中年の男と何やら話をしていた。

いらっしゃいまし、と着物姿の女が笑いかけるとカウンターの手嶋が草刈の方を見て、よう少し待っててくれ、と声をかけ、女に目配せした。

女将らしき女が、どうぞと奥の小座敷の方に手を差し示した。

草刈は軽く会釈して手嶋の背後を通り過ぎた。ちらりと連れの男を見た。堅気の男ではなかった。

お飲み物は何になさいますか。女将の声に、草刈は、いや待たせてもらいますから、と断わると、先にはじめておくように言われてますけど、と言われお茶を注文した。

部屋は四畳と少しばかりの広さでちいさな床の間があり、入口側の壁に格子窓があった。草刈はそっと窓を少し開け、カウンターの手嶋の様子が見えるようにした。二人は何やら真剣な顔で話をしていた。

静かな店である。かつて赤坂という街には一見の客では目にとまらない店が多くあった。今は花柳界の凋落とともにそんな店は少なくなったが、〝結城〟はそんな数少ない店のひとつだ。

花柳界と聞くと馴染みのない人は華やかな料亭と芸者たちとの宴ばかりを想い浮かべ

るが、世間に万事、上と下があるように上客相手の高級料亭もあれば懐具合と相談しつつ遊べる店もある。

街の大きさはその客の幅である。長い歳月、客を吸い寄せて来た街とはそういう懐の大きさを持っている。店と客と同様に花柳界もまた上下のある世界で芸者もそうである。

草刈は小部屋で一人手嶋を待っていると、遠い日のことがよみがえった。

あれはカナコと二人で清水谷公園を歩いていた夕暮れだった。大毅はクラブ活動を終えてすぐに待ち合わせていた公園に駆けつけた。ビルの谷間にひっそりとある公園の池の端にカナコは一人佇んでいた。

二人とも逢いたい一心であった。それでも逢えば何のもっともらしい言葉も互いに持ち合わせていなかった。

そんな時、大毅の腹の虫が鳴いた。大きな音だった。

「お腹が空いてるんですか？」

「い、いや、そんなことはないよ」

「私もお腹が空いてます。この先の弁慶橋を渡って少し右に折れた所にちいさな賄《まかな》い屋があります」

「いや、僕は大丈夫だから」

大毅のポケットにはわずかのお金しかなかった。

「お金のことは大丈夫です。親戚みたいな店ですから。さあ行きましょう」

カナコに言われて、大毅は彼女のあとを追うように歩き出した。

「やあ、カナちゃん。今日はお稽古は？」

「今日はお師匠さんがお休みで……。この人、私のお友達の草刈さん。お腹が空いているので美味しいものを作ってあげて」

「おう、そうかね。まかしな」

二人して上がった座敷でカナコは大毅を見て笑っていた。

その座敷の造りが、今草刈が手嶋を待つ小座敷と良く似ていた。

くすんだような紅殻の壁が、あの時の座敷と同じだった。

あの日、大毅は生まれて初めて〝牛とじ〟の丼《どんぶり》を食べた。

互いが向い合って食事をするのも初めてのことだった。

丼を前にして両手を合わせ、いただきます、と小声で言ったカナコがまぶしかった。

――自分は罪を犯したのだ……。

カナコとのことが、今も草刈の脳裡に消えずに残っていた。

草刈は遠い日のことを思い出しながらぼんやりしていた。

「待たせたね」

声がして草刈は夢から覚めたように顔を上げた。

手嶋が立っていた。

「いえ、お忙しい時にすみません」

「まだやっていなかったのか？」

手嶋は草刈の手前を見て言った。

「お〜い、何をしてるんだ。客人を待たせて……」

手嶋が強い口調で女将を呼んで言った。

「すみません。おすすめしたんですが」

「言われたことはちゃんとしろ。草刈君、酒は何がいいかね」

「申し訳ありません。自分は不調法なもので、お茶で結構です」

草刈の言葉を聞いて、手嶋は少し驚いたような表情をしてから、

「まあ一杯くらいはつき合えるだろう」

と笑った。手嶋は女将が運んで来た銚子徳利を手に取り、手酌で盃に酒を注ごうとした。草刈はその銚子徳利を素早く手に取り、手嶋の盃に酒を注いだ。

「おう、恐縮」

手嶋は盃を飲み干して、草刈の顔を正面から見て言った。

「事件はどんな案配かね」

「それは捜査のことですからお話しする訳には行きません」

料理が運ばれてきて、手嶋はまた酒をすすめた。

草刈が断わると、

「そんなんじゃ、私の口から何も聞くことはできないぞ」

と不機嫌そうに言った。

草刈は仕方なく盃を差し出した。

「そうだ。そうこなくちゃ」

手嶋は笑って銚子徳利を草刈にむけた。

「草刈君。君は須田音美の動静に詳しいみたいじゃないか。捜査本部は須田議員に注目しているのかね」

「それは捜査に関わることですから」

手嶋は目線を手元の盃に落としてしばらく沈黙した。

再び顔を上げると口元に笑みを浮かべていた。

「畑江から、手嶋に聞きに行けと言われたか」

「いいえ、自分一人の判断でここに来ました」

「じゃ君一人の判断で何をしに来たんだ？」

「それは申し上げましたとおり三月十日の午後、料亭〝津島〟で須田音美議員と一緒にいた女性のことを教えていただきたいんです」

「それは私にとって捜査上の機密と違うのかね」

「だからこうしてお願いしているのです。須田議員の健康状態に問題はなかったと聞いています。なぜ急に須田議員は倒れたのですか。これは事件ではないのですか」

手嶋は上半身を反らすようにして腕組みをすると、目を閉じた。草刈は続けた。

「これは捜査本部の方針ではなく、自分の個人的な考えですが」

「ほう、どんな考えかね」

「一連の事件の背景には、赤坂の芸者さんの世界が関わっていると思います。手嶋さんはかつて赤坂で芸者をしていたキクミという女性をご存知でしょう」

手嶋はゆっくり目を開けた。

「君はキクミのことを知っているのか」

「太地で捕鯨船の砲手をしていた稲本和夫が、なぜ突然上京し、命を落とさねばならなかったのでしょうか。その謎を解く鍵はキクミさんにあると思っています。でも、キクミさんは十九年前に亡くなられたと聞きました」

「そうか、もう十九年になるか……」

「〝津島〟で須田議員と一緒にいた女性は芸者さんではありませんか。それも、キクミさんのことをよく知る芸者さんでは」

手嶋は何も言わず、手洗いに立った。草刈はそれを見ると小座敷を出て、女将に精算するように言った。女将はそれは困ると渋ったが、草刈は強引に精算するよう命じた。

精算を終え席に戻ると、卓の中央に折った小紙が置いてあった。

慌てて追いかけたが、手嶋はすでに店を出たようだった。

外はいつの間にか雨が降っていた。

草刈は路地を一気に走り出した。

表通りに出ると、雨を避けられるビルの下の街路灯の明りの中で手嶋のメモを開いた。

〝ミツノ〟

とだけ記してあった。

歩いて本部に戻ると、まだ畑江が席に残っていた。

「須田音美が倒れた時、そばにいた女性がわかりました。芸者さんだと思います」

畑江が感心したような顔をして言った。

「それはよく調べましたね。ところで、先刻、須田音美が死にました」

11

「どういうご用向きで……」

応対に出た白髪頭の男は草刈をじっと見て言った。

草刈は名刺を出し、警視庁捜査一課の警察官であることを名乗った。

男の表情は変わらない。

相手は草刈をちいさな応接に案内して、私も名刺を取ってまいりますんで、と奥へ消えた。

草刈は応接につながる赤坂検番の事務所の様子を見た。

執務用の古いちいさな机の背後に黒板が掛けてあり、月の予定が記されている。その隣りにひと回り大きな板が掛けてあり、上方に墨文字で名前が書かれた木の札がいくつも並んでいた。

――あれがこの検番に登録されている芸者たちの名前だな……。

育江、桃太郎、真希、千鶴……。ひと昔前の芸者らしい名前もあるが、普通の女性の名前も多かった。

草刈はミツノの名前を探した。

木札の並んだ一番端に〝満津乃〟と書かれた札があるのが目に止まった。

「どうもお待たせして、すみません。歳を取ると忘れっぽくなって、どこに名刺入れを置いたのかわからなくなって……」

男が差し出した名刺には中川誠一《なかがわせいいち》とあり、肩書は赤坂芸妓組合副組合長とあった。

「それでご用向きは？」

「こちらにいらっしゃるミツノさんから、少しお話を伺いたいのです」

「はあ、ミツノは私どもの組合におります芸者ですが、刑事さん、どのようなことでミツノとお話しなさりたいのでしょうか。何か事件でもございましたでしょうか。あの子は真面目な子ですから」

中川は心配そうな顔で言った。

「いいえ、ミツノさんが何かをなさったということではなく、捜査中の事件に関係する人のことを少しお伺いしたいだけなんです。ミツノさんにご迷惑をかけることはありませんので、連絡先を教えていただきたいのです」

「そう言われても、ここは芸妓組合です。芸者を守る立場の組織ですからどなたが見えても、はいそうですか、と芸者の連絡先を教えるわけにはいきません」

中川の物言いはやわらかであったが、口から出た言葉はかたくなであった。草刈を見返した目が鋭く光っていた。

「事件に関係するお人とはミツノのお客さまでしょうか。お客さまの話だと、そう易々と赤坂の芸者は話をしませんよ。そういうふうに教えておりますからね」

中川は少し身を乗り出していた。

「わかりました。私はミツノさんのお仕事の邪魔をしないよう、きちんと手順を踏んで検番にうかがったのです。そちらがそういうお考えでしたら、ミツノさんのお座敷なり自宅なりにこのまま行かせてもらいます。あなたも署に出頭していただきますから」

「ちょ、ちょっと待って下さい。私はただの副組合長なんです。こういうことは組合長が判断なさいますんで……」

「その組合長さんはどこにいらっしゃるのですか」

「は、はい。先程、連絡をしまして、生憎不在でしたので折り返しここに連絡をもらうように伝言しております」

「何とおっしゃる方ですか」

「津島サク江です。女性ですが、もう長くここの組合長をなさっています」

――あの料亭の女将が組合長をしているのか。

中川は名刺を取りに行くと言って、こっそり津島サク江に電話をしていたのだ。草刈は中川の顔をまじまじと見直した。

ほどなく組合の電話が鳴った。

ああ、これ、組合長からでしょう、と中川が受話器を取った。

「組合長が替わります」

中川が受話器を差し出した。

「もしもし警視庁の草刈です。ご無沙汰しています。須田議員のことでは大変でしたね……。わかりました、お待ちしましょう」

草刈は受話器を中川に返した。

「刑事さん、組合長をご存知だったんですか。それなら最初にそうおっしゃっていただければよろしかったのに……」

「津島サク江さんは知っていますが、彼女がここの組合長だとは知りませんでした」

草刈は憮然として言った。

「あの刑事さん、須田先生がどうかされたんですか？」

「今朝方亡くなられました」

「えっ、本当ですか。須田先生が……」

中川は狼狽していた。

「ど、どうして須田先生が。何かあったのですか」

「それはあなたたちの方がよく知ってるでしょう」

草刈は声を荒げた。


二十分も待った頃、山王の方角から一台の黒いセダンが近づいてきて検番の前で停車した。ウインドーはスモークがかけてあるので中の様子は見えない。

運転席のドアを開けて屈強そうな運転手が出て来て後部座席のドアを開けた。

着物姿の女性が二人あらわれた。一人は料亭〝津島〟の津島サク江である。もう一人、小柄な女性がサク江のそばを歩いていた。

――あれがミツノか。ずいぶん小柄な女性だな……。

サク江はあきらかに不機嫌な顔をしていた。

「お呼び立てして申し訳ありません」

「本当よね。警察に呼び出されるなんて、生まれて初めてのことだわ」

草刈は後方に立っている女性を見て会釈した。

相手もちいさく頭を下げた。うつむき加減にしているので顔ははっきりとは見えない。

「初めまして、警視庁捜査一課の草刈と申します」

「ミツノと申します」

消え入りそうな声だった。緊張しているのだろう。

「では少し二人で話したいのですが、よろしいですか」

草刈が言うとサク江が甲高い声を出した。

「それはできません。この子はまだ子供ですから」

草刈はミツノがあまりに小柄だったのに驚いた。着物姿であったから芸者とわかったが、洋服で街を歩いていたら中学生か、高校生と間違えそうに思えた。表情にもまだあどけなさが残っている。

「刑事さん、あなたはこの子から何を聞きたいの。芸者がお客さんとお座敷にいるのは当たり前のことなんですよ。あの日は須田先生の奥さまの四十九日が無事に終わっての先生の慰労会を私どもが用意させていただいたんです。須田先生は粋な方ですから、あの日は芸者が先生のために舞いを踊ってさしあげました。先生も上機嫌で、終わりにこの子の笛の演奏をお聞きになりたいと言われるんで、この子一人が笛を披露していたんです」

「そうなんですか？」

草刈はミツノに訊いた。

「は、はい。そうです。そうしたら急に先生が苦しまれて、胸を掻《か》きむしりはじめて……私、あわてて店の方を呼んだんです」

「はい。それだけのことです。わかってもらえて刑事さん」

「その時、部屋には須田議員とあなたのお二人だったんですか」

　ミツノは返事をしなかった。

「少し確認したいことがあるんですが、本名は？」

「矢野美津乃です」

　草刈は思わずミツノの顔を見返した。

「お生まれはどこ？」

「赤坂です」

「では生まれも育ちも赤坂？」

　ミツノがうなずいた。

「ご両親が赤坂ということですね。あなたのお父さんは矢野勝美さんですか」

　ミツノはまた黙り込んだ。

「刑事さん、なぜそんなことをわざわざ尋ねるんですか。天下の警視庁が若い芸者の素性調べですか。この子が何をしたと言うんです」

「……両親はずいぶん昔に二人とも亡くなりました」

「えっ？」

「二人とも亡くなっています。矢野勝美さんという方はよく存じません」

「それは失礼しました。ご病気か何かで？」

「そう聞きました」

「聞きましたって？」

「私が赤ん坊の時のことですから」

「刑事さん、この子の辛かった時の話をどうしてわざわざお聞きになるんです？　刑事さんにだって訊かれたくない話はあるでしょうに。もういいからミツノ、お帰り」

「待って下さい。もう少しで終わりますから」

草刈は強引に言った。

「あなたは笛をおやりになるそうですが、笛のお師匠さんはどなたですか？　去年まで田町通りの筋にあった〝佐久〟の女将の上原由美さんも、昔、赤坂の芸者さんで、笛がたいそう上手かったと聞きましたが、由美さんをご存知ですか？」

「は、はい、あの……」

「ミツノ黙ってなさい。こんな人に話をする必要はありません。ちょっと刑事さん、あなた何を調べてるの？」

草刈はサク江の顔など見ていなかった。

サク江に促され立ち上がったミツノにむかって草刈は身を乗り出して言った。

「昔、赤坂にキクミという名妓がいたそうですね。あなたはキクミさんのことをよく知ってるんじゃないんですか。どうなんですか」

その瞬間、歩き出していたミツノの足が止まった。

そうしてゆっくりと振り返ると、

「そういうお方は知りません」

とはっきりした声で言った。

「本当にご存知ないんですね」

草刈が念を押すように言うと、ミツノは草刈の目をじっと見つめ、唇を真一文字にしてうなずいた。

「今回の事件では、もう三人もの人が命を落としています。つい先ほど、須田議員も亡くなった。あなたは何を知ってるんです」

ミツノは何も答えず待っていた車に乗り込んだ。キクミの名を聞いた瞬間、ミツノの表情が一変したように草刈には思えた。先刻までのこころもとなく見えたミツノの様子とはまったく違う、芯のようなものが伝わった気がした。

斎場の駐車場に入り切らないハイヤーが青山墓地の西手までつながっていた。

青山斎場においても、これほどの規模の葬儀はひさしぶりのことだった。与党の大物、〝昭和の妖怪〟と呼ばれたほどの大長老であった須田音美の葬儀には、現職の総理大臣をはじめ、閣僚、政治家、全国の関係団体の代表が参列していた。地元、栃木県からはバスが何台も連なって式場に参列者を運んでいた。

「さすがはマッチポンプだ。死んだ後も大勢の政治を喰う虫を引き寄せていやがる」

「ずいぶんと泣かされた元総理もいたものな」

「病院へは料亭から運ばれたって言うが、時間が昼間だから宴会じゃあるまい」

「まだあっちの方も現役だったってことか」

「おう、よせよせ、相手はもう仏だ」

参列者を取材するベテラン記者たちの後方から、草刈は一般の参列者の列を見ていた。大勢の参列者の中にいても、黒い和服に身をつつんだ彼女たちの姿はすぐにわかった。サク江の後ろには芸妓組合の中川誠一もいた。彼らの中で伏し目がちにしているミツノは小柄なせいで見逃しそうになった。

告別式がはじまろうとする時、スピードを上げて走って来た一台の車があった。受付の間近に停車し、中から恰幅の良い老人があらわれた。白髪であるが、日焼けした顔は壮健そのものだった。

「おいおい、見てみろ。珍しい奴があらわれたぞ」

記者たちの目が一斉にその老人に注がれた。

「あいつはヨコケンじゃないか。まだ生きていたのか」

「生きてたどころじゃないぞ。あの足取りを見ろ。矍鑠《かくしゃく》としてるじゃないか。須田音美とは同じ歳だったはずだぜ」

「ということは八十七歳か。とてもそうは見えんな」

草刈は記者たちの言葉で、老人が政商と言われた横尾研次郎だとわかった。

「そう言えばヨコケンとマッチポンプは盟友だったものな」

「盟友じゃないだろう。悪党仲間だろう」

記者たちの会話が聞こえている時、立石がやって来た。

「どうだ？」

「今、式がはじまったところです」

「それで、その若い芸者は来ているのか」

「は、はい」

二人は式場の中に入った。

「どの女だ？」

「ほら、〝津島〟の女将の左隣りにいます」

「なんだ。子供じゃないか」

「いいえ、二十歳です」

「そう見えないな」

「戸籍謄本を調べましたから」

草刈はミツノに逢った翌日、法務局に行って矢野勝美の戸籍を閲覧した。矢野の戸籍は事件直後、別の捜査員がすでに確認していたが、草刈はさらに改製前の原戸籍にまで遡《さかのぼ》って取り寄せた。そこには、

〝養女　矢野美津乃〟

と記されていた。

養女になったのは今から十九年前の三月二十日。キクミこと牧野菊子が亡くなった数日後のことだ。美津乃は二十歳になるやいなや矢野の戸籍から抜けていたから、赤坂署の捜査員が調べた時には彼女の存在が確認できなかったのだろう。これは捜査本部にとって痛い手落ちだった。

「何と言うことだ。一から捜査のやり直しだ」

珍しく畑江は怒りを隠さなかった。宇都宮に暮らす矢野の妻子に早々と事件当夜のアリバイが成立したため、矢野の家族関係を洗う捜査を誰も継続していなかったことがミツノの見落としにつながった。

草刈は手帳の間から一枚の写真のコピーを出して畑江に見せた。

それは、南部善郎の妻フジコから借り受けた菊子の写真だった。海岸の岩に和服姿で立っている。

「昔、稲本が串本に呼んでいた若い頃の菊子の写真です。ミツノによく似ています。菊子は亡くなる時まで現役の芸者でしたから、夫はいなかったはずです。だとするとミツノの父親は、菊子と懇《ねんご》ろになっていた当時の馴染客……あるいは稲本和夫ということも考えられます」

「草刈、それはおまえの想像だろう」

立石が怒鳴った。

「たしかに証拠はありませんが、稲本のカネが矢野に渡っていたという事実があります。

自分の娘を代わりに育ててもらっていたとしたら、稲本が矢野にカネを渡す十分な理由になるのではありませんか」

畑江は腕組みをしたまま顔を少し斜めにして机の端あたりに視線を落としていた。畑江が考え事をする時の癖である、左手で左の耳たぶを揉むような仕草をしている。

「草刈君は、あの世界に、花柳界に上がったことがあるんですか」

「いいえ、料亭には、今回の捜査で入ったことしかありません。ただ……」

そう言いかけて草刈が口をつぐんだ。

「ただ何ですか？」

「高校生の頃、赤坂の花柳界にいた女性を好きになったことがあります」

畑江は顔を上げて部下を見つめ、立石は目を剝き、口をあんぐりと開いて後輩を見返した。

「その人はまだ赤坂にいるんですか」

「いいえ、もう亡くなりました」

「ほう、亡くなった……」

畑江は耳たぶを揉みながら言った。

「今回の事件の背景には、十九年前のキクミの死があるのかもしれません。まずはミツノを呼んで話を聞きましょう。花柳界のルールとして、ミツノは明日の須田議員の告別式に必ず来るはずです」

草刈と立石は、葬儀が終わり引き上げる人の流れを見ていた。

「草刈」

立石が草刈に目配せした。背の高い偉丈夫な老人に挨拶する〝津島〟の女将の姿があった。

――あれが横尾研次郎だ……。

サク江は嬉しそうに横尾と話をしている。彼女の後に数人の芸者がいた。やがてサク江に促され一人一人が横尾に挨拶しはじめた。最後にミツノが横尾の前で丁寧にお辞儀した。

横尾の反応があきらかに変わった。それまで笑ってうなずいていた横尾がミツノを見て驚いているのが遠目にもはっきりとわかった。ミツノの様子も、それまでうつむいてばかりだった彼女とははっきりと違っていた。横尾が笑いながらミツノの肩に手をかけると、ミツノがその手をやんわりと取って両手で握り返した。横尾は嬉しそうにミツノを見つめている。

横尾は周囲を見回した後、何事かを言いながらミツノの顔に顔を近づけた。それに応えてミツノが声を隠すように口元に手を当て何かを話した。

サク江はすでに二人から離れて、別の男たちに挨拶している。

「葬式だっていうのに、玄人の女たちのやることはさすがに違うな」

立石が苦々しげに呟いた。

「立石さん、ミツノがいません」

草刈が視線を戻すと、すでに横尾の姿もミツノの姿も斎場からは消えていた。

「しまった。主任に怒られるぞ」

12

キクミこと牧野菊子の鑑取《かんど》り捜査に投入された捜査員から次々に報告が上がってきていた。

「牧野菊子は昭和×年、×歳の時に三厩村から上京。一年間笛と踊りの稽古をした後、×年×月からキクミという名前でお座敷に上がっています。料亭〝津島〟のおかかえ芸者で、たちまち売れっ子になったそうです。このキクミを特に贔屓にしていたのが、若き日の須田音美です。須田は元々、赤坂をシマとする橋本会と関係が深かった政治家ですし、当時、津島啓介を私設秘書にしていましたから、刎頸《ふんけい》の友であった横尾研次郎と会合をもつ時は必ず〝津島〟を利用していました。その際、須田は決まってキクミを指名していたそうです」

「牧野菊子が亡くなったのは、上原由美の証言どおり平成×年の三月十四日。これは彼女の臨終を確認した信濃町のK病院で裏がとれました。興味深いことに、カルテの死因は〝心不全〟。上原龍一の言っていた〝肺炎〟とは異なっています。また、赤坂の芸妓組合の過去の帳簿の中に、同じ日の夕刻、キクミこと牧野菊子が〝津島〟のお座敷に上がっていた記録が残っていました。客は須田音美と横尾研次郎です。今にも死にそうな肺炎患者がお座敷に上がれるはずはありませんから、牧野菊子は何らかの別の理由で仕事中に倒れ、そのまま亡くなった可能性があります。もっともその記録は帳簿に残っていませんし、津島サク江は『覚えていない』の一点張りで頑として口を割りません」

畑江は大きくうなずきながら言った。

「花柳界はどこでも、お座敷で見聞きしたことは〝墓場まで持っていく〟のが決まりだと言います。そこで何が行われようとも、どんな異常事態が起ころうともみな固く口を閉ざし、スポンサーである旦那衆を守るんです。それが花柳界を守ることに繋がるからです。牧野菊子の身に何かが起きたとしたら、赤坂全体に箝口令が敷かれた可能性があります。後から〝肺炎〟ということにしたのです」

「それで見えてきたな」

立石が口を開いた。

「どういうことです」

「矢野勝美みたいなチンピラを須田が秘書にしていたのは、汚れ役として役に立つからだ。表に出せないカネ集め、議員がつきあってはいけない反社会的勢力とのパイプ役、そしてスキャンダル処理……。菊子の死に事件性があった場合、死の真相を一番知られてはいけない相手は残された娘だろう。だから須田は矢野に命じてミツノを養女にとらせた。自分の手元で娘の面倒を見ているかぎり、事件を蒸し返されることはないだろうからな。もちろん矢野にとっても須田のキンタマを握れるわけだから悪い話じゃない」

「そうか！」

草刈は思わず大声をあげた。

「どうしました、草刈君」

「これまで『お母さんは病気で亡くなった』と教えられて育ったミツノが、ある日、何らかの理由で、母親が死の直前、お座敷に出ていたことを知ったとします。もしかして彼女も〝津島〟の帳簿を見たのかもしれません。女将さんに聞いたところで真実を教えてくれるはずはない。その時、彼女はどういう行動に出たでしょうか。義父である矢野を問い詰めたかもしれませんし、もしかしたら……」

「なるほど、母親を座敷に呼んだ張本人である須田音美に、サシで聞いたかもしれんな」

立石の発言に、草刈の顔は真っ青になった。

「それで須田は……」

「証拠がありません」

草刈の言葉を畑江がさえぎった。

「そこから先はいっさい証拠のない推測です。今、この事件の捜査は正念場を迎えています。重要参考人は二十歳の芸者。そして彼女は数時間前、葬儀場から横尾研次郎と一緒に姿を消しているのです。まずは物証を固めることです。そして今度こそ、矢野美津乃の身柄を確保しなくてはなりません」

「証拠はあります」

会議場に駆け込んできたのは、鑑識課の葛西と皆川だった。

捜査員の目が彼らに集まった。

「今、須田が息を引き取った△△大学病院から戻ってきました。異例のことですが、××先生に△△大学病院まで出向いてもらい、緊急の司法解剖をやっていただいたのです。その結果、心臓発作とみられていた須田の血液中から、微量の硝酸薬が検出されました」

捜査員から大きなどよめきが起きた。

「それは他殺の可能性があるということですか」

「確たることは申し上げられませんが、須田が料亭の座敷で自死したのでない限り、何者かによって硝酸薬が投与されたことは間違いありません。これは病死ではなく事件です」

畑江の目がカッと見開いた。

「葛西さんのおかげでようやく足固めができました。これから矢野美津乃を軸に据えて、矢野、稲本、南部、須田の事件を洗い直します。逮捕状もとれるでしょう」

直ちに班編成が見直され、刑事たちは我先にと捜査本部を出ていった。

畑江のそばに草刈、立石だけが残っているのを確認した葛西は、静かに近づいてきて、驚くべきことを口にした。

「これは△△大学病院の院長から聞いたのですが、須田が緊急搬送された時、須田と一緒に救急車に同乗してきた赤坂署の刑事がいるというんですが……」

「……」

畑江は本部の応接室に手嶋を呼び出した。

「手嶋さん。あなたは須田議員が倒れた時、津島サク江に呼ばれて〝津島〟へすっ飛んで行ったのですってね。座敷にいたのは津島サク江と矢野美津乃。サク江は、酒を飲んでいる時、突然、心臓の発作がおこったとあなたに説明した。ところが須田は二年前から医師に酒をとめられて、禁酒をちゃんと守っていたそうですよ」

「それでも飲んだと俺は聞いた。間違いない」

「だから搬送先の△△大学病院でも、急性心不全で間違いない、死因に不審なところはないとまで、あなたは担当医におっしゃった。間違いありませんね？」

「不審な点はなかったから当然だ」

「須田音美の死体が司法解剖されたのをご存知ですか」

「何だと？」

「外科医である須田の息子さんが承諾したんです。いくつか不審な点が見られたものでね。解剖の結果、アルコールは検出されませんでした。その代わりに何が出て来たと思います」

「……」

手嶋はわずかに唇を震わせていた。

「須田の血液から、硝酸薬を体内に入れた時に出る血液反応があったそうです。ごく微量ですが」

「硝酸薬？」

「はい。これは心臓病の治療薬としても使われるもので、ニトログリセリンといいます。ＥＤ治療薬と併用すると心筋梗塞を起こすそうです」

「そんなことはあるはずがない。あの部屋にいたのは……」

「ミツノという若い芸者一人ですよね。あなたが到着した時、もしかして須田音美は蒲団の中に裸で寝ていたんじゃありませんか」

「バカげた話をするんじゃない。畑江、おまえ花柳界を何だと……」

「バカげてるのはあんたの方だ。手嶋さん、これは殺人事件ですよ。これ以上、捜査の妨害をするといくら先輩でも逮捕する。腹を括《くく》った方がいい」

畑江の迫力に、草刈から思わず吐息がもれた。

手嶋は平然とした顔でゆっくりと部屋を出て行った。

13

夕刻、草刈は立石ととんかつ屋でミックス定食を食べていた。

捜査本部はまず須田音美の殺害容疑で矢野美津乃の逮捕状を請求する方針を固め、料亭〝津島〟に家宅捜索に入った。その押収資料からミツノの自宅マンションが判明。捜査員は今夜からミツノの自宅を交代で見張る態勢に入った。

ただ、稲本の死亡推定時刻にはミツノは複数の芸者と笛の稽古中で完全なアリバイが成立したほか、矢野、南部殺しの現場からもミツノの関与を示す新たな手がかりは発見できず、須田殺害を除いて、一連の連続殺人に解決の目処が見えない状況に変わりはなかった。それでも事件を貫くひとつの軸が見えたことで、捜査員の意気は上がっていた。

「ここのヒレカツ少しちいさくなってないか」

「ミックス定食のカツは皆少しちいさめなんですよ」

「そうだったかな。ところで草刈、主任も言っていたが、おまえ時々花柳界に詳しいな。さっき芸者の花代と言ってたか」

「ええ花代です。お座敷に一件出ると、一本、二本とか時間で花代が決まります。それを和紙の紙縒《こよ》りにしておくんです」

「だから、そういうことをどうしておまえが知ってるんだよ」

「先輩は知りませんでした？」

「普通、刑事はそういうことは知らんよ。おまけに花代に料亭の名を記して、上得意は客の名前まで書くなんてこと誰が知ってる。おまえ、芸者とつき合ってたと言ったか？」

草刈が黙ったままでいると、立石はまじまじと顔を眺め、

「まさか、おまえがな」

と小首をかしげた。

立石が飯茶碗を上げて、御飯のお替りを店員に告げた。

新しい客が引き戸を開けて入ってきた。日はすでに暮れていた。夜の気配が赤坂の街をつつもうとしていた。

「赤坂は昔から東京でも有数の遊興の町だ。盛り場で、三業地だ。昭和三十年代から四十年代にかけては今よりずっと賑わってた。人が集まる。特に男たちがだ。料亭にやってくる政治家や企業家たちだけの町じゃなかった。盛る遊興の地には必ず女と遊ぶ場所と博奕場《ばくちば》ができる。それを仕切るのはヤクザだ。ほら、例の立川で逢った老ヤクザを覚えているだろ。昔はああいうヤクザが多かった。連中は料亭とのつき合いも収入源だったが、それ以上の美味い商売があった。〝雇女《やとな》〟を知ってるか」

「はい。料理屋や待合でやとう仲居さんですよね」

「仲居と言えば聞こえはいいが、昔は彼女たちの大半が男と寝た。以前は赤坂にはたくさんの料理店と待合があった。たいした金を持たない男たちでも、そうやって遊んでいた。それだけの数の女を田舎から集めるのもヤクザたちの裏の仕事だったのさ」

「そうなんですか」

「女を集めるルートをあいつらは持っていた。ほれ、菊子も〝佐久〟の女将も同じ青森

の三厩村出身だっただろう。田舎の若い娘たちを掻き集めて来る女衒《ぜげん》と、〝津島〟の女将はつるんでいたんだ。綺麗な着物を着てお座敷に出るだけが女じゃない。むしろその女たちの何倍も、そうじゃない女たちがいたのさ。それを仕切ってきたのがヤクザ連中だ」

「へぇー、知りませんでした……」

何かを言いかけて草刈は口をつぐんだ。

「何だ？　言ってみろ」

「叱られるんで言いません」

草刈は口を真一文字にして下唇を噛んだ。

「言ってみろ、この野郎」

「怒りませんか」

「ああ」

「立石先輩はヤクザの話になると普段の何倍も滑舌《かつぜつ》が良くなりますね」

「何だと、この野郎。もういっぺん言ってみろ」

草刈はいきなり頭を殴られた。

「痛い。怒らないと言ったじゃありませんか。もう……」

周囲の客が驚いた目で二人を見ていた。

草刈は立石の話を聞いて思いついたことがあった。

「先輩、まだそんなに遅い時間ではありませんよね。これからもう一度〝みんまや〟に行ってみませんか。先輩がおっしゃるように、この事件の根っこは三厩出身の女たちの悲劇にあるように思います。その彼女たちが、事あるごとに集まっていた東京の拠点が〝みんまや〟ですから」

「それもいいかもな。現に南部はあそこで殺されている」

「考えてみれば、菊子も稲本もいない今、南部を〝みんまや〟へ呼び出すことができるのはミツノだけです。私が話をした限りでも、南部は、稲本が人を殺すなどとは端っから信じていませんでしたし、ましてや自殺などするはずはないと断言していました。真犯人は別にいると確信して上京したのです。事件の真相を示唆するどんな誘いにも易々と乗る状態だったと思います」

「おまえはそれで二日酔いで遅刻したんだろ」

「すみませんでした。これは完全に私のミスですが、あの時、津島啓介が容疑者の一人だとうっかり南部に漏らしたところ、南部はその足で彼を襲いに行ってしまったんです。ただ、津島啓介の部屋を物色して、南部にはそれが間違いだとわかったのでしょう」

「その後、どうやって南部とミツノが繋がる？」

「南部は稲本がキクミという芸者と交際していることは知っていました。稲本と二人で幾度も〝みんまや〟に通っていた間柄ですから、子供がいることも聞かされていた可能性が高い。当然、上京したら、稲本の自宅を売却した金を渡すためにも、その娘に会おうとするでしょう。上原由美を頼ったかもしれないし、津島啓介を脅かして連絡先を聞いたかもしれません。先ほどから推測ばかり話していますが……」

「まったくだな」

「いずれにせよ、南部はこの事件にミツノが関与していることを察したのです。しかし若い娘ひとりで殺しはできないと思い、真相を探ろうとあえて誘いに乗った。そうして殺害された」

「……おいおい、まさか共犯がいるって言いたいのか」

「それこそ何の証拠もない妄想です。ただ、ミツノには稲本殺しのアリバイもあるし、〝みんまや〟近くで二人の女性が目撃されていますから」

「〝みんまや〟に出入りしていた三厩村出身者の中に真犯人がいると？　それはどこのどいつなんだよ」

　立ち上がろうとする立石を制して草刈が言った。

「自分も皆目わからないんです」

　立石は椅子に座り直した。

14

　翌日、立石と草刈は浅草の待合〝みんまや〟へむかった。

〝みんまや〟の裏手の空き地に車を停めると、以前はなかった金網越しに所轄の警察官が一人建物の前に立番しているのが見えた。

立石は車を降り、一番〝みんまや〟に近い、当夜、ワゴン車が停車していたという目撃証言があった空き地に立った。相変わらず周囲に人の気配は感じられない。

草刈と立石は〝みんまや〟へ入った。

廊下を一歩一歩歩くごとに、家の中に饐《す》えたような匂いがひろがった。人が住まなくなった建物の中は驚くほどの速さで様相を変えていく。だがこの異臭は人がいなくなったせいだけではあるまい。立石がマスクを取り出した。草刈も倣《なら》った。

二人は南部の殺害現場と思われる廊下の一番奥へ進んだ。立石の持つ懐中電灯が壁を照らし出した。

そこに南部の胸板を突き通し、背後の壁にまで達した凶器の銛の先刃が刺さった跡があった。何度見ても不気味な刃の跡である。

壁には爪で掻いたような掻き傷もあった。鑑識の結果、南部の遺体の爪の先に残っていた小片が、この壁の成分と一致していた。まぎれもなく南部はここで致命傷を負っていたが、即死ではなかった。今では大半が拭き取られているが、立石と草刈がこの家に入った時はまだ血痕が廊下にあり、南部を引きずった跡が残っていた。血の海の中、南部は完全には絶命しないまま引きずられて行ったと見られている。

「俺は、鑑識が推定したこの現場の状況を考える度に犯人は殺人を愉しんでやがったんじゃないかと思う時があるんだ。獺祭《だっさい》というのがあるだろう」

「はい。川獺《かわうそ》が獲った獲物をすぐに食べずに岩の上に並べて眺めていることですね」

「そうだ、あれに似た感覚で犯人が被害者を見物していやがった気がするんだ。もしそうだったとしたら、俺は犯人のその傲《おご》りにきっちり落とし前をつけてやりたいのさ」

立石の目が光っていた。握りしめた拳が赤く膨らんでいる。草刈は立石とコンビを組んでいて、時折、立石の正義感に畏敬の念を抱くことがある。

——この人といる限り、自分は正義を見誤ることはない。

そう信じている。

「もう少し明るくして見てみようか」

立石は二階へ上がる階段を見上げた。南部を犯人が刺した場所は廊下の一番奥で、そこから二階への階段があった。

草刈は階段を上がり、窓を開けて閉じられていた雨戸を開けた。草刈はまぶしさに思わず目を細め、差し込んできた春の陽に手を翳《かざ》した。

「何だ？　こりゃ」

立石が廊下の天井を見上げていた。

草刈の位置からは立石が見つめているものは見えなかった。

草刈は急いで階段を下りた。高い廊下の天井の隅にへばりつくようにして五角形の模様が入ったものがあった。

「凧ですよ」

「タコ？　スルメじゃなくて？」

「そのタコじゃなくて、空に上げる凧ですよ。これはカイトと言った方がいいですね」

「そのカイトがなんでこんな所にあるんだ」

草刈はその凧を見上げているうちに妙な感覚を持った。

——もしかして……。

草刈の脳裡に一人の若者の姿が浮かんだ。H高校の小橋祐也である。

草刈は台所から椅子を持って来て、その上に乗り、凧から伸びている糸をつかんでたぐり寄せようとした。何かに引っかかっているらしく天井の隅から離れない。草刈は糸を揺らして力を入れて引っ張った。裂けるような音がして凧はふわりと落ちてきた。

草刈は糸の断面を見た。

「そんなに古いもんじゃありませんね」

「そうなのか」

「ええ」

草刈は玄関の方を見た。

「これって別に風がなくても上がるんです。上げるって言うより、飛ばすって感覚ですね。おそらく玄関の辺りから、こちらにかけて飛ばしていて、あの天井の隅に出ている物に引っかかったんでしょう」

「誰がそんな悠長なことをしてたんだ」

「もしかして犯人《ホシ》かもしれません」

「犯人《ホシ》が？」

「いや、もしかしたらです」

「何のために家の中で夙を上げにゃならんのだよ」

「それはわかりませんが、たとえば南部がやって来るまでの時間つぶしとか……」

「時間つぶしだと？　何を言ってるんだ草刈、また突拍子もないことを言い出しやがって」

「立石さん、稲本の遺体が発見されたビルの守衛の証言を覚えてませんか。証言のなかに、夙の話があるんです」

「………」

立石が黙って草刈の顔を見た。その証言を思い出そうとしている。

「そう言えば、たしか近くの高校生がビルの屋上に引っかかった夙を取りに来たと」

「そうなんです。あの朝、屋上に上がった人間は、稲本のほかには車を駐車させたサラリーマンと、その高校生しか確認されていないんです」

「それで？」

草刈は答えず、夙に鼻を近づけて鼻孔を動かした。

「何をしてるんだ」

「稲本のボストンバッグの中にあった〝匂い袋〟の香りと同じ匂いがします」

立石が爪に鼻を近づけた。

「匂うでしょう」

立石は首をかしげた。

「微かな匂いですが、たしかです」

立石が鼻を鳴らしてもう一度爪の匂いを嗅いだ。同じように首をかしげている。

「お鼻が悪いんでしょうか」

「今、少し風邪気味だ」

「ああ、そうですか」

立石が、もう一度鼻を鳴らして言った。

「しかし二十歳の芸者の次は高校生か。おまえ、こんな爪ひとつで話を進ませすぎてるのと違うか」

立石が草刈の手から爪をつかんで握った。

「あっ、立石さん。指紋が出るかもしれませんから」

草刈の言葉に立石があわてて爪を草刈に戻した。

立石と草刈は〝みんまや〟の裏口に出た。犯人は裏木戸から先ほどの空き地まで南部の遺体を運び、車に乗せて隅田川に遺棄したと目されていた。

「先輩、やはり芸者の細腕で南部を運び出し、トランクに入れるのは無理だと思います」

「俺もそう思う。間違いなく大人の男の手が必要だろう」

帰りの車の中で立石が言った。

「草刈、おまえ、爪の話を主任にするのか」

「いいえ、今はしません」

「その方が賢明だな。話が無軌道にひろがりすぎる」

「そうでしょうか。自分が今、爪の話をしないのは鑑識の結果が出ていないからです」

「結果が出るも出ないも、その高校生の指紋をどうやって手に入れるんだ」

「それは指紋が出れば考えます」

草刈はそう言ったものの、正直、祐也が事件にどう関わっているのか見当もつかなかった。

H高校で逢った祐也のまだ少年の面影を残した美しい顔がよみがえった。

——自分の早合点であればいいが……。

15

草刈と立石は喫茶店の窓際にむかい合って座り、話をしている上原夫婦を見ていた。

「おまえの言うとおり、来てみるもんだな」

観音裏の喫茶店でコーヒーを飲んで帰ろうと立ち寄ったところ、奥のソファー席に座る上原龍一・由美夫婦を発見したのだ。二人は夫婦に気取られないよう静かに席についた。

時折、由美の方が笑い出す。一見すると仲の良い夫婦にしか見えない。

「立石さん、あれを見て下さいよ。あの夫婦が〝みんまや〟から南部の遺体を運び出したと思いますか。人を殺してあんなふうに笑っていられるものなんでしょうか」

立石は上原夫婦に目もくれずに言った。

「そりゃ、草刈。おまえが勝手に決めたことだろう。ただ、殺人をした直後に他人と笑って話をする犯人《ホシ》はこれまで俺は何人も見て来ている」

上原夫婦が立ち上がった。

「あっ、動きます」

「追いかけてみるか、何用あって浅草をうろついているのか」

二人は楽しそうに笑いながら業平《なりひら》橋の駅のほうへ言問通りを歩いていく。二人とも歩調が速く、この辺りに土地鑑がある歩き方に思えた。もっとも由美は何度も〝みんまや〟に通っているから慣れていて当然ではある。

「立石さん、南部の遺体が発見されたのはこのすぐ近くです」

「わかってる」

川縁に出て家並が急に開けると、空には東京スカイツリーが聳《そび》えていた。

「ワアーッ、大きい……」

草刈が言うと、立石が、俺はむこうの通りを行く、と足早に横断歩道を渡った。夫婦は一軒のレストランに入った。

草刈は中の様子を見ながらレストランを通り過ぎた。立石は通りを隔てたむかいにある車の販売店の前に立って、うなずいた。

草刈は先の信号で通りを渡って立石のそばに行った。

「夕食ですかね……」

「だろうな」

草刈たちが立つ背後には大手自動車メーカーの販売店があり、その隣りには修理工場もあった。むかいの上原夫婦が入ったレストランの隣りも板金工場だった。

「美味《うま》そうな店だな」

「本当ですね」

通りに面したそのレストランは昔ながらの下町の洋食店で、時折、引き揚げる客を主人らしきコックのユニホームを着た恰幅の良い男が見送っていた。

店内は外からも見渡せて、上原夫婦はカウンター席で食事をしていた。

「サンドウィッチか何か買って来ましょうか」

「ああ、車をここへ呼んだ。あと二、三十分で着くだろう。そうしたら車の中で済ませよう。あの灯りを見ろ」

立石がレストランや板金工場のある後方の空が明るくなっているのを指さした。

「何ですか、あれは」

「花見に決まってるだろう」

「あっ、そうですね」

草刈はレストランのむこうに隅田川が流れ、墨堤通りの桜並木が見事な花を咲かせていることを思い出した。

「もう満開なんですかね」

「知るか、そんなこと」

目の前を大型トラックが疾走した。足元を攫うような冷たい風が吹き寄せた。

——花冷えの夜なんだ……。

店に入り一時間余りが過ぎた時刻に上原龍一だけが出て来た。待機車は三十分ほど前に来ていた。

「立石さん、出て来ました。上原龍一一人だけです」

立石はサンドウィッチを口にしたまま上原を睨みつけて言った。

「行くぞ。女が店を出たら連絡しろ」

運転役の捜査員にそう告げると、立石は車から飛び出した。草刈も続いた。

二人は信号機から通りを渡った。レストランのすぐ脇の道に上原は入って、北に歩き出した。そこは住宅地と工場が混在している一角で、上原は一戸のちいさな工場の前に着くと、建物の左手にある呼鈴を押した。入口の灯りが点り、すぐにシャッターが上がって、上半身は下着、下半身は整備服のズボンを穿いた男があらわれた。上原の顔を見ると白い歯を見せ、半開きのシャッターを上まで押し上げた。

作業場の灯りが点ると、そこに捜査本部で配られた手配書そのままのワゴン車が照明に浮き上がって見えた。

草刈は息を飲んだ。

――こんな場所に……

上原は車を見回し、タイヤを靴底で蹴ると、整備の男を振りむいて笑った。男は車のキーを上原に渡した。上原はワゴン車のドアを開けて運転席に座るとすぐにエンジンをかけて、二度、三度アクセルを踏んだ。

「ヨオーシ、草刈、車に戻ろう」

二人は待機の車にむかって駆け出した。

ワゴン車はレストランの前に停車した。上原は店内に戻り、すぐに由美と一緒にあらわれた。主人が見送りに出た。笑い声がこちらまで届く。

車に二人が乗り込んだ。草刈たちの車は通りをはさんで逆方向にむいている。

「さあどっちだ」

立石がつぶやく。

上原の車は曳舟《ひきふね》の方へ走り出したかと思うと信号の前でいきなりUターンした。

「ピンポーン」

立石が笑った。

草刈は立石がそんな言葉を使うのを初めて聞いた。

立石は猛スピードで走るワゴン車を見ながら言った。

「野郎、このまま交通違反の現行犯でしょっ引いてやろうか」

「泳がせろ、が主任の指示ですよ」

草刈が言った。

「わかってるよ。時には強引にやった方が解決の近道ってのもあるんだ」

上原の運転するワゴン車は言問通りを走り、ほどなく入谷《いりや》から首都高に入った。

車は早稲田インターを降り、以前、上原夫婦に面会した目白の高級ホテルの地下駐車場に吸い込まれていった。

「優雅なもんだな」

草刈たちの車はホテルの前の表通りに駐車した。

車を降りて立石はフロントに向かい、草刈は地下駐車場へと降りていく。入口付近で待機し、上原夫婦が駐車場のエレベーターに乗り込むのを確認してからワゴン車に近づいた。ポケットから携帯用の懐中電灯を出し、タイヤを調べる。そうして次にガラス越しに電灯を車内にむけ、後部座席を覗き込んだ。

立石が遅れて駐車場に降りて来た。両肩が盛り上がったような歩き方に興奮がみてとれる。

「どうだった?」

「タイヤは新品に替わっています。外からではよく判断できませんが、後部席の床も含めてシートを張り替えた形跡もあります」

「ヨォーッシ、これからあの整備工場に入る。野郎、調子に乗ったな。車もろとも首根っ子をおさえ込んでやる」

「△△整備工場は、先刻の男が社長だと思われます」

草刈が携帯電話を手に告げた。

16

夜十一時、立石と草刈は鑑識課員をともなって墨堤通り下の△△整備工場を訪れた。

整備工場は二階が住宅になっており、立石が家屋の左手にある入口の呼鈴を押すと、整備工場の経営者である小宮勇次《こみやゆうじ》はすぐに玄関口にあらわれた。

小宮は立石と草刈の姿を見ると、一瞬、表情を変えたが、どちらさん、と訊いた。

立石が名前を名乗り、警察手帳を見せてもさして驚きもせずに、

「何の用だ?」

とぶっきら棒に言った。

「さっきここから納車された上原龍一の車のことで工場を見せてもらう」

小宮は令状をちらりと見ると、今、工場を開ける、と言って奥に戻ろうとした。そのドアを立石が右手でおさえて言った。

「そのままにしていろ」

小宮は立石を睨み返した。

立石は中に入り、左手の工場に続くドアのノブを回した。その手を小宮が制そうとすると立石は払いのけて、令状が出てるんだ、勝手なことをするとしょっぴくぞ、と野太い声で言った。

階段の上の方から女の声がした。

何でもない、入ってろ、と小宮が上にむかって怒鳴った。

工場のドアが開くと立石が草刈を見た。草刈は振りむき、車の前に待機していた皆川満津夫にむかってうなずいた。

鑑識課員が工場に入った。

「おい、道具を勝手にさわるんじゃない」

小宮が声を荒げると、立石が怒鳴った。

「これは殺人事件の強制捜査だ。邪魔をすると公務執行妨害になるぞ」

皆川たちは一斉に工場の隅にカバーをかけて保管してあるタイヤを調べはじめた。

「じゃ、少し話を聞こうか」

立石は小宮を工場の隅へ連れて行き、

「タイヤ交換のほかに、上原の車は何の修理をしたんだ？」

小宮は眉間にシワを寄せた。

皆川が草刈に近寄り耳打ちした。

――タイヤ跡、ほぼ一致。

立石が草刈を見た。草刈は立石にちいさくうなずいた。

「上原が車をここに持って来たのは何日だ」

草刈は立石と小宮の話を聞きながら工場の中を見回していた。

「仕事の台帳があるだろう。それを見せてもらおうか」

小宮は工場の奥のガラスで仕切られた事務をする一角へ行った。そうして机の上に立てかけてあったファイルケースを出した。

「あっ」

草刈が声を上げた。

何だ？　という顔をして立石が草刈を見た。

草刈が事務所の壁に貼ってあるカレンダーを指さした。

ねぶた祭りの写真が入ったカレンダーに青森市の観光局と印刷してあった。

「小宮さん、あんた出身は青森か？」

立石がすかさず訊いた。

「い、いや……」

小宮が口ごもった。

「奥さんは？」

「あ、あいつも……」

小宮の目が泳いだ。

立石と草刈は同時に上を見た。草刈が工場の床を蹴るようにして二階にむかって走り出した。

階段を駆け上がり、ドアを押し開いた。

女が携帯電話を耳に当てていた。

「待ちなさい。そのまま電話を置いて」

草刈は女に近づきながら、携帯電話を渡すように手を差し出した。女はおずおずと携帯電話を草刈に渡した。草刈はすぐに発信履歴を見た。


小宮と同居人の女の任意同行を立石が求めている時、草刈の携帯電話が鳴った。

目白のホテルで上原夫婦を監視していた同班の刑事からだった。

「はい草刈です。何？　上原が一人で出て来た？」

草刈の声を聞いた立石が草刈の携帯電話を取って事情を聞いた。

草刈は女を見た。

――やはり先刻の電話は上原夫婦に繫がっていたのか……。

「車はどうした？　地下駐車場にあるんだな。一人は車を見張ってろ。もうすぐ押収できるから」

立石は草刈に電話を返してから小宮の顔を睨みつけて言った。

「小宮、上原とはいつからの知り合いなんだ？」

「……」

小宮は視線を足元に落としたまま何も返答しない。

「小宮、おまえ、あの車が殺人事件の被害者の死体《ホトケ》を運んだのを知ってたな」

小宮が顔を上げて立石を見た。

「刑事さん、任意同行に俺は応じるつもりはない。夜中に人の家を掻き回しやがって、殺人事件？　俺には何のことかさっぱりわからない」

小宮の言葉に立石の表情が変わった。鼻孔がふくらんでいる。

――イケナイ……。

草刈が立石の動きを制止させようとした時、立石は小宮の上着をつかみ上げていた。

「手前、暴走族《ゾク》上がりか、警察を舐めんじゃねえぞ」

小宮が立石の手首を取った時、立石は左手で小宮の顔面にむかって拳を突き出そうとした。

その瞬間、小宮の右手が立石の顔面をとらえた。立石は大袈裟《おおげさ》に床に倒れた。そうしてニヤリと笑うと、

「ヨオーシ、公務執行妨害の現行犯だ。草刈、しょっぴけ」

と声を上げた。

「は、はい。署まで同行願います」

草刈があわてて言うと、立石が怒鳴った。

「願いますじゃねえだろう。バカ野郎」

草刈が小宮に手錠を掛けた。

「汚ねぇ真似しやがって」

小宮が地面に唾を吐いた。

女が口に手を当てて小宮を見ていた。

「ほれ、あんたも一緒に署まで来てもらうからな」

女はやはり三厩村の出身だった。

それを知った時、立石は呆きれたように言った。

「いったい何人の女があの村から東京に来てるんだ。それも揃いも揃って、この事件《ヤマ》に関わりやがって」

小宮は黙秘したままだった。

女の携帯電話の発信履歴には、目白のホテルの代表番号が残っていたが、上原夫婦と連絡を取ったのかという質問には答えなかった。

捜査員は上原龍一の身柄を確保、赤坂署まで連行してきていた。妻の由美には別の刑事が事情を聴いているという。

　立石と草刈は畑江に捜査の経過を報告した。

「鑑識からの報告は受けました。ホテルから押収したワゴン車の鑑識結果が出次第、上原龍一への逮捕状をとります。その整備工場の経営者の……」

「小宮勇次です。小宮の妻が上原由美と同郷です」

「立石君、その口元が相手の暴行の跡ですか？」

　立石は赤くなった口元を手でおさえた。

「面目ありません」

「面目ですか。先刻、鑑識課員から、捜査について行き過ぎがあったと報告が上がっています。どういう捜査だったんですか」

　畑江はあきらかに不愉快な顔をしていた。

「はあ……」

　立石が口ごもった。

「君が話しにくいようだったら、草刈君から話してもらいましょうか」

　畑江が草刈を見た。

　草刈は畑江の鋭い視線を逃れるように机の上に視線を移した。

　草刈はゆっくり顔を上げて言った。

「主任、何を説明すればいいのでしょうか」

「それがあなたの返答ですか」

「はい」

草刈ははっきりと言った。

17

死体遺棄の容疑で逮捕された上原龍一は、一貫して黙秘を続けていた。

稲本、矢野が殺された時間帯には、夫婦ともに赤坂の〝佐久〟で働いており早々にアリバイが成立した。南部殺しに関して上原がワゴン車を用意したことは間違いない。ただ、南部が殺された一月二十四日、上原由美は佐久の自宅に戻っており、ワゴン車のことも知らないと供述したため逮捕状をとるには至っていなかった。

草刈は畑江に、自分が由美に話を聞きたいと申し出た。

「由美の従姉妹である菊子の死がすべての事件の根本にあるんです。一向に真実が見えてこないのは、三厩村の女たちが共闘してそれを隠し通してるからです。女たちの結束があれほど強いのは、男というか、男たちが支配する社会に対する根強い不信があるからじゃないでしょうか。ミツノが姿をくらましてもう二日になります。彼女が暴走したら、新たな被害者が出るかもしれません。ミツノ自身の身に危険がおよぶかもしれない。ミツノを守るために上原由美に協力を求めたいのです」

畑江は静かにうなずいた。

上原由美は黙りこくったままテーブルの上に置いた彼女の手をじっと見ていた。

草刈は腕時計を見た。取調室で由美と対面し、もう一時間が過ぎようとしている。

南部の遺体を〝みんまや〟脇の空き地から墨堤通りまで運んだ車のタイヤ跡が、小宮の整備工場から発見されたタイヤと一致したことで、上原龍一が南部の死体遺棄に関与した可能性がきわめて高いことを、草刈は最初に由美に説明した。

その時だけ由美は息を飲むように表情を変え、右手で洩れそうな悲鳴をおさえるようにしたが、夫がワゴン車に乗って上京していたことは知っているが、自分は何も知らないと言ったきり、南部の名前にも、矢野美津乃の名前にも、ただ首を横に振るだけだった。

「あなたはミツノさんに笛を教えていましたよね」

「……………」

由美は唇を結んだまま何も答えようとしない。彼女の表情が変化したのは、隣室で夫の上原龍一の取調べをしている立石の怒声と何かがぶつかったような音がした時だけだった。

聞こえて来た立石の怒声で、隣室の調べも行き詰まっていることが草刈にわかった。

草刈は由美を見た。

ほつれた耳元の髪を由美が右手で直した。その横顔が草刈の胸の内ポケットにずっと持ち続けている牧野菊子の若い時の写真と似ているのに気付いた。

——そうだな、従姉妹同士なんだから似ていて当たり前だ……。

三厩村で見せてもらった由美たちの卒業アルバムのページがよみがえった。

あの卒業アルバムの無垢な笑顔には彼女たちが抱いていた希望があったはずだ。それを無残に打ち壊したのは、花柳界という世界が持つ歪んだ面と、それを利用して彼女たちを弄《もてあそ》んで来た男たちの強欲のはずだ。事件の根源にあるのは人を人と思わない男たちの恥ずべき生き方なのだ。

「上原さん、私が警察官になりたいということを言い出した時、警察官だった父が或る話をしてくれたんです。人間は生まれて来た時から悪いことをしようと生きる人は一人もいない、と。その人が罪を犯した状況を見ると、そこに社会の悪というものに巻き込まれたり、手を染めざるを得なかったりする事情がある。警察官が糺《ただ》すのはその悪の根なんだ、罪人を捕えるのが最後の目的じゃないんだ、と言ったんです」

由美が顔を上げて草刈を見た。

「自分は若くて未熟ですから、この事件の根源にある悪の正体ははっきりとは見えていませんが、牧野菊子さんが犠牲者だということは確信しています。菊子さんの身に起きた悲劇が、今、すべての事件の元にあるのです。この真相を私たちがつかまないと、次の犠牲者が出ます。それもあなたが子供のように面倒をみてきた娘さんがその犠牲になるのです」

草刈はあえてミツノが菊子の娘であるという前提で言い切った。

由美が目をしばたたかせて草刈を見返した。その表情は、草刈が話していることの真意を知りたいという目だった。

まだ誰にも明かしていない推理を、草刈はここで口にした。

「ミツノさんは須田音美に続いて横尾研次郎を殺害しようとしているのではありませんか」

「そ、そんな……」

「本当です。ミツノさんは自宅に帰らず、赤坂のどこかに身を潜めています。この街は彼女が生まれ育った庭みたいなものですから、私たちには見えない彼女の隠れ場所があるのでしょう。しかし、もし横尾がミツノさんの狙いを察したら、先に手を打たれる可能性があります。ミツノさんの命にかかわります。そして……」

草刈は少しためらって、声をひそめて言った。

「この件の背後には、赤坂署の刑事の手嶋房一がいるのです」

「……手嶋……」

由美が手嶋の名前を静かに口にした。

「ご存知ですね。手嶋刑事を？」

由美がはっきりとうなずいて言った。

「あの刑事さんは悪い人です。菊子さんがあんなふうになったのも、あの男のせいです……」

「事件の話をしていただけますか」

由美はちいさくうなずき、ぽつぽつと話をはじめた。

「私は菊子さんと三厩村から上京して、赤坂で一緒にいました。二人して半玉から一本になって、お座敷に上がれるようになって、菊子さんはあの方に出逢ったんです。日に焼けた顔の中の瞳がとても澄んでいる方でした。〝日本一の鯨取り〟と言われても、そんなことを少しも自慢するような人じゃありませんでした。見ていて、稲本さんが菊子さんを好きなことも、菊子さんが稲本さんを好きなこともわかりました。一年に二度しか逢えない人でしたが、菊子さんはそれをたったひとつの楽しみにして頑張っていました。けれど私たちは恋なんかしてはいけない女です。それが女将さんや置屋のお母さんに知れたら大変です。二人は逢瀬の場所もなくて大変だったと思います。そんな時、トミコさんが浅草で縁あって、待合を引き継いだんです。トミコさんは故郷への想いを屋号にしたんです。〝みんまや〟は二人にとっても、私たちにとっても天国みたいな家でした。ですから、南部さんがあんなことになったのが信じられないんです」

草刈は思い切って由美に尋ねた。

「ミツノさんは誰のお子さんなんでしょうか。父親は本当に矢野勝美さんですか」

「……………」

由美は何も言わずにゆっくりと首を左右に振った。

「ミツノさんは菊子さんのお子さんですね。お父さんは……」

草刈が「稲本」と言おうとした時、由美は草刈の顔を見上げた。切れ長の瞳に涙があふれていた。

「刑事さん、遠い昔のことです。皆しあわせになるために生きて来たんですよ。菊子さんがあんなことにならなければ……。お座敷は女の生きる場所であって、女の人が決して主役なんかにはなれないところなんです。あそこは怖い鬼が棲んでいるんです……。刑事さんは三厩まで行かれたんですね。寒いばかりで何もないところでしょう。吹雪《ふぶ》き続ける空と海峡の海鳴りばっかりでしょう。何もないところですが、私たちの大事なふるさとなんですよ、あそこは……。でも短い春も、夏も、それは綺麗なんです。あそこで生まれて、あそこで大きくなった人だけがそれを知ってます。皆でいろんなことを話して、どんな明日が来るんだろうって……。あそこから皆で出て来たんです。海の幸を捕るしか糧を獲る術《すべ》はないんです。三厩村の女は嫁ぐか、都会に出て花柳界で働くしかありませんでした。上京して、それぞれ違うところで働き出しても休みの日はできるだけ皆で逢うようにしていました。皆の顔を見たら、辛いことや嫌なことも忘れることができました。私は菊子さんが一緒に居てくれたから、他の皆よりは良かったんです。菊子さんは頑張り屋で、たまに皆で逢った時に、泣き出す子がいると、ちゃんと元気付けてくれるんです。私もそれで何度も助かりました。外から見れば華やかに見える世界ですが、本当はとても厳しいところだし、他所の村から来た子で逃げ出す子も大勢いました。私もそう思った時がありました。そんな時、菊子さんは私に、由美ちゃんは笛の名人になるのよ。なってたくさんのお座敷に呼ばれるわよ、と勇気付けてくれました。菊子さん、赤坂に来てから見る見る綺麗になりました。毎日逢ってる私がそばで見ていても驚くほどでした。あの世界は器量良しが辛い思いをするんです。ひどい嫉《ねた》みも苛《いじ》めもありました。そのすべてを私が知ってるわけはありませんでしたが、菊子さんが陰で泣いていたのはわかるんです。でも菊子さんは明るく笑っていました。菊子さんが身籠ってしばらくしてから、お腹の子供の父親は稲本和夫さんだと思うと打ち明けられました。でも、菊子さんは横尾研次郎先生ともお付き合いがありましたから、それを隠し続けたんです」

「えっ？　横尾研次郎？」

　草刈は素っ頓狂な声をあげた。

「菊子さんの旦那さんは須田音美議員だったのではないのですか」

「いえ、違います。菊子さんは須田先生のお座敷に出ていたところを横尾先生に見初められたのです。横尾先生はかなり菊子さんに執着されたと聞いています。当時から須田先生は横尾先生に頭が上がりませんでしたから、ご自分のお座敷ということにして、横尾先生と菊子さんのデートの費用をずいぶん持ってあげたんじゃないかしら」

「なるほど……」

「赤ん坊を産むことは、芸者にとっては引退を意味します。ですから、私は誰にも話しませんでした。菊子さんは極秘に出産後すぐにお座敷に出ていました。そして十九年前の三月十四日、横尾先生や須田先生のお座敷で、死んだんです。菊子さんの身体中に鬱血した跡がありました。横尾先生にはよくない噂がありましたから、ひどい弄ばれ方をされたんでしょう。横尾先生は赤坂の上客でした。だから手嶋刑事が手をまわして、菊子さんの死因を肺炎ということにしてしまったんです。ミツノは、秘書だった矢野が須田先生に命じられて養子にしたんです。こういうことは、これまで何度もありました。でも、私たちはここでしか生きていけないんです。ここの掟を守らなければならないんです。そういう世界があるということを刑事さんならわかるでしょう。稲本さんにも菊子さんの死因は言いませんでした。

ミツノは菊子さんの娘ですから、三厩村の娘なんです。三厩村の女たち皆でミツノを育てました。稲本さんは上京するたび、ミツノと〝みんまや〟で逢っていました。おかげさまで気立てのいい、菊子さんそっくりの器量よしに育ちましたよ」

草刈は以前から気になっていたことを口にした。

「ミツノさんには友達はいましたか？　同年代の幼馴染みとか」

「ええ、近所の男の子といつも一緒に遊んでいました。まるで姉弟のようで、稲本さんもずいぶんかわいがって」

「それは小橋祐也君ですか」

「そうです。ミツノや小橋君も稲本さんのことを〝和歌山のおじさん〟と慕っていて、夏に二人で稲本さんのところへ遊びに行っていました。小橋君は和歌山で漁をしたことを喜んでいて、稲本さんからもらった銛を大切にしていました。

十八歳でミツノはお座敷に上がりました。それで矢野が須田先生に紹介したんです。ミツノは菊子さんの娘だから驚くほど綺麗で、すぐにたくさんのお座敷に呼ばれるようになりました。最近では義父の矢野までミツノを女として見るようになっていたくらいです。

もちろん私たちは須田先生のことも横尾先生のこともミツノには言いやしません。菊子さんも実のお父さんも病気で死んだと教えてきましたから。ところがある時、ミツノは菊子さんの死んだ日のことを感づいたようです。〝津島〟の帳簿を見たり、須田先生に探りを入れたりしたんでしょう。私もミツノに訊かれました。お母さんのこと知ってたの、知ってて須田先生のお座敷にあげていたの、なんで言わなかったの……。私がなだめても、ミツノは気が違ったように母の復讐をすると言い張って。

やはりミツノから報せが行ったらしく、稲本さんが慌てて上京してきました。そこから先のことは私は本当に知らないのです。あれよあれよという間に稲本さんが死に、矢野も死に、南部さんまでが……」

「南部善郎さん殺しに三厩村の皆さんが力を貸したのではありませんか？ 彼は〝みんなまやー〟で殺されたのです」

「トミコさんがあんな様子になって、私たち夫婦も長野に越してしまいましたから……。主人が車を貸したことも私は知りませんでした。刑事さん、どうかミツノを……」

先刻の青白い顔に血色が戻っている。すべてを話して踏ん切りがついたのかもしれない。

草刈は由美にむかって深々と頭を下げて言った。

「上原さん、ありがとうございました。必ずミツノさんを無事に確保します」

「どうぞお願いします」

三時間の聴取を終えて、草刈は隣室にいる立石に声をかけた。

「立石さん、こちらは終わりました」

18

夕刻から雨が降り出した。

草刈は赤坂から歩いて虎ノ門へと急いでいた。

一ッ木通りの脇道を抜けようとした時、細い路地から傘を差した和服の女があらわれた。

若い女だった。

――芸者だ。

暗くて顔は見えなかったが、草刈は彼女の立ち居振舞いですぐにわかった。

路地は狭かったので、傘を持つ相手が通るには草刈が道を譲らねばならなかった。

相手はゆっくりと壁際に立つ草刈の前を傘を少し斜めにして通り過ぎ、ありがとうございます、とはっきりした声で言い、草刈の顔を一瞬見た。ミツノではなかったが、若くて小柄な芸者だった。

白塗りの肌に大きな瞳が草刈を見た時、思わずドキリとした。

草刈は胸の奥でつぶやいた。

——装っているのだ。演じているのだ……。

その言葉が胸をついて出た時、ミツノへの印象が変わった。

——彼女はか弱くなんかない。十分に強靱《きょうじん》な女性なのだ……。

現場にはすでに立石の車が停まっていた。

「よりによってヨコケンの張り番とはな、俺もヤキがまわったもんだ……ちょっと表に出るぞ」

立石が車から降りて、ビル脇の路地の隅へ行き煙草を吸いはじめた。

草刈はタメ息をついて立石を見た。

もう三日間、ミツノは赤坂の自宅マンションに戻っていなかった。

横尾研次郎は須田の葬儀の翌日からいつもどおり虎ノ門の事務所に顔を出している。

ミツノだけが、まるで重要参考人としてマークされていることを察知したかのように行方をくらましていた。誰かがミツノを匿《かくま》っているか、それともホテルを転々としているのか、多くの捜査員が関係先を当たっているがまだ手がかりはつかめていない。

そろそろ午後七時をまわろうとしている。

矢野も須田もすでに亡く、ミツ十九年前の三月十四日、〟津島〟のお座敷にいた最後の一人が横尾だった。ミツノにとっては母の死に関与した仇のはずだ。それなのに——。草刈は須田の葬儀でミツノがノが見せた表情が忘れられなかった。横尾の耳もとに顔を寄せ、笑みを浮かべ、何事かを囁いているように見えた。いったい何を考えているのだ。

——ミツノもまた三厩村の女なのだ。

「あっ、出て来ました」

秘書らしき女を従えて横尾がロビーを足早に通り抜けようとした。

「やはりいたか。こいつがミツノを匿っていたらたいした奴だが……」

19

草刈は横尾が入った旅館の外灯をぼんやりと眺めていた。

赤坂の町屋が密集する界隈にひっそりと建つ、そうと聞かなければ民家としか見えない待合旅館だった。先刻、横尾が一人で入ってからもう一時間になる。地元の刑事に聞くと、政治家がお忍びで逢い引きしたり、作家がカンヅメになって仕事をしたりする旅館らしい。

ひとつしかない玄関を見張っているが、横尾が入って以降、今夜は誰の出入りもなかった。

草刈は左むかいのマンションの建物と右むかいのマンションの間の丁度二階の高さに、白く光るものがあるのに目を止めた。

携帯用の双眼鏡を取り出して覗いた。

桜の木だった。照明の灯りで桜の花が浮かび上がっている。昨夜まではこんな路地に夜の照明はなかったから、開花とともに照明を入れたのだろう。

桜の木のむこうに大きな瓦屋根が見える。あの大きさは寺か、神社の建物だろう。双眼鏡を左にずらすと墓所も見えた。

赤坂は都心ながら山王日枝神社を筆頭に寺社が多い街である。矢野勝美が殺害された工事現場の背後も赤坂不動尊に続く急勾配の土地だった。

――むかいのマンションの奥はどんなふうに、あの墓所まで続いているんだろう。

草刈はポケットから手帳を出し、自分が張り込んでいる旅館とミツノの部屋があるマンション、桜の木と墓所の見える寺の地図を簡単に記してみた。

旅館もまた墓所に接していることがわかる。もし横尾が旅館から密かに出ようとするなら、二階から裏手の墓所へ飛び降りれば、簡単に逃げられる気がした。

――まさかな……。

草刈は、本部の事務の女性に言って、この近辺の地図を用意してもらおうと思った。

今夜も雨だった。春の長雨が街を濡らしていた。

雨は、嫌いではなかったが、五日も続くとさすがに鬱陶《うっとう》しくなる。

午前一時半を過ぎた頃、横尾は一人で旅館を出てきた。同時に外灯も消えた。

「ちょっと話を聞いてこよう」

業を煮やした様子で立石が車から出た。

「横尾にバレますよ」

「かまわん。どうせ手嶋が内通しているんだ」

「じゃあ客のフリをしましょう」

「何？」

立石が目をむいて草刈を見た。

玄関の引き戸を開けて、草刈はフロントの女性に言った。

「予約してないんですけど、これから少し休めますか」

中年女性は二人をジロリと眺め、

「もう遅いから泊まりになるけど」

「わかりました」

草刈は応え、前料金を支払った。二階への階段を上りながら、

「おまえ慣れてないか」

立石は不気味なものでも見るような目をした。まさか、と草刈はちいさな声で笑い、

「三階の部屋を片付けてますよ」

と立石に教えた。

「くれぐれも乱暴はやめてください……」

草刈の言葉も終わらぬうちに、立石はシーツを持った女に近づき肩を叩いた。

メガネの女は振りむき立石を見ると、切なそうな声で、何でしょうか、と訊いた。わずかにたどたどしい日本語だった。

立石は人さし指を唇《くちびる》に当て「シィッ」とジェスチャーし、顎をしゃくって女に部屋に戻るよう促した。

襖を後ろ手で閉めて、少し小声で話そうか、と相手を睨んだまま言うと、メガネの女はおどおどした目で立石たちを見返し、ちいさく二度、三度うなずいた。こちらの正体を察したような気配があった。

「ほう、たいした部屋だな」

立石が二間の和室を見回して言った。

手前の部屋に文机がなぜか斜めにずれて置かれていた。座布団もあちこちに乱れている。

奥の六畳間には布団が敷かれている。部屋の隅に浴衣が畳まれたまま置かれているのが見えたが、浴衣の紐だけが二本、固結びで結ばれて布団の上に落ちていた。

バスルームを使った形跡もある。

立石はシーツを持ったままの女にむかって、

「この部屋でセックスしていたのか」

と訊いた。女はニヤリと笑って、鼻先をシーツに付ける仕草をした。犬のように彼女の鼻先が動いた。女は、している、と返答した。

立石はまた目をむいた。

メガネの女がシーツを持ち上げた時、草刈は奇妙な感覚にとらわれた。それは鼻がむず痒いような感じで、以前どこかで嗅いだ匂いが立ちのぼった気がした。

「あっ！」

草刈は思わず声を上げた。

それは〝匂い袋〟の香りだった。

おそらくミツノが一緒だったはずだが、彼女の姿は消えていた。


翌朝の捜査会議には警視庁から捜査一課長が出席した。

「三班を配していまだ重要参考人を捕まえられないとはどういうことだ。畑江君、君が指揮をとっていながら……」

畑江は神妙に頭を下げていた。

草刈は捜査に失態があったとは思っていなかったが、一課長が檄を飛ばしにきたのには理由があった。今朝の新聞各紙に遅々として進展しない連続殺人事件の捜査に対して批判的な記事が掲載されていたのだ。

　立石は畑江に深々と頭を下げた。

「主任、昨夜は目と鼻の先でミツノを逃がしてしまいました。申し訳ありませんでした」

つられるように草刈も頭を下げていた。

「何の真似ですか」

　畑江は表情ひとつ変えずに立石を見た。

「横尾とミツノが男女の関係を持っているらしいことがわかっただけでも収穫です。彼女は我々に追われているとわかっているから、待合を使ったことのない人間にはわからぬような裏口のある旅館で横尾と会うのです」

　畑江の言葉に皆がうなずいた。

「追われていてなお横尾に接触するミツノの動機はなんでしょう。芸者として上客の欲望に応えているだけなのか。もしミツノに復讐の動機があるなら機会は何度でもあったはずです。なぜ須田はあっさり殺され、横尾は無事でいるのか……。疑問点はずいぶん絞られてきています」

　草刈は思い切って発言した。

「昨日の部屋の様子にはどこかおかしい気配がありました。男女の普通の営みではない、どこか異常な性の空気が感じられたのです。たとえば浴衣の紐が何に使われたのかとか……」


「また何の根拠もないことを。おまえ何が言いたいんだ」

立石が怒鳴った。

「突拍子ついでにもうひとつ話していいでしょうか」

草刈が身を乗り出して畑江を見た。

「調子に乗るな」

痛い、と草刈が声を出した。

机の下で立石が草刈の脛《すね》を蹴っていた。

「どうぞ話してみなさい」

畑江が笑って言った。

「実はあの旅館の部屋から、稲本和夫が持っていた〝匂い袋〟と同じ匂いがしていたんです」

畑江と立石が同時に草刈の顔を見返した。

「ほう、それは興味深い話ですね」

「そんな匂いがしたかな……」

立石が首をかしげた。

20

その日の午後、内幸町にある旧財閥系の記念ホールで東京の六花街主催による発表会が開催された。

花柳界の衰退が言われてひさしいが、それでも六花街合同の会は五年振りとあって、出演する芸妓の数も揃って、二時間半の公演が華やかに執り行われた。三百人収容のホールに客は七割方の入りだった。このホールをぐるりと囲むように捜査員が大量に動員されていた。

今朝、手嶋刑事のもたらした情報で、この会にミツノが笛の奏者として出演することがわかったからだ。捜査本部は俄然、色めきたった。

客席にはかつてミツノに笛を教えていた〝佐久〟の女将、上原由美の姿があった。

驚くべきことに、一部と二部の幕間には、横尾研次郎までが姿を見せた。たちまち〝津島〟の津島サク江が嬌声をあげ、ホール入口では横尾を囲む芸者たちの着物姿で前も見えぬありさまだった。

会は三部構成になっていて、ミツノが出演する笛の演奏は二部の最後だった。

日曜日の昼間の公演のせいか、観客の中には関係者と思われる親子連れもいた。それでも客の大半は年配者だった。

ミツノを確保するため会場外で張り込みを続ける班、場内の楽屋を見張る班、そして横尾をマークする草刈の班までがホールに集結し、花柳界を彩る華やかな着物姿と、刑事たちの黒いスーツ姿とで、会場は異様な雰囲気につつまれていた。

草刈の隣りの席には、普段着のジャケットを着て客に紛れた立石が不機嫌そうな顔をして座っていた。

「立石さん、奥さんをお連れになれば良かったんじゃないですか」

「バカか、おまえ。そんなことをしたら俺がお座敷遊びをしているように疑われるだろう」

「あ、立石さん、あそこ……」

草刈が目配せをした方に、津島サク江に案内された横尾研次郎が秘書らしき女性を伴って席につく様子が見えた。

「おいおい何だ、あの野郎」

その横尾の席の真うしろから中腰になった手嶋房一が横尾に挨拶していた。手嶋の隣りでも同じように横尾に挨拶する女性がいた。

「手嶋の野郎、まるで横尾のボディーガード気取りだな。再就職でもするつもりか」

「あの人の情報でミツノが捕まえられるとしたら、いいじゃないですか」

言いながら草刈は妙な感覚がした。

二部の最後の演目である笛の演奏をする芸者が登壇した。ミツノは右端にいた。年齢からして彼女が一番の若手であることはすぐにわかった。

七人の笛を手にした芸者が毛氈《もうせん》に座り、その背後に、太鼓、三味線、鉦を奏でる芸者衆が並んだ。

ミツノのちいさな身体は遠目にもかがやきを放っていた。笛を手にした凜とした姿勢に草刈はしばし見とれた。人を殺《あや》め、追われる身とはとても思えぬ堂々とした姿だった。ミツノの確保を担当する班は舞台の両袖に控えている様子が見てとれた。

笛の演奏がはじまった。草刈は笛の音をきちんと聞くのは初めてだったが、かつて一度だけ、芸者の舞いの披露を見学したことがあった。

高校生だった草刈は、半玉を終え、初披露目が済んでほどなく舞いの発表会に出演したカナコの踊りを人目を憚るようにして見た。遠目にも、彼女が緊張しているのがわかったし、それ以上に彼女の美しさに胸が高鳴った。それは同時に若い草刈にはわからない、華やかな世界の中で舞う、彼女の美しさへの不安を掻き立てるものだった。

ドンと太鼓の音が響いて草刈は我にかえり、舞台に目をやった。

掛け声とともに三味線、鉦の音が加わり、笛の音が続いた。

高調子《たかちょうし》の明朗な音律だった。ミツノが懸命に奏でているのが目に見えて伝わった。

二部の最後は、中心に座していた芸者が横笛を笙《しょう》に替えた。後方の鉦をつとめていた芸者が銅鑼《どら》を前に置き、それを大きく打ち鳴らすと、笙の音色が会場に響き渡った。

雅楽の演奏で耳にする音階だった。ミツノたち六人の奏者が横笛で同じように尾を引くような音色を重ねた。

——そうか、笛の起源はここにあるのか。

草刈は静まって演奏を聞き入る客の顔を見た。

横尾も、その隣りに座った津島サク江も、少し離れた席にいる上原由美も真剣な顔で演奏を聞いていた。

草刈はミツノを見た。表情までは遠くてよくわからないが、素朴な音階と荘厳な音律がくり返し耳に入って来ると、草刈はこの演奏が何かの告知のように思えた。

草刈は胸の鼓動がいつになく速く打っているのに気付いた。

膝の上に置いた手を握りしめた。掌に汗を掻いているのがわかった。演奏が終わり、笙を置いた中央の芸者がお辞儀をし、それに続いてミツノたちが深々と頭を下げた。会場から割れんばかりの拍手が起こる。

その時、異変が起きた。

拍手の音にまぎれて、短い叫び声が聞こえた気がした。

横尾は何かに驚いた表情をしていた。その大きな身体がゆっくりと座席の中へ崩れ落ちていくのがわかった。後席の手嶋が立ち上がって何かを叫んでいるが、拍手にかき消されてよく聞こえない。

その近くでは、何も気付かぬ様子の上原由美が懸命に拍手を続けている……。

草刈は立ち上がり、横尾を立石にまかせて会場の出口へと繋がる階段へ走った。

逆側の階段を登る人の列の中に、一人の若者の姿を見つけた。流行《はやり》の帽子を目深に被り、うつむいたまま人を追い越していた。前方の人にぶつかっても謝ろうともせずに足早に階段を駆け上がっていく。

玄関ホールに出て先刻の若者の姿を捜したが、もうどこにも見えなかった。

ホール内は騒然とし、芸者たちの叫び声と捜査員の怒号が飛び交っていた。

草刈を追いかけてきた立石は、

「何者かに横尾が刺された。斜め後ろから脇腹をひと刺し。容疑者は逃走。誰も犯行の瞬間を目撃していないし、ホシの姿かたちもはっきりしない」

「ミツノは?」

「舞台の袖に戻ってきたところを捜査員が確保したが、落ち着いているよ。当たり前だが、この犯行はミツノには不可能だ。事件の構図を考え直さなきゃならん」

憮然とした表情で立石が言った。

まもなくサイレンを鳴らして救急車が到着した。

ストレッチャーに載せられた横尾が人工呼吸を受けながら運び出されていく。

「あのクソ野郎、まだ生きてやがる」

「立石さん、冗談でもそんなこと言ったら謹慎になりますよ」

草刈は呆きれて言った。

遠くから若い女の奇声が聞こえた。見ると、二人の女性警察官に身柄を確保されたミツノが救急車を指さして笑い声を上げていた。

女性警察官たちがミツノを抱くようにして連行していった。

21

草刈が永田町にあるH高校を訪ねたのは、同じ日の夕刻のことだった。

赤坂署ではミツノの調べがはじまっていた。化粧を落とし平服に着替えたミツノは、それまでと打って変わって幼い少女そのものだった。平然とした素振りで雑談には応じているが、事件に関わる内容については固く口を閉ざしていた。

横尾を刺した容疑者の目撃情報、足取りを追う捜査も続いていた。凶器はありふれた果物ナイフで横尾の腹に刺さったままの状態で発見されていた。

草刈は畑江に断って、一人で署を出た。

署を出る前に、H高校の恩師に連絡を入れたが、この三月で高校を定年退職していた。電話に出た教師が代わりに応対してくれることになった。

職員通用口の前で、その教師が待っていた。

「お忙しい時に申し訳ありません」

「いや、今日は補習授業も休みで暇なんです。M先生からあなたのことは聞いていました。刑事さんになった優秀な教え子がいると。私も本校へ来てからM先生には大変お世話になりましたから、私でわかることなら……」

「ありがとうございます。もしよろしければ少し校庭でも歩きながらお話しできれば」

「勿論、かまいません。たしか草刈さんは剣道部でしたよね。じゃ道場の方にでも」

「ああ、嬉しいですね」

草刈は教師とともに校庭へ出た。

大学受験、卒業式の終わった高校の春休みは静かだった。

草刈は冬休みが明けてからの祐也の様子を訊こうと思っていた。

「小橋祐也君のことですが、実は私どもも彼のことは気になっていました。小橋君は冬休みが明けてから学校を欠席することが多くなりまして……」

「そうですか。どこか体調が悪いとか?」

「表向きの理由は体調不良ということになっていますが、彼の家は少し複雑でしてね」

「複雑と言いますと?」

「彼が幼い時にご両親が離婚されて、彼はお母さんに引き取られて育ったんです。そのお母さんが事故死と言うか、電車に轢かれて亡くなられた。それが中学生の時です。それから親戚の家に引き取られたんですが、そこの家が放任主義と言うか、少し変わったお宅で、彼は今、同じ家の敷地の中の離れで暮らしているんです」

――そうか、祐也君は独りでいるのか……。

「彼が学校へ行こうが、他の場所へ行こうが干渉をまったくしない家なんです。三学期に入って小橋君はほとんど登校していません。私どもも家庭訪問をしているんですが、なかなか会えなくて」

「小橋君の自宅を教えてもらえませんか」

「ああ、その情報は私たちには……。すみません、M先生に連絡してもらえれば、草刈さんならM先生からもしかして」

「わかりました」

「では職員室の方で……」

草刈は本校舎にむかって歩き出した教師のあとを追おうとして、前方の高い塀越しに見えるビル群の中に、稲本和夫殺害事件の現場であるRBCビルの屋上が見え、その右手に日枝神社の大樹が光っているのが目に止まった。

22

赤坂山王日枝神社は東京に数ある神社の中でも特異な地形の上に建っていた。

元々、江戸城の鎮護の社として城内にあったものを、庶民にも参詣をと麴町ついで赤坂の地に移された。この赤坂という土地が名前の通り坂を中心にして谷と台地が連なる地形で、神社は台地をひとつ擁して建立されていた。そのため本殿に参拝するには、表参道からも、裏参道からも急勾配な坂、階段を登らねばならなかった。

草刈はH高校を出たあと神社の向かいにあるRBCビルに立ち寄った。守衛に断って屋上に上がった。稲本が死んだ場所は何事もなかったように綺麗に洗浄されていた。車輛エレベーターの陰から下を見ると、神社の表参道の大鳥居、階段、神門、神殿、それらを囲む木々が見下ろせた。

薄暮の神社は静寂につつまれていた。宝物殿の屋根を被うようにわずかに蕾を残した桜木が名残の花を静かに落としていた。

神社のむこうには赤坂のビル群が夜の光にかがやきはじめている。振りむけば議員会館のビルが迫るように建っていた。

——なんだか妙な気分だ。

稲本が殺された日、Kホテル脇の下り坂で日傘を差して歩く女が目撃されていた。坂のむかいのレンガの門が祐也が通うH高校。その隣りがRBCビル。神社の反対側に見える赤坂ビルのすぐ裏手が矢野勝美の殺害された工事現場だ。〝津島〟も〝佐久〟も赤坂署も、みな半径一キロの圏内にある。

——この神社を中心に今回の事件は起こっているのだ。

草刈は何か大事なことを発見したような気持ちになった。

ビルを出た草刈は、そのまま日枝神社にむかう坂を上った。

祈禱の時間はすでに終わっており、拝殿前には人の姿はない。帰途につく数人の参拝客が西駐車場に残っているだけだった。

草刈の足は自然と神社の森へとむかった。砂利を踏む音が宵闇の境内にかすかに響く。白いシャツ姿の小橋祐也が立っていた。

「久しぶりだね」

「刑事さん」

祐也は上目遣いに草刈を見た。

「ボクもこの高校出身だと言ったよね。十七歳の頃、少し年上の女性と付き合っていたんだ。逢いたいと思えばいつでもどこへでも行って待った。その人は花柳界の人だった」

祐也は驚いたような顔をした。

「でも、その人は自殺したんだ。ボク宛ての手紙があって、それを読んで初めてその人に自分が辛い想いをさせていたと知った。彼女が死んだ原因は自分の我儘だ。自分は生きて行く価値がない人間だった。その人のことをもっと守ってあげればよかったって後悔しているよ。十三年経った今でも彼女とのことははっきり覚えているんだ。つい昨日のことのようで……。いやボクにとっては昨日のことなんだ。今でもボクはその人が好きなんだ。こうやって刑事という仕事をして、日々事件に追われているけど、ボクはその人のことを忘れたことなど一度もない」

「刑事さんの気持ち、わかる気がします。ボクにも好きな女性がいるんです。彼女に頼み事をされると断れないし、何でもしてあげたいと思っています」

しばしの沈黙の後、草刈がゆっくりと言った。

「今日、内幸町のホールに君はいたね」

「はい。もう刑事さんにはみんなわかっているんでしょ。ボクが全部やったことです。ミツノさんは無実です。横尾を刺したのはボクです。矢野も、須田も、南部さんも、稲本のおじさんも、皆ボクが殺したんです。ミツノさんが疎ましく思う相手は、皆ボクが先回りして取り除くんです。それがボクがミツノさんにしてあげられる唯一のことですから」

「本当なのか？」

草刈は祐也の目を見て言った。

「稲本和夫さんが亡くなった時、君は高校で冬休みの補習授業を受けていたと先生に聞いたよ」

「もういいです。刑事さん、みんなお話ししますから」

祐也はゆっくりと話しはじめた。

23

稲本和夫は上着の内ポケットに仕舞っておいた布で丁寧に巻き上げた二本の銛を出した。

東京の冬の陽光に銛先が鋭く光っていた。

話によっては、矢野勝美を殺害するつもりで太地から持参して来た銛だった。

十二月の初旬にミツノから届いた手紙を読んで、稲本は驚愕した。

想像もしなかったことが、義父役と頼んだ矢野と娘のミツノの間に起こっていた。ミツノを我が物にしようという鬼畜のような行動をなぜ矢野がしたのかがわからなかった。ところが手紙の後半を読み進めるうちに、考えも及ばなかったことが発覚した。

キクミが殺害されていたというのだ。そんなことがあるはずがなかった。キクミの死因は肺炎だったときちんと医師から聞かされていた。娘は気でも違ったのかと心配になった。手紙を読んでさらに驚いたのはミツノは犯人に復讐をすると決心したことだった。

稲本は矢野に電話を入れ、逢いたいと申し出た。

会話の中で矢野の行動を問いただすことはしなかったが、今後、ミツノの面倒は自分が看ることを告げると、矢野は金を要求した。そこで捕鯨の廃止を緩和してもらうための農水大臣への陳情の機会に、椎木尾功と上京した。

稲本はまず真相を知ろうと、かつてキクミとそこでよく逢った浅草の待合〝みんまや〟でミツノに話を聞こうと思った。連絡は赤坂の〝佐久〟の上原由美に頼んだ。

ところが由美に電話をした直後、矢野から宿に連絡が入った。金をすぐに持って来いと言う。稲本は約束の半金を手に赤坂の路上で矢野に逢った。案内してくれたのは〝佐久〟の主人の上原龍一だった。金が不足していたのに激怒した矢野は残りを持って来いと告げた。翌日、稲本は残りの金を用意し、椎木尾と二人、〝佐久〟へ食事に行き、上原夫婦にミツノと矢野の問題は今夜中に解決するはずだと伝えた。由美はミツノを〝佐久〟の二階に待機させていることを稲本に報せるために、ミツノに笛を吹かせた。食事を終え、椎木尾を外に待たせて会計をしに行くと、ミツノと一緒に二階にいた祐也が降りてきて自分も一緒に矢野に会うと言い出したが稲本は断った。金を渡して済まない場合、祐也を関わらせたくなかった。祐也は執拗に待ち合わせ場所を訊いた。しかたなく一ツ木通りから赤坂不動尊に入る角地の工事現場の前だと告げた。

稲本は〝佐久〟を椎木尾と去る際少し立ち止まって、二階から聞こえるミツノの笛の音をたしかめ、これですべてが終わるのだと自分に言い聞かせた。

約束の時刻に工事現場の前へ行くと矢野の姿はなかった。稲本は待つことにした。雨がひどくなっていた。時間が過ぎても矢野はあらわれない。その時、人の悲鳴を聞いた。

何だ？　今の声は……と雨音の中で耳を澄ますと、また叫び声がした。

背後の工事現場の中からだとわかった。出入口を探すと戸が開いていた。中に入ると闇の中から人の呻《うめ》き声が聞こえた。

人影がふたつ見えた。一人が膝をつき相手によりすがっている。男と女の影に見えた。

稲本は咄嗟に矢野とミツノだと思った。

「やめるんだ、バカなことをするな」

稲本が叫んで二人に駆け寄ると、よりすがっていたのは矢野だった。矢野の胸に何かが刺さっていた。まさかミツノがと相手の肩に触れると振りむいたのは小橋祐也だった。

「やってやりましたよ。この鬼畜生を。ミツノさんにひどいことをした、この鬼を」

矢野はまだ生きていた。縋《すが》るような目で稲本を見て、右手を差し出していた。祐也が刺した凶器を稲本は見た。その銛は祐也が子供の頃に稲本が贈ったものだった。

「やめろ祐也君、人を殺《あや》めてはダメだ」

制止する稲本を押しのけようとする祐也を振りのけ、稲本は矢野の胸の銛を抉《えぐ》るようにして深く刺し入れた。矢野は絶命した。

稲本は死体を隠し、祐也がどこからここに入ったかを聞き、自分がここを先に出たら、内から鍵をかけ、入って来た赤坂不動尊へ続く崖道を登って立ち去るように命じた。そうして、祐也が着ていたヤッケと帽子を預かった。

「いいか祐也君、君は殺人をしていない。殺したのは私だ。あとは私が処理をする」

祐也が震えながらうなずいていた……。


四日後の朝、ビルの屋上から眺める空は抜けるような青色であった。

東京にもこんな雲ひとつない青空があるのを稲本は初めて知った。

南氷洋へむかう船のデッキで見つめていたあの青空にどこか似ていた。耳の奥で声がした。

「いい漁になるといいな、カズ」

南部善郎の声だった。日焼けした南部の顔に笑った白い歯が光っていた。

――南部はこのことをどう思うだろうか。いやあいつならわかってくれるはずだ……。事情を打ち明けずに先に死んでしまう自分に南部は腹を立てるかもしれないが、いずれは納得してくれる気がした。自分とキクミのことを見守り続けてくれたのも南部だった。

カーン、カーンと目の前のビルの骨組を組む工事の音がする。

こんな美しい青空の下で死ねるなら、自分には出来すぎの場所かもしれない。死んだ母親のための復讐などやめるのだと稲本が懸命に説くとミツノは理解をしてくれた。自分の死ですべてが解決するなら本望だった。

最期に逢いに行きたいと言い出したミツノに、決してビルに近づくなと命じ、祐也が来てくれることになった。渡さねばならぬものがあった。それに銀行の残金をおろした金も二人のために用意した。

頭上でブーン、ブーンと奇妙な音がした。見上げるとひとつの凧が屋上の上空を舞っていた。

――祐也がやってくる。

凧は器用に屋上に着地した。

すぐに祐也があらわれた。

「どうした祐也君、顔が青いぞ。何か心配事があるなら言いなさい」

「和歌山のおじさん、銛を見せてくれませんか？」

稲本は、胸ポケットから二本の銛を出した。

「私は自分を仕舞いにする銛は、ほらこうして持っている」

祐也がおそるおそる一本を手にした。それを両手で握り、稲本にむけた。稲本は苦笑した。

「ボ、ボクは、ミツノさんの母親を守れなかったおじさんを殺さなくちゃいけないんだ」

祐也が必死の形相で言った。

「何を言ってるんだ。祐也君にはミツノを守ってもらわなければいけないんだぞ。そんなものはこっちによこしなさい」

稲本の言葉になお祐也はかぶりを振っている。

尋常な表情ではない。その瞬間、稲本の脳裏に、矢野の死を知った、ミツノの異様に興奮した表情と目のかがやきがよみがえった。娘は大丈夫なのだろうかと思った。

――まさかミツノが私を……。

いや、そんなことがあるはずがない。

稲本は祐也にむかって野太い声を上げた。

自分でもこれまでそんな声を他人にむかって上げたことはなかった。

「いいか、祐也君。誰に言われたとしても君は人を殺めてはいけないんだ。私の死をたしかめたいなら、すぐに見せてやろう。しかしその前に、この封筒をミツノに渡すことと、この郵便物を必ず投函することをきちんと約束するんだ。それが君たち二人がしあわせに生きて行くたったひとつの方法だ。早く教室に戻るんだ」

稲本はそう言って、手にした銛で自分の胸を突いた。たちまちシャツから血がにじんだ。

「お、おじさん」

「早く行くんだ。行きなさい」

祐也はうなずき走り去った。

まだとどめを差していなかった。

上着で突き刺さった銛を隠し、ビルの北手に立ち、高校の門を潜る祐也の姿を確認した。

稲本は屋上の小屋に戻ろうとして、ふと下に目をやった。

急な坂道の上に、白く光るものが見えた。

——何だあれは……。

ぼやけている視界に揺れていたのは日傘を差した女の姿だった。

こんな遠くから見えるはずのない和服の女の表情が、その瞬間に見えた気がした。

それは潮岬の燈台の岩場に立って笑っていた菊子の顔だった。

「菊子……」

稲本はちいさく声を出し、小屋の裏手に回り腰を下ろした。身体全体が熱くなっている。何千、何万回もこんなことをしてきた気がした。

かすかに補習授業のはじまりを告げるチャイムの音がした。

稲本は両手で銛を握りなおし、力を込めて胸元を抉った。


南部善郎は、ミツノの関与を疑い、真相に近づくことがないように、〟みんまや〟に呼び出し、銛を使って殺害したと祐也は語った。

24

夏に向かう日差しが紀州の海をかがやかせていた。

立石は煙草をくわえてじっと沖合いを眺めていた。

「ここに立ったのはもう半年も前だったんだな……」

立石の言葉に草刈はちいさくうなずいた。

先刻、太地町を出発する時、見送りに来てくれた南部善郎の妻のフジコの声が耳の奥によみがえった。

「それで、和さんのお嬢さんは大丈夫なんでしょうか」

「はい。お医者さんがおっしゃるには少しずつ恢復《かいふく》にむかっているそうです」

草刈は病院に入ったままのミツノの正確なことはフジコに伝えなかった。

あの日、奇声を上げて笑い出したミツノの錯乱状態は恢復にむかうどころか、容体はあのままだった。ミツノの異様な精神状態がいつの頃からはじまったのか、医師にも、ましてや草刈にもわかるはずがなかった。

祐也の部屋の衣装ケースの中からは女性のドレスや着物が発見された。どれも派手なもので、ケースからは稲本和夫が宿舎に残したボストンバッグの中にあった〝匂い袋〟と同じ匂いがした。祐也はミツノに執着するあまり、身も心もひとつになりたかったのだろう。そのドレス、着物の奥に、H高校のジャージが掛けてあった。草刈が最初に祐也と面会した時、すでに祐也が殺人に手を染めていたことをどうして察知できなかったのだろうか。

「草刈、今、あの沖合いで水しぶきのようなものがあがったが、まさか鯨じゃあるまいな」

立石が沖合いを指さして言った。

「先輩、今の季節、鯨はこの辺りの海へはやって来ませんよ」

「そういうもんか……」

今朝、二人は太地町で南部の墓と並んで建つ稲本の墓を訪れていた。

「この人たちは家族より仲がよかったからね。住職さんにお願いしてこうしたのよ」

フジコはふたつの墓を見て口元をゆるめた。

芝大門の酒場で二人で酒を飲んだ時の南部善郎の鋭い目が思い出された。

「俺は、この事件で和夫を殺《や》った野郎を必ず見つけ出してやるから」

結果として、南部は真実を自分の死によってあぶりだしたことになるのだろう。

汐が変わりはじめたのか、足元の岩の下に寄せる波音が大きく周囲に響いた。波しぶきが崖下の岩をさらい、大きな泡となってひろがっていく。その磯に、少年と少女が二人で笑い声を上げてたわむれる姿が重なった。かたわらには赤銅色の逞《たくま》しい上半身を陽光にかがやかせた男が、銛を手に二人を見つめて立っている。

――まぶしい時間だったのだろうな……。

草刈は波間に浮かんだ光景に向かってつぶやいた。

「お客さん、そろそろ出発しないと……」

岩場の上方にある側道にタクシーを停車させていた運転手が言った。

「おう、わかった」

立石が手を上げた。

その立石の手のむこうに潮岬の燈台が傾きかけた七月の空にむかってそびえ立っていた。

草刈は燈台を見上げ、気付いたように上着のポケットから手帳を出すと、中にはさんでおいた一枚の古い写真のコピーを出した。そこには牧野菊子が白い日傘を差して写っていた。

草刈が指を離すと、写真は背後からの風に掬《すく》われ、ふわりと上がり、そのまま海にむかってひらひらと舞い落ちて行った。

草刈はその行方を見ずに側道へ続く階段にむかって歩き出した。

参考文献

「ティーンズの脳の驚異」デビッド・ドブズ
（「ナショナル ジオグラフィック日本版」二〇一一年十月号）

解説

池上冬樹

「新しく、何かに挑もうと決めた。初めての推理小説を書くことにした」という決意のもと書かれたのが、『星月夜』（二〇一一年、文藝春秋→文春文庫）である。本書『日傘を差す女』（二〇一八年）は、伊集院静にとって七年ぶりの推理小説第二弾となる。前作同様、警視庁捜査一課の面々が登場して、捕鯨船の伝説の砲手の変死事件を追及するのだが、味わいはより文芸色が強いかもしれない。

物語は、クリスマスの朝、東京・永田町の雑居ビルの屋上で、老人の死体が発見される場面から始まる。身元は和歌山県太地町に暮らす稲本和夫。捕鯨船の伝説の砲手で、胸に銛が突き刺さった状態で事切れていた。調べると捕鯨再開の陳情のために上京していたことがわかる。遺書もあることから自殺と見られたが、警視庁捜査一課の草刈と先輩の立石は断定できなかった。凶器があまりにも深く胸に入りすぎていたからだ。

捜査が始まってまもなく、元政治家秘書矢野勝美の死体が見つかる。遺体の状況は稲本と酷似していた。テレビ局に稲本名の手紙が届き、矢野を殺し自ら命を絶ったとあり、事件は一件落着に見えたが、それだけでは終らなかった。やがて第三の遺体が発見され、連続殺人の様相を見せるようになる。

草刈と立石は、死者たちの足取りや交遊関係をたどり、和歌山の太地町、青森県の本州最北端の村におもむく。見えてくるのは、捕鯨船の船員仲間や、花柳界の女たち、捜査妨害をする所轄の刑事、そして大物政治家などが繫がる深い人間関係だった。草刈は、自らの苦い過去を思い出しながら、粘り強い捜査を続けていく。

前作『星月夜』では、岩手出身の若い女性と島根県の老人の元鍛冶職人にいったい何があったのかを探っていたが、今回は和歌山と青森のつながりであり、事件の中心にあるのは赤坂の花街である。「そこには草刈の知らない昭和の日本の夜の世界があった」という言葉が出てくるが、浅草や赤坂のディープな裏側があかされていく。「料亭、芸者置屋、待合で三業と呼ばれる貸席業」もことこまかに言及されて、事件の背景を知ることになる。「高度経済成長から下り坂の時期の日本を書いたものに魅力的な小説が多い」と作者はあるインタビューで語っている。松本清張もそういう変化が起きた時代の書き手で、『日本の黒い霧』のような「昭和という時代の〝光と影〟を描くという仕事があった。私も、華やかな時代の〝表と裏〟」を残しておきたいと思った、そこで「東京で失われつつある〝花街〟」をテーマに据えたと語っている（引用は「オール讀物」二〇一八年九月号所収「『星月夜』から六年ぶりの推理小説」。以下同じ）。インタビューではもうひとつのテーマ（高度経済成長期を彩った社会的現象）にも触れているのだが、本書の興趣に関わるのでここではあえてふれないでおく。

冒頭にも書いたように、本書の味わいは一般的なミステリとはやや異なる。作者は先のインタビューで、次のようにも語っている。「松本清張の『砂の器』、水上勉の『飢餓海峡』、大岡昇平の『事件』といった、推理小説という枠組だけでは語れない作品」が沢山ある、「現代の一般小説を書く作家だからこそ、書ける推理小説というのも、また、どこかあるんじゃないか」というのだが、まさに本書は「現代の一般小説を書く作家だからこそ、書ける推理小説」といえるだろう。それを文芸ミステリというと作者は嫌がるだろうが、要は焦点をあてるべきポイントが違うということである。前作の主人公で今回は脇役にまわる畑江が、「殺人事件というものについてまわる〝闇《あや》〟がいつもよりひろがってしまっている」といって次のように語る。「人間が人間を殺めるという行為には原始的な、本能的なものがある。慈愛とか、理性とか、道徳的なものとは対極にあるところで人間は平然と殺人を犯す。それでもそこに人間は見えてくる。どんな事件にでも人間の業《ごう》が必ず顔を出す。無慈悲、無節操に見える事件でも、そこに犯人の表情はあらわれる」と。主人公の刑事たちは、表面的な動機や犯人追及ではなく、犯罪へとかりたてる人間の本質的なものを凝視しているのである。

一方で、草刈は「人間は生まれて来た時から悪いことをしようと生きる人は一人もいない」という警察官だった父親の教えを引く。「その人が罪を犯した状況を見ると、そこに社会の悪というものに巻き込まれたり、手を染めざるを得なかったりする事情がある。警察官が糾《ただ》すのはその悪の根なんだ、罪人を捕えるのが最後の目的じゃないんだ」というのだ。

ミステリでは、たとえ社会派ミステリでも問題提起を強くするだけで、罪人を捕まえることで小説としてのカタルシスを覚えさせる傾向にあるが、文芸ミステリにはそのカタルシスはなく、社会の悪や悪の根に囚われた者たちの足掻きや苦悩や悲しみを前面に打ち出す。ジャンルとしての推理小説なら、最後に浮上する真犯人の心理に深く踏み込み、サイコロジカル・スリラーへと傾斜するのが普通だが、作者はあえて示唆程度におさめる。前半と中盤に伏線がはられているからであり、屋上屋を架すことを避けたのだろう。日傘を差す女性のイメージが何度となく出てくるが（そのうちのひとつはもちろんクロード・モネの絵でもある）、そこに成熟した美しさと同時に狂気も宿していることは、一読した読者ならわかるだろう。充分にイメージが象徴化され、読者の脳裏に焼きついている。

それにしても、やるせない結末である。こうなるのだろうとは予想はしていても、まさかそこまではしないのではないかと考えていたのだけれど、やはりむごい現実を見せてくれる。『星月夜』の解説でもふれたことだが、作者は逃げずにあえて残酷な状況を提示する。なぜなら人間は「哀しみを抱いて生きる」からである。

それは刑事草刈にもいえる。本書は連続殺人事件を追及する警察捜査小説だが、同時に草刈の苦い過去を掘りおこす物語ともいえる。花柳界に身を沈めた女性とのひそやかな愛の終わりが、よみがえってくるからだ。事件の関係者が目撃する日傘を差す女は、そのまま草刈が過去に付き合った芸子の姿と重なり、芸子がとった行為と同じことを草刈もしようとする。それが罪の贖いになると思ったからだが、それが出来なかった。この罪の意識と悔恨にみちた眼差しをもつ刑事だからこそ、あらがえない運命、ふりかかる不幸をとめようとする者たちの犠牲的精神を深く受け止めて、事件はよりいっそう悲劇性を増すことになる。

この草刈の設定も効果的だが、やはり人間関係や犯罪の動機などを追及しながらも、その背景に目を向けているからだろう。普通のミステリなら、犯人探し（フーダニット）や動機探し（ホワイダニット）に腐心するだろう。それは現代に生きる人間の犯罪として現代人への遡及力を持つけれど、作者の意図はそこにない。温床になった戦後の翳りの多い風俗を浮き彫りにして、そこに至るまでの彼らの出身と環境などを丹念に拾い上げて、戦後の日本社会の縮図を提示している。

大事なのは、人物たちの輪郭ではなく、それぞれがもつ内面、心象風景なのである。つまり、その人間の根底にある心象風景を形作る時代と、生まれ育った地域の自然と風土だ。だからこそ作者は、草刈たちを関係者たちが生まれ育った町へと赴かせる。事件をひもとく新しい情報や知識を求めてのことだが、それ以上に被害者たちが生きて育った場所を描きとる。和歌山と青森の町の住民たちが何度も口にする貧しさ、そこから逃れるための新たな仕事の数々は辛く、厳しい。決して人に誇れるものではないにしろ、必死に生きていく。生きていかざるをえない（人がどう見ようともその姿は尊い）。にもかかわらず、理不尽な運命に翻弄されて、社会の悪や悪の根にからめとられてしまうのだ。

そのような人々の怒り、悲しみ、あるいは奢りと蹉跌が、つややかな風景とともに、読者の身に迫ってくる。地域は限定されているけれど、まるで心の奥に眠る原風景のようにもよみがえってくる。この小説が豊かなのは、切々たる人間模様が、日本の原風景のなかで鮮やかにうつしとられているからである。シリーズ第三弾を期待したいものだ。

（文芸評論家）

本書はフィクションです。
登場する企業、団体、人物などは全て架空のものです。
単行本　二〇一八年八月　文藝春秋刊
ＤＴＰ制作　言語社

文春文庫

日傘《ひがさ》を差《さ》す女《おんな》

定価はカバーに表示してあります

2021年7月10日　第1刷

著　者　伊集院《いじゅういん》　静《しずか》
発行者　花田朋子
発行所　株式会社　文藝春秋

東京都千代田区紀尾井町 3-23　〒102-8008
TEL　03・3265・1211(代)
文藝春秋ホームページ　http://www.bunshun.co.jp

落丁、乱丁本は、お手数ですが小社製作部宛お送り下さい。送料小社負担でお取替致します。

印刷製本・凸版印刷

Printed in Japan
ISBN978-4-16-791718-0

文春文庫　最新刊

百花
川村元気
「あなたは誰？」息子は封印されていた記憶に手を伸ばす…

一夜の夢　照降町四季（四）
佐伯泰英
藩から呼び出された周五郎。佳乃の覚悟は。感動の完結

日傘を差す女
伊集院静
元捕鯨船乗りの老人が殺された。目撃された謎の女とは

彼方のゴールド
大崎梢
今度はスポーツ雑誌に配属!?　千石社お仕事小説第三弾

雲州下屋敷の幽霊
谷津矢車
女の怖さ、したたかさ…江戸の事件を元に紡がれた五篇

トライアングル・ビーチ
林真理子
恋人を繋ぎとめるために、女はベッドで写真を撮らせる

太陽と毒ぐも〈新装版〉
角田光代
恋人たちに忍び寄る微かな違和感。ビターな恋愛短篇集

穴あきエフの初恋祭り
多和田葉子
言葉と言葉、あなたと私の間。揺らぐ世界の七つの物語

色仏
花房観音
女と出会い、仏の道を捨てた男。人間の業を描く時代小説

不要不急の男
土屋賢二
厳しく優しいツチヤ教授の名言はコロナ疲れに効くぞ！

メランコリック・サマー
みうらじゅん
心ゆるむムフフなエッセイ。笑福亭鶴光との対談も収録

手紙のなかの日本人
半藤一利
漱石、親鸞、龍馬、一茶…美しい手紙を楽しく読み解く

太平洋の試練　ガダルカナルからサイパン陥落まで　上・下
イアン・トール
村上和久訳
米国側から描かれるミッドウェイ海戦以降の激闘の裏側